U0100178

大展好書　好書大展

品嘗好書　冠群可期

大展好書　好書大展

品嘗好書　冠群可期

心靈雅集82

《世說新語》與佛道

劉欣如 著

大展出版社有限公司

序言

《世說新語》是一部既雋永，又有趣味的古典名著，內容反映魏晉南北朝時代的朝廷、官場、士大夫階級和部分民間生活，細緻生動；每一章節長短不拘，長則一兩千字，短則百字不到，但每一節都有具體的主旨，前後累積起來也有相當豐富的內容，和吸引人的可讀性。

記憶裡，我在中學時代，曾聽一位國文老師說：「南北朝社會盛行清談之風，是受到老莊思想和佛教的影響……。」

之後三十多年，我得到殊勝的因緣，接觸了佛法；期間，曾寫作和翻譯過多本佛書，對於佛教生活化、實用化和大眾化尤有心得；於是，我想起那位國文老師的話。

一天，我特地買回一本《世說新語》，認真咀嚼之餘，習慣站在佛教徒的立場，大膽的採用佛教觀點來比較和解讀；結果，意外的發現事實與那位國文老師的話並不契合。

換句話說，當時社會流行的清談風氣，非但不符佛教的旨趣，反而違逆了佛道；佛法不是消極、頹廢，或一味出世的生活態度。至於是否跟老莊思想有關係，那是另一回事，不在本書的討論範圍。

本書不是什麼學術著作，因此，缺乏嚴謹與精細的特性，但引列一百二十多節原文，並附上譯文，除了能讓讀者們欣賞其文學優美之外，也能知曉些佛教生活化的真貌，一舉兩得，對於初學佛的人應該有些幫助，這是我撰寫本書的目的，但願它不會落空……。

劉欣如序於美國洛杉磯寓所

目錄

序　言……三

第一章　悟前悟後兩種心……一一

一、力爭上游　成就非凡　11／二、鍥而不捨　大丈夫　14／三、種善因　得善果　16／四、錢財夠用就好　18／五、良師益友　難能可貴　20／六、再出發　亦不慢　23／七、回頭是岸　令人擊掌　27／八、賢妻條件　符合佛道　29／九、戒酒因緣不同　34／十、轉惡緣成善緣　36／十一、己所不欲　勿施予人　38／十二、悔改以後　開始善行　40／十三、機智第一　化險為夷　42／十四、樂施好善　仍缺智慧　44／十五、救人脫險　功

德很大　46／十六、通情達理　進退有方　48／十七、一知半解　不能受用　51／十八、世人不可貌相　海水不能斗量　54／十九、以出世心　做入世事　57／二十、雖千萬人　我也往矣　61／二十一、洞悉玄機　才智出眾　63／二十二、禪定工夫　非比尋常　65／二十三、生死觀不一樣　70／二十四、高難度挑戰　寡慾知足　73／二十五、懸崖勒馬　脫離險境　74／二十六、好示範　好修行　76／二十七、不動心　難得矣　79／二十八、無因不現果　有果必有因　81／二十九、謙虛退讓　值得讚歎　83／三十、好學、機智、成功　86／三十一、凡事有輕重緩急　89／三十二、給人分享　給人歡喜　92

第二章　行住坐臥有佛法……………………九七

三十三、化解仇恨的究竟智慧　97／三十四、凡聖有別的生活觀　101／三十五、前世今生話因緣　103／三十六、天下無不散的宴席　104／三十七、才智有限　仍須努力　106／三十八、切勿坐失良機　110／三十九、忿怒惡習　障礙修行　112／四十、人畜有情都在迷界　116／四十一、嗜酒如命　傷害自己　118／四十二、無根無據　匪夷所思　122／四十三、占卜非佛法　125／四十四、孤芳自賞　等同出世　129／四十五、攀緣要不得　131／四十六、對治之道　悟解無常　134／四十七、強詞奪理　不符事實　138／四十八、平時不訓練　無法上戰場　141／四十九、過份執著錯在自己　143／五十、做鬼因緣　清清楚楚　145／五十一、人外有人　天外有天　147／五十二、靠法治　不如懂因果　149／五十三、講經說法　隨緣而已　151

第三章　切莫等閒因緣果……………………一五三

五十四、活用懲罰　效果非凡　153／五十五、英俊誠可貴　孝養價更高　156／五十六、選友謹重　影響終生　161／五十七、一味

沽名釣譽　佛道必會斷絕　164
五十八、年歲大小非關鍵　修持成敗見真章　169
五十九、君子交情　清淡如水　175
六十、知見多寡　無關證果　180
六十一、憂樂與共　和睦相處　184
六十二、若無知人之明　無法成就大業　188
六十三、真人不露相　不到恰當時　193
六十四、說話結緣　生活必備　200
六十五、盡量選賢與能　服務更多人群　205
六十六、禍從口出　切記切記　208
六十七、言中有物非易事　口吻婉轉更難為　212
六十八、老當益壯者　年輕人表率　215
六十九、重視白骨觀　對治大貪婪　221
七十、服喪的禮儀　須符合潮流　225
七十一、慚愧心起　有利無害　228
七十二、江山易改　本性難移　235
七十三、超越凡夫愛　須有大心量　238
七十四、領悟佛理　生活自在　242
七十五、外表美醜不重要　明心見性最關鍵　248
七十六、追憶聖者要具體　單憑情傷無意義　252
七十七、只願自得其樂　不如與眾人樂　256
七十八、萬般皆是命　豈非

大謬哉　261／七十九、前生有緣今生見　千年修得共枕眠　266

第四章　起心動念勿低估……二六九

八十、專才誠可貴　通才更難得　269／八十一、心好相好靠修行
今生精進最重要　272／八十二、體形高矮不重要　證得聖果
最上道　274／八十三、技藝高謀生易　調伏心可解脫　276／八十
四、三生有幸　續結善緣　279／八十五、堅守崗位　盡忠職守
282／八十六、君子能和睦相處　小人會結黨營私　286／八十七、
恪守飲食規矩　培養健康條件　290／八十八、不結交壞朋友　免
得誤入歧途　294／八十九、獲得錢財靠福報　活用錢財要智慧
298／九十、破解吝嗇秘訣　放在慈悲樂施　303／九十一、心術
不正　行跡敗露　308／九十二、惡口業報　不可忽視　313／九十
三、懂得慚愧　始能得救　318／九十四、悔過有功德　日後必光
明　322／九十五、兩種罪業　果報堪憂　326／九十六、愚癡透頂

何其可悲　330／九十七、懸壺濟世　功德很大　335／九十八、
懂得謹言慎行　必能平安吉祥　341／九十九、憤世嫉俗心混亂
離群索居非隱世　346／一〇〇、醉後失言　茲事體大　350／一〇
一、拋棄放逸生活　符合佛道修行　353／一〇二、休息站後終點
站　幻化城外福樂城　358／一〇三、有容乃大　修得不易　361／
一〇四、好話百聽不厭倦　壞話半句嫌嘮叨　364

第一章　悟前悟後兩種心

一、力爭上游　成就非凡

【原典】

諸葛宏年少不肯學問，始與王夷甫①談，便已超詣。王歎曰：「卿天才卓出，若復小加研尋，一無所愧。」宏後看莊、老，更與王語，便足相抗衡。

註①　王夷甫：本名叫王衍，常稱太尉。

【譯文】

諸葛宏年輕不肯研習學問，直到他跟王夷甫談話之後，便能看出其高妙內涵。王夷甫不禁歎息說：「你天生卓越的才華，若能再認真研習一些，便能跟當代名流並駕齊驅，相提並論，這樣也不會覺得慚愧了。」

後來，諸葛宏精研《莊子》、《老子》等書；之後再去找王夷甫談論，果然能和他一較高下了。（文學篇）

【佛法解說】

上文彰顯兩大特點，一是不辜負自己，二是欣遇善知識。兩點都是正面的，值得擊掌的。

年幼懵懂，貪玩好動或不肯用功等，都是一般人的常情，倘若一直這樣下去，那就沒希望了，那怕他天生異稟，根性甲等都不會成材，最後必然辜負了自己和親友們的期盼，環視周遭，真有太多這種例證。

天下人都有天生的清淨心，名叫如來藏心，純潔無垢，一旦有了貪瞋癡和邪見，就慢慢變質了，成為整天追求名利的凡夫俗子，苦惱一輩子，甚至為非作歹，危害社會，成為寄生蟲。如果不努力自制，力求上進　除掉污染清淨心的毒素，結果不能成就佛道。

善知識即是善友，會勸人改邪向善的朋友。他（她）必須具備七項條件——難、能、難作能作、難忍能忍、密事相告、遞相覆藏、遭苦不捨、貧賤不輕等。

例如《大莊嚴論經》有下則說話：

印度有一名婆羅門教徒在路旁修苦行，若有旁人在場，他便臥在薔薇上面打滾，若無人看見，他就到別處休息。

有人發現他的作風，忍不住勸他說：「你躺在薔薇上打滾，會刺傷身體，何不慢慢靠在上面，比較不會痛。」

苦行人一聽，非常生氣，為了賣弄，他突然投身到尖銳的刺上，比剛才滾動更厲害了。

剛巧一名佛教徒站下來看，苦行人發現有人旁觀，滾轉的動作更大了。這時，佛教徒對他說：「你剛才只用小刺傷身，現在，你卻用憤怒的大刺傷了身體，也傷害了心。剛才的刺很小，傷勢也較淺，而今貪瞋癡的刺非常深，直到無量身後，仍會傷痛身體，傷痕更不易恢復。你要快些清醒，迅速除掉這種毒刺才對呀！」

顯然，這位佛教徒是苦行人的善知識了。

倘若苦行人聽不進去，便是忠言逆耳，結果只害到自己，苦行到死也不能成道，真正作賤和折磨自己了。反之，苦肯信受善知識的勸導，才有向善成道的希望。

最後，請誦讀《法句經》一首詩偈：「若見彼智者——能指示過失，並能譴責者，當與彼為友，猶如知識能指示寶藏。與彼智人友、定善而無惡。」（七六）

二、鍥而不捨　大丈夫

【原典】

衛玠①總角時，問樂令②「夢」。樂云是「想」。衛曰：「形神所不接而夢，豈是想邪？」樂云：「因也。未嘗夢乘車入鼠穴，擣齏噉鐵杵，皆無想無因故也。」衛思「因」經月不得，遂成病。樂聞，故命駕為剖析之，衛病即小差③。樂歎曰：「此兒胸中，當必無膏肓之疾。」

註①　衛玠：字叔寶，或稱洗馬。

註②　樂令：本名叫樂廣，字彥輔。

註③　差：病除也。

【譯文】

衛玠年幼時代，他問樂令：「夢是什麼？」樂令答說：「夢者，想像也。」衛玠又問說：「形體和精神不能連接起來成為夢，那怎麼會是想像呢？」樂令說：「因為醒著時候所想的事情，到睡時會成為夢。我沒聽說過夢裡乘車進入老鼠洞裡，搗碎辛辣的東西來餵鐵杵，都是沒有想像、沒有原因之故。」衛玠想著

這個「因」字、一個多月仍無結果，反而生了病。樂令聽到消息，就駕車前訪，再給他分析夢的來龍去脈，果然讓衛玠的病狀稍微好轉。

終於讓樂令歎息說：「這孩子心中如有疑問，必須待解決後才得舒服，才不致於讓病情深積在膏肓中。」（文學篇）

【佛法解說】

最可貴的是，「打破沙鍋問到底」那種追求真理的精神，如孔子所說：「朝聞道，夕死可也。」意指一個人要是能悟解真理，即使付出生命也在所不惜，別忘了這也是學佛修行不可缺少的態度；若沒這個，就休想證到苦惱解脫的究竟智慧。

佛教徒耳熟能詳一位善財童子，為了追求廣度眾生的最高智慧，迢迢千里，拜訪了天下五十三位名師，才如願以償。還有《大般涅槃經》提到一位雪山童子的求道者，為了想聽到人生最究竟的智慧，寧願獻身給羅剎鬼吃，最後始知那個答案是——「諸行無常，即是生滅之法；滅了生滅，才能享受寂滅。」倘若一知半解，或不讓疑問得到解答，當然成就極有限，違反學佛的修行法則。

再說佛陀出家前，貴為王子，忽然領悟人生是苦惱，為了窺視解脫學奧秘，不惜離宮捨妻，出家求道，先後向兩位名師參學，依然得不到究竟答案，便去雪山修苦行，六年間發覺此路又行不通，可是他仍舊沒有氣餒，自求精進，終於如願大徹大悟，得到了圓滿的答案。

總之，面對難處而迴避，是個大懦夫；停在原地不再走，是個落伍者，都不符合佛道的旨趣。

依佛法說，在睡眠中、心、心所（心之作用）對於對象（所緣之境）所呈現出的種種事相、猶如見現實般的真切，叫作夢。依彌蘭陀王問經說，見夢原因有風病、膽汁病、痰病、神鬼之誘引、習慣、前兆等六種，其中僅前兆所夢為真，其他皆是虛妄。在三界中，夢僅發生在欲界，不見於色界和無色界。

三、種善因　得善果

【原典】

王戎①父渾有令名，官至涼州刺史。渾薨，所歷州郡義故，懷其德惠，相率致賻數百萬，戎悉不受。

註① 王戎：字濬沖，王渾之子。

【譯文】

王戎的父親王渾的聲望頗佳，官拜涼州刺史。王渾死時，凡是他任官過的地方百姓，都很感激他的德義、懷念他的澤惠，於是紛紛前來贈送奠儀多達數百萬，可是王戎絲毫都不肯收下。（德行篇）

【佛法解說】

世事有果必有因，無風不起浪，都是佛教的內涵：因緣果報是千真萬確，放諸四海而皆準。不過，種了善因，有時緣還沒成熟，自然沒有現果，所謂「不是不報，時候未到」例如本文主角正是現世善報之一。

《大莊嚴論經》有一則故事，值得三思。

某國國王患病了，請全國名醫來醫治均無起色；這時，剛巧從遠處來了一位良醫，進宮反而治好國王的病。國王大喜之餘，就命令心腹攜帶許多財寶，到那個醫生的故居，建造一棟豪華住宅給他，還有各項醫療器具。同時又贈良田、象馬、牛羊和傭人等，待一切完成後，心腹臣子才回京城報告，國王也允許醫生回去了。

不料，醫生回到家門附近，驚訝怎麼自宅變成這樣豪華？又有大群牛羊象

馬，房間設備更應有盡有，他不禁吃驚問妻子到底怎麼回事？

妻子說：「難道你不知情嗎？因為你醫好國王的病，國王歡喜之餘，才送給我們這麼多好東西啦！」

醫生一聽，恍然大悟。做了善事，竟得善報。

廣義上說，「善」指與善心相應的一切思想行為，凡契合佛教教理者都是。狹義上說，「善」是法相宗的心所法之一，包括信、慚、愧、無貪、無瞋、無疑、精進、輕安、不放逸、行捨、不害。

人生在世，身口意修行得好，又肯服務人群，便是成就佛菩薩的資糧，即使其色身消失，死後必生善趣，三世因果的真諦在此。

四、錢財夠用就好

【原典】

王夷甫雅尚玄遠，常嫉其婦貪濁，口未嘗言「錢」字。婦欲試之，令婢以錢遶牀，不得行。夷甫晨起，見錢閡行，呼婢曰：「舉卻阿堵①物。」

註① 阿堵：當時的俗語，今天的話是「這個」。

【譯文】

王夷甫生性清雅高尚，故極端厭惡妻子貪錢愛財，他口中從未說一個「錢」字。有一次，妻子打算試試他，便叫女傭用錢繞著床的四周，讓他走不通。王夷甫早上起床，目睹錢銀擋住了行路，便呼叫女傭說：「快把這些擋路的東西拿開。」（規箴篇）

【佛法解說】

極端愛錢固然不對，但若極端厭錢也不對，沒有一點兒錢怎能養家或生活呢？有一次，佛陀告訴一個善生童子的弟子說，以他收入的四分之一作為日常費用，把一半投資在事業上，再把四分之一存起來以備急需。又有一次佛陀告訴自己一位最忠誠的在家弟子，也就是為佛陀在舍衛國興建有名的祇園精舍的大富長者——給孤獨說，過著普通生活的在家信徒，有四種樂趣：第一、能享受以正當方法，獲得足夠的財富與經濟上的安全感。第二、能以此財富慷慨的用於自己、家人及親友身上，並用作各種善行。第三、無負債之苦。第四、可度清淨無過而不造身口意三惡業的生活。

在這四項中，前三項是經濟的。此外，星雲大師說得更明白：金錢如水，必須要流動，才能產生大用。而用錢最好使大眾都能獲得取之不盡，用之不竭的般若寶藏，才能使自己永遠享有用錢的快樂！所以，有錢是福報，會用錢才是智慧。

這就是正信佛教徒最務實的錢財觀。

若能領悟佛法的智慧，便能發揮錢財的大機大用；否則，便成為守財奴，終身被錢財所俘擄。

五、良師益友　難能可貴

【原典】

（一）桓南郡①好獵，每田狩，車騎甚盛，五六十里中，旌旗蔽隰②，騁良馬，馳擊若飛，雙甄③所指，不避陵壑。或行陳不整，麏④兔騰逸，參佐無不被繫束。桓道恭⑤，玄⑥之族也，時為賊曹參軍，頗敢直言，常自帶絳綿繩箸腰中。玄問：「此何為？」答曰：「公獵，好縛人士，會當被縛，手不能堪芒也。」玄自此小差。

（二）孫休好射雉，至其時，晨去夕反。群臣莫不止諫，曰：「此為小物，何足甚耽？」休答曰：「雖為小物，耿介過人，朕所以好之。」

註①　桓南郡：本名叫桓玄，字敬道，或稱南郡，桓公，義興。
註②　隰：低濕之處。
註③　甄：獵陣也。
註④　麏：獐子的別名，同「麇」。
註⑤　桓道恭：字祖猷。
註⑥　即桓玄也。

【譯文】

（一）桓南郡喜歡打獵，每次狩獵時，隨從車馬及人員非常多，五、六十里地方都被旌旗遮蔽了，騎著良馬，像飛一般奔馳射擊著；兩面所佈置的獵陣，不因山陵溪壑的阻礙而有所改變，若有行列陣容不夠嚴整，或讓麏兔跳躍逃走時；跟隨狩獵的人統統會被綑綁起來。

桓道恭是桓玄的家族，當時身任桓南郡的參軍，頗敢直言規諫，常常將紅色的綿繩綁在自己腰間。桓玄問說，這繩子是做什麼用的？桓道恭說：「您打獵時喜好綑綁人們，若我將來被綑縛時，惟恐不能忍受粗繩的芒刺，才要先習慣一下。」從那以後，桓玄才稍微改變了些作風。（規箴篇）

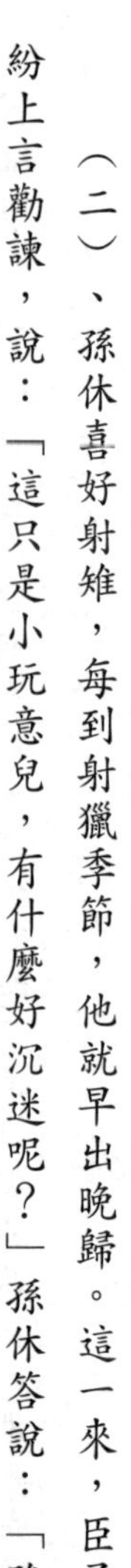

（二）、孫休喜好射雉，每到射獵季節，他就早出晚歸。這一來，臣子們紛紛上言勸諫，說：「這只是小玩意兒，有什麼好沉迷呢？」孫休答說：「雖然只是小事情，但正直過於常人，，我所以喜好牠。」（規箴篇）

【佛法解說】

兩文都強調兩點：一是適時勸誘，扮演良師益友的善知識角色；二是狩獵非好事，妄殺也。眼見主管、長輩、親人或朋友，要做出不仁不義的事，應該挺身出來勸導與阻止。例如，古印度摩揭陀國的阿闍世王子，聽信一位壞友的意見，殺害了自己的父王，之後，又想囚禁自己的母后時，幸虧一位名叫耆婆的大臣，立刻仗義直言，挺身出來諫阻和勸誘，才避免一場天倫悲劇。這種作法正如佛陀的教示：

「勸誡和誘導人，遠避做不應做的事。
這樣的人為好人所敬愛，却為壞人所厭憎。」（法句經七七）

又狩獵顯然違反佛教的殺生戒，昧於一切有情眾生，皆有生命尊嚴的真理，怎可動輒宰殺牠們呢？

《法句譬喻經》有一則記載，要旨如下：

某年，佛陀住在王舍城，城外有一住戶以打獵為生，佛陀去教導他們說，殺生罪過很大，仁慈護生有福報。他們聽了，不禁跪在佛前說：「我們生長在山中，靠打獵生活，罪過已累積如山，今要用什麼方法才能免除自己的罪過？」

佛陀立刻作詩偈告訴他們：「履行仁慈，博愛濟眾；有十一譽，福常隨身，臥安覺安，不見惡夢。天護仁愛，不毒不兵，水火不喪，所在得利，死昇梵天，是為十一。」

他們聽了才信受佛法，改行種田吃五穀了。

六、再出發　亦不慢

【原典】

周處①年少時，兇強俠氣，為鄉里所患。又義興水中有蛟，山中有邅跡虎②，並皆暴犯百姓。義興人謂為「三橫」，而處尤劇。或說處殺虎斬蛟，實冀「三橫」唯餘其一。處即刺殺虎，又入水擊蛟。蛟或浮或沒，行數十里，處與之俱。經三日三夜，鄉里皆謂已死，更相慶。處竟殺蛟而出，聞里人相慶，始知為人情所患，有自改意。乃入吳尋二陸。平原③不在，正見清河④，具以情告；並云：

「欲自修改，而年已蹉跎，終無所成。」清河曰：「古人貴朝聞夕死，況君前途尚可。且人患志之不立，亦何憂令名不彰邪？」處遂自改勵，終為忠臣孝子。

註① 周處：字子隱，陽羨人。曾為御史中丞。

註② 邅跡虎；又稱邪足虎。

註③ 平原：即內史陸機也。

註④ 清河：即內史陸雲也。

【譯文】

晉朝有個年輕人叫周處，性格兇狠好鬥，勇氣過人，被鄉里的人看作禍害。當時，義興縣地方河裡有蛟龍，山中有邅跡猛虎會傷害人，義興人就合稱為「三橫」。其中為害最大是周處。一天，有人慫恿周處去殺虎、斬蛟龍；其實，真正動機是想讓「三橫」只剩下一個。果然，周處就去刺殺老虎，又下水去斬蛟龍。只見蛟龍時而浮上來，時而沉下去，逃了幾十里，周處緊跟不捨。這樣過了三天三夜，鄉里的人紛紛說他死了，因此互相慶賀。誰知周處最後卻殺了蛟龍，從水裡冒了出來。當他獲悉地方人士互相慶賀他死了，始知自己是他們心目中最厭憎的人，致使他起了悔改的念頭。

之後，他到吳縣去找陸機、陸雲。不料陸機不在，他只好將實情向陸雲實說了；接著表示：「我想改過積德，奈何時機錯過了，怕將來終究一事無成。」陸雲說：「早上領悟真理，當晚死去，古人尚且說可貴，何況你還大有前途呢！人只怕沒有志氣，何必怕沒機會彰顯好名譽呢？」周處終於改過振作，而成了忠臣孝子。（自新篇）

【佛法解說】

有人說：「悟得早當然好，總比頑冥不悟好。」同理，做好事不怕慢，就怕你不做。天下所有流氓惡棍都不是天生，而是由後天環境諸多惡因惡緣造成的；但惡因惡緣不會永遠跟隨你，若逢良師益友的點破，讓你如夢初醒，勇敢跳出惡因惡緣的框框，邁向善行第一步，照樣可以成為大菩薩。

《法句譬喻經》下則故事，讓人不由得發聲讚歎：「真是條好漢！」

古印度有一個漢子，沒有兄弟，由於父母從小寵愛，致使他日漸放縱不馴，愚癡固執，人見人厭。然而，他不知反省，反而責怪父母親友，和祖先不保佑，才讓自己如此狼狽。

一天，他忽然尋思：「何不去侍候佛陀，也許以後可以得福。」

果然，他來到精舍禮拜佛陀，央求佛陀收他為弟子。誰知佛陀卻對他說：「你要想學道，先要行為端正，你現帶著怨恨來求道，如果我隨便答應，對你有什麼好處呢？你不如先回家，好好孝順父母、勤習書文、努力工作、衣冠整潔、小心言行，勿再犯錯，這樣便能受人敬愛，如此才能學道修行呀！」

接著，佛陀又為他說出偈語：「不誦為言垢，不勤為家垢，不嚴為色垢，放逸為事垢，慳為惠施垢，不善為行垢，今世亦後世，惡法為常垢。垢中之垢，莫甚於癡，學當捨此，比丘無垢。」

這個漢子聽完偈言，自知驕縱無知，便接受了佛陀教法，歡天喜地回去。他再三思惟佛陀教示，自我反省，便在懺悔之餘，決心重新作人。

於是，他孝敬父母，尊敬長輩，誦習經道，勤儉持家攝心守戒，非道不行。於是，宗族稱孝，鄉黨稱悌，善名遠播，國人稱賢。三年之後，又到佛陀座前，五體投地，懇切說道：「偉大的佛陀！我今天能棄惡行善，保全形體，受到國人稱讚，都要歸功於您的指引，願佛慈悲，讓我學道吧！」

佛陀說：「歡迎你呀！」

於是，這個漢子鬚髮自體掉落，即現出家人相。他從此內省止觀、四聖諦等

正道，日益精進，終於證得阿羅漢果位。

七、回頭是岸　令人擊掌

【原典】

戴淵[1]少時，遊俠不治行檢，常在江、淮間攻掠商旅。陸機赴假還洛，輜重甚盛。淵使少年掠劫。淵在岸上，據胡床[2]，指麾左右，皆得其宜。淵既神姿峯穎，雖處鄙事，神氣猶異。機於船屋上遙謂之曰：「卿才如此，亦復作劫邪？」淵便泣涕，投劍歸機，辭厲非常。機彌重之，定交，作筆薦焉。過江，仕至征西將軍。

註①　戴淵：晉朝廣陵人，字若思，元帝的忠臣。

註②　胡床：施轉關以交足，穿綆絛以容坐，轉縮須臾，重不數斤，遊覽旅行時可用之。（一種可以折疊的輕便繩椅。）

【譯文】

晉朝有個年輕人叫戴淵，喜好結交朋友，打抱不平，但行為不檢點，經常在江、淮一帶搶劫來往商人的財物。一天，陸機告假回洛陽，他攜帶非常多的軍需

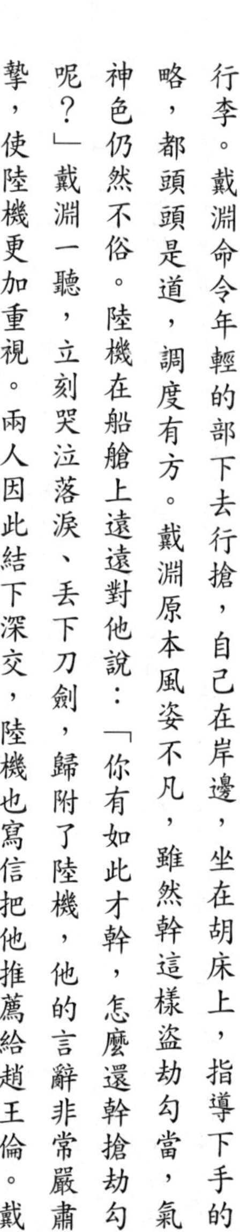

行李。戴淵命令年輕的部下去行搶，自己在岸邊，坐在胡床上，指導下手的策略，都頭頭是道，調度有方。戴淵原本風姿不凡，雖然幹這樣盜劫勾當，氣概神色仍然不俗。陸機在船艙上遠遠對他說：「你有如此才幹，怎麼還幹搶劫勾當呢？」戴淵一聽，立刻哭泣落淚、丟下刀劍，歸附了陸機，他的言辭非常嚴肅誠摯，使陸機更加重視。兩人因此結下深交，陸機也寫信把他推薦給趙王倫。戴淵過江以後，曾經做到征西將軍的官職。（自新篇）

【佛法解說】

上文旨在「回頭是岸」，而這正如佛道所說：「放下屠刀，立地成佛。」古人云：「人非聖賢，孰能無過？」何況年輕人入世未深，難免受到外邊花花世界的百般誘惑而誤入歧途；當然，這樣也等於造了身、口、意三種惡業，絕對逃不掉因果業報。

幸虧佛教是活的，且有許多方便法門，可讓他（她）不會因此而墮下地獄。其間，只要他能改過向善，立功立德，也仍然可以扭轉惡報，讓惡果得到最大程度的弱化。這種狀況在佛道是可能的，行得通的，除非自己不去做……。

佛道重視懺悔的價值與功能，所謂重業輕受，輕罪化為烏有，可凸顯佛教的

慈悲。近代高僧續明法師說：「任何人做錯事，都有悔過自新的機會……諸佛菩薩及一切聖賢，對於罪大惡極的人，不但不捨棄，反而會更憐憫，常欲伺機勸勉其為善，故作惡者一旦洗心革面，痛悔前非，諸佛菩薩及一切聖賢，沒有不歡喜加被助成的。」

八、賢妻條件　符合佛道

【原典】

（一）許允①婦是阮衛尉女，德如妹，奇醜。交禮竟，允無復入理，家人深以為憂。會允有客至，婦令婢視之。還答曰：「是桓郎。」桓郎者，桓範②也。婦云：「無憂，桓必勸入。」桓果語許云：「阮家既嫁醜女與卿，故當有意，卿宜察之。」許便回入內，既見婦，即欲出。婦料其此出無復入理，便捉裾停之，許因謂曰：「婦有四德，卿有其幾？」婦曰：「新婦所乏唯容爾。然士有百行，君有幾？」許云：「皆備。」婦曰：「夫百行以德為首，君好色不好德，何謂皆備？」允有慚色，遂相敬重。

（二）王司徒③婦，鍾氏女，太傅④曾孫，亦有俊才女德。鍾郝為娣姒，雅

相親重，鍾不以貴陵郝，郝亦不以賤下鍾。東海⑤家內則郝夫人之法，京陵⑥家內範鍾夫人之禮。

（三）王江州夫人語謝遏曰：「汝何以都不復進？為是塵務經心，天分有限？」

註①　許允：魏朝高陽人，字士宗，官拜領軍將軍。

註②　桓範：魏朝沛郡人氏，字允明，官拜大司農。

註③　王司徒：即王渾也。王昶之子，王湛之兄也。

註④　太傅：即鍾繇也。字元長，亦稱太傅。

註⑤　東海，王湛，晉朝汝南內史，東海大守。

註⑥　京陵：王渾繼承父親爵位京陵侯。

【譯文】

（一）許允的妻子，是阮衛尉的女兒，阮德如的妹妹，面相極醜。新婚行了交拜禮後，許允就不願再入洞房去理會妻子，致使家人很憂慮．片刻後，有訪客來了，新婚妻子就叫女傭去看看誰來，女傭答道：「是桓郎。」桓郎即是桓範。許允的新婚妻子說：「不必擔心，桓郎一定會勸他進新房。」

桓範果然向許允說道：「阮家既然肯把醜女嫁給你，肯定有他的道理，你應該仔細觀察。」

許允便回到新房，一看見妻子，卻又要出去。妻子料知他此次出去，絕對不會再進來，便捉住他的衣裾，迫他停下來。

許允便對妻子說道：「婦人須具備四德，你具有多少呢？」妻子說：「我只是容貌不漂亮，那麼，士人應有百種善良品德，你又具備了那些呢？」

許允說：「我都有了。」妻子說道：「在百種善品中，以德行排第一，而你愛好美色，不愛德行，怎說都具備了呢？」許允聽後臉上露出慚愧狀，終於敬重妻子。（賢媛篇）

（二）司徒王渾的妻子，是鍾徽的女兒，太傅繇的曾孫，亦有美才女德。鍾氏、郝氏是妯娌，彼此頗能相互敬重。鍾氏不因為出身權貴而欺負郝氏，郝氏亦不因出身貧賤而委屈求全，去巴結鍾氏。王東海家中遵守郝夫人的家規，王渾家中也依照鍾夫人的禮儀。（賢媛篇）

（三）王江州夫人對謝遏說道：「你近來為何不肯再求上進呢？是被俗事煩心，或因你的天分才能有限呢？」（賢媛篇）

【佛法解說】

上述中國賢妻良母的諸項條件，符合佛教的女性觀。依據《佛說阿遬達經》提到：「女人侍候丈夫有三惡四善，七種分類。」

所謂三惡是：

(1)如跟惰者同居，她不想做事，只靠謾罵過曰子，嗜好美食、愛跟人爭鬪。

(2)如跟怨家同居，無心對丈夫好，既不希望丈夫好，亦不希望丈夫有成就，無異希望丈夫死。

(3)如跟偷盜同居，不珍惜丈夫的財物，念念不忘欺騙丈夫，經常隨心所欲，而不順從兒女，只知淫慾……。

其次談四善：

(1)妻子看丈夫從外面回來，無異母子見面，一旦丈夫有突發的不祥事故，恨不得自己親身替代他。

(2)妻侍候丈夫，無異兄弟相見，有上有下，彼此協助，縱使丈夫有什麼不對，也不認為不對，沒有輕浮念頭，經常陪丈夫說話。

(3)妻子侍候丈夫，好像對待朋友一樣，彼此思念，相見甚歡。目睹丈夫外地

回來，就像看到父兄一樣。內心歡喜，和顏悅色，為人妻子應有如此心胸。

⑷妻子侍候丈夫，好像婢女侍候主人。即使聽到丈夫破口大罵，也不以為錯。即使被丈夫捶打，也不以為嚴重。再三被丈夫指使，也能任勞任怨。縱使丈夫再壞，心中也不以為他壞，一直不忘照顧兒孫。

又有南傳《增一阿含經》也記載下列四種妻子：

⑴似母婦——隨時仰視丈夫，善於侍候供養，不讓他缺少什麼，那時有諸天協助護持，死後馬上投生天界。

⑵似親婦——看見丈夫不分你我，憂樂與共。

⑶似賊婦——看見丈夫就滿懷瞋恚、憎恨和嫉妒家長，既不侍候，也不恭敬禮拜，一看到就想害他，心不在焉。丈夫對她冷淡，她也冷漠丈夫，得不到別人敬愛，諸天子護持她，惡鬼也會侵犯她，一旦嗚呼哀哉，就會下地獄。

⑷似婢婦——賢慧女性，隨時仰視家長，言聽計從，對任何責罵都忍氣吞聲，不會反唇相譏。她能忍耐貧寒，始終懷著仁慈、人溺己溺，能得諸天護持，人與非人都能照顧她，一旦身死命終，會投生到善處天上。

從此可以看到佛教女性觀，依善惡兩面來分類。

九、戒酒因緣不同

【原典】

元帝過江猶好酒，王茂弘①與帝有舊，常流涕諫，帝許之，命酌酒一啗②，從是遂斷。

註① 王茂弘：即王導也。字茂弘，或稱丞相、王公。

註② 啗：亦作歃，如歃血者，即口含血也。

【譯文】

晉元帝渡江東遷之後，依然嗜好飲酒，王茂弘和元帝有故舊交情，才經常流淚勸諫元帝不要再喝酒，元帝答應了，便叫他酌上酒，自己將酒含在口中發誓，從此戒掉了飲酒習慣。（規箴篇）

【佛法解說】

上文旨在戒酒這是修行佛道的五項戒律之一；原因是，喝醉酒會失去理性，誤了大事。

修行佛道首要心念專一，凝神靜氣。認真思惟，觀想無常；試問在心神迷亂

下，還能修成什麼佛道呢？後果可想而知。

佛經「鼻奈耶」有一段記載，提到佛陀的戒酒因緣，值得三讀。

有一位佛弟子叫海聖者，某日在某地降伏了惡龍，在返回精舍途中，接受信徒款待，喝下黑石蜜與葡萄酒。之後，在回到精舍的大門外，忽然酒性發作，身體不支倒地，連他攜帶的三衣、鐵缽和手杖也到處散亂，樣子十分狼狽。

佛陀獲知消息，趕緊偕同阿難出來，一看到海聖者那副模樣，立刻吩咐阿難回去叫那些同修們出來。

之後，佛陀指著地上的海聖者，對一群弟子們說道：「聽說他降伏了惡龍，你們聽說了嗎？」

弟子們中，有人答說親眼目睹，也有人說聽到了。佛陀又指著海聖者對一群徒眾說道：

「看他現在這個樣子，連一隻蟾蜍都驅逐不了，你們想他還能驅逐惡龍嗎？」

「當然不能！」徒眾異口同聲回答

於是，佛陀謹慎的告訴徒眾說：

「可見喝酒會誤事，他雖說有能力降伏了惡龍，一旦喝醉了酒，肯定連一隻蟾蜍也趕不走了。一個修行人即使進入了清爽的悟境，如果喝醉了酒，照樣沒有用；所以，大家以後不許喝酒。倘若誰若不戒酒，就要被趕出僧團外。凡是葡萄酒、濃甘蔗酒、濃柿子汁、濃梨子汁和濃郁的香水等，全都是酒類，或類似酒的飲料，一喝就醉，你們以後不許喝。有些即使含有酒味，或類似酒類，若喝下不會醉，就不妨喝下去，有些即使沒有半點兒酒味，若喝下去會醉，也不能喝。」

佛陀就是以海聖者的酒醉因緣，而謹慎訂下飲酒戒。

最後，請誦《法句經》一首詩偈，旨意也完全一樣：「沉緬飲穀酒，和果子酒等，在今生中，會掘毀自己的根本。」（二四七）

十、轉惡緣成善緣

【原典】

王祥①事後母朱夫人甚謹。家有一李樹，結子殊好，母恆使守之。時風雨忽至，祥抱樹而泣。祥嘗在別床眠，母自往闇斫②之，值祥私③起，空斫得被。既還，知母憾之不已，因跪前請死。母於是感悟，愛之如己子。

註① 王祥：晉朝琅邪人，字休徵。官拜太保，為二十四孝之一。曾為母親臥冰求鯉。

註② 闇斫：暗殺也。

註③ 私：小便也。

【譯文】

王祥侍奉後母朱夫人十分恭謹。他家有一棵李樹，所結果實特別甜美，後母經常派他去守著李樹。有時突然遇到風雨，王祥怕李樹死去，便抱住李樹哭泣。一次，王祥在另一張床睡覺，後母悄悄要去砍死他，剛巧王祥起來小便，後母因此砍到被子，落了空。王祥回房後，知道後母沒有達到目的，還在懊惱不已，王祥立刻跪下來，乞求後母殺死他。這時，後母感動而領悟前非，從此疼愛王祥如親生兒子。（德行篇）

【佛法解說】

「幼吾幼，以及人之幼」是古人明訓，後母不但做不到，反而視非親生子為眼中釘，三番兩次要殺害他，真是失去理性，造孽在即。

但對方在危急下不僅不記仇、不瞋恨，反而置自己生死於度外，乾脆要成全她；這份膽識與寬容，非比尋常，結果感動了後母，化惡緣為善緣，而得到了意外的愛心；尤其，對後母來說，王祥是她的善知識，幸虧他能捨己救人，才未讓她造下殺生惡業，死後下地獄。

如果務實一點說，王祥的冒險與捨身方法不太理性，若後母果真狠心殺了他，豈非白白喪命，死得冤枉？所以，那只能當作千鈞一髮之際，惟一善巧方便，而不是最好和絕對的，應該還有其他方式，請多加思考！

乍看世間的恩仇，苦樂和美醜……等是完全相反，根本對立；依佛法說，那些都是因緣造成，若悟解空的智慧，便知它們不是絕對、僵硬或永恆的，必會隨剎那變異的因緣而改變，於是壞人也能變好人、仇恨也能轉化為報恩、醜陋立可成美好。至於化悲為喜、破涕為笑的例子，放眼周遭，俯拾皆是；總之，凡事不要執著呀！

十一、己所不欲　勿施予人

【原典】

庾公①乘馬有的盧②，或語令賣去。庾云：「賣之必有買者，即復害其主。

寧可不安己而移於他人哉？昔孫叔敖殺兩頭蛇以為後人，古之美談。效之，不亦達乎？」

註①　庾公：即晉朝庾亮也。潁川人氏，字元規。後官拜征西大將軍，荊州刺史。

註②　的盧：又作的顱，古代傳說這種馬白額入口至齒者，名叫榆雁，又名的盧，相傳是匹凶馬。

註③　孫叔敖：春秋時代楚國之令尹。

【譯文】

庾亮的坐騎中有一匹凶馬叫的盧，有人勸他賣掉他算啦。庾亮答說：「要賣一定有人買，這樣會讓他再去害人，怎可把危害自己的東西，再轉到別人身上呢？從前，孫叔敖殺了兩頭蛇，就是不讓後來的路人受害，才讓古人傳誦不絕。我效倣他，不是挺合情理嗎？」（德行篇）

【佛法解說】

有人說：「懂得一百個理論，不如一個實踐。」同理，熟讀一百部佛經，抵不上一件善行。嘴巴說不算，道理人人懂，卻很難去落實。當境界來的時候，最能看出他有沒有修行？

例如有機會貪污斂財，但能潔身自愛，便是老修行、好範楷。何況見賢思齊，效法聖人，更值得頂禮讚歎。上文最大功德，即是「己所不欲，勿施予人」。而這相當於《法句經》以下詩偈：

「不要輕視小善，以為『我不受報』。**如水滴落下，能盈滿水瓶，賢人小善積聚，能至福德盈滿。**」（一二二）

人的身、口、意都會造業——善與惡，若人的心地好，當然好心自有好報；反之害人之心不可有，如佛陀所說：「防止心意的忿怒，制御心意；捨棄心意的惡行，以心意修善行。」（《法句經》二三三）

十二、悔改以後　開始善行

【原典】

簡文見田稻不識，問是何草，左右答是稻。簡文還，三日不出，云：「寧有賴其末而不識其本？」

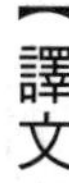

【譯文】

簡文帝看見田中的稻秧竟不認得，問是什麼草？左右侍從人員答說是稻秧。簡文帝回宮後，三天不出門，說道：「那有依賴它的末禾（米）來繼持生命，而不知它的本來面目呢？」（尤悔篇）

【佛法解說】

深居王宮，五穀不分，完全脫離現實生活，怎知農民的艱辛，和百姓的疾苦呢？這樣，又怎能拿捏分寸，擬訂國策來利益民生呢？想要也難啦！幸好知錯之後會懊悔，而這正是懂得回頭，有藥可救的徵兆，佛教也很強調其轉折和功德。

懊悔的價值是，開始播下善的種子。簡文帝身居顯要，深知感恩，之後要圖報百姓，才算懊悔的真正落實，而且掌權者表示感恩的方式太多了。例如佛教徒耳熟能詳阿闍世王向佛陀懺悔後，開始極力推行善政，讓百姓安居樂業。

在佛經故事中，有太多類似阿闍世王的暴君，虐待百姓，無惡不作，經佛陀教化，而後成為愛民如子，推行仁政的英明君主，可知懊悔多麼可貴！

請誦讀《法句經》下首偈語：**「在放逸人中不放逸，在眾人睡眠中能獨自醒悟；智者譬如良馬，棄羸馬在後而獨自前行。」**（二九）

十三、機智第一　化險為夷

【原典】

王右軍年裁十歲時，大將軍①甚愛之，恆置帳中眠。大將軍嘗先出，右軍猶未起，須臾，錢鳳②入，屏人論事，都忘右軍在帳中，便言逆節之謀。右軍覺，既聞所論，知無活理，乃剔吐汙頭面被褥，詐孰眠。敦論事造半，方憶右軍未起，相與大驚曰：「不得不除之！」及開帳，乃見吐唾從橫，信其實孰眠，於是得全。於時稱其有智。

註① 大將軍：即王敦也。字處仲。常稱大將軍。

註② 錢鳳：字世儀，王敦的鎧曹參軍也。

【譯文】

王羲之年未滿十歲時，王敦很喜歡他，經常帶他到床帳中一起睡覺．有一次，王敦醒來先離開床帳，而王羲之卻還沒起床．片刻後，錢鳳走進來，便叫屋中的人離開，只和王敦談起謀反的事情；兩人忘了帳床上還有王羲之在睡覺，便說出反判計謀。王羲之醒來，聽了兩人的密謀，知道自己性命會不保，立刻將

口水吐在被上，又擦在臉上頭上，假裝睡得很熟。王敦談話到一半，開始察覺王羲之還在床上，不禁大驚失色說道：「不得不除掉他！」待他一打開床帳，看他的唾液口沫吐得到處都是，相信他真的睡熟，這才沒有殺他，王羲之結果才保住性命。後來，大家都誇讚王羲之的機智。（假譎篇）

【佛法解說】

遇到性命危急，或生死關頭，一切以保命為主；若連命都不保，那什麼也別提了。千鈞一髮之際，全靠隨機應變，出奇招像走鋼索一樣，大意不得。例如《百喻經》有一則故事，可見一斑。

某年，佛陀在舍衛國祇園精舍對徒眾說法。

且說一個老太婆正在樹蔭下躺著，忽見一隻大熊來襲。她十分驚慌，趕緊繞著一棵大樹逃走，熊卻用一隻手抱著大樹，想用另一隻手捉住老太婆。這時，老太婆拼命把熊的雙手按在樹上。剛巧此時有路人經過，而她也幸能向他求援。

「請你幫幫忙吧！快把這隻熊殺了，我們平分牠的肉吃。」

路人相信老太婆的話，立刻拔刀相助，使勁兒的逮住了熊。老太婆一看，放開了熊，自個兒急急忙忙的逃走了。之後，換這個倒霉的路人，繼續接受這隻兇

態的騷擾。

這雖是一件善巧方便，但損人利己，不可仿效，應想出更好的機智！

古人說：見招拆招、出奇制勝，絕非無地放矢。

十四、樂施好善 仍缺智慧

【原典】

阮光祿在剡，曾有好車，借者無不皆給。有人葬母，意欲借而不敢言。阮後聞之歎曰：「吾有車而使人不敢借，何以車為！」遂焚之

【譯文】

阮光祿住在剡山時，曾經有一輛好馬車，只要有人來借，他都會借給他的。一次，某人想要借車埋葬母親，可是不敢開口。阮光祿事後知悉此事，不禁感慨說道：「我枉有一輛車子，卻教人不敢來借用，那麼，這輛車還要做什麼呢？」於是把車子燒掉。（德行篇）

【佛法解說】

古今中外，都把樂施好善當作一項絕對的道德指標，佛教尤其強調它的功

德。《法句經》說：「今生喜悅，來世也喜悅，作善業的人今生與來世都喜悅；他（她）們滿心喜悅地察覺到自己曾經做過的善業。」（十六）「今生快樂，來世快樂，作善業的人今生與來世都快樂；『我已經造了善樂』的念頭使他（她）們喜悅不已；往生善趣時，他（她）們更喜悅。」（十八）

可見好善的益處可以連貫三世，值得所有人信受奉行。

美中不足是，阮光祿不必燒掉車子，這表示他光有善心義行，並沒有智慧，不是佛教徒的理想示範。依現代人看來，若真要服務別人，有誠意與人分享任何東西，何妨把心意宣揚出去，或做些廣告，好事傳千里，何愁沒人上門來求借呢？

《布施經》記載：「凡布施象馬車輛的人，將來會證得神足通，通行四處，不受阻礙。」

凡肯布施好善的人，都不會貪吝，這是破解吝嗇的不二法門，也是學佛修行的必修德目之一。

《菩提資糧論》第一卷說：「布施是智慧的資糧與泉源。」

《菩提行經》說：「布施和持戒是一切善行的先導。」

《布施經》說：「貧困的人是因為前世吝嗇和貪愛，大富的人是由布施得來。」

十五、救人脫險　功德很大

【原典】

華歆①、王朗②俱乘避難，有一人欲依附，歆輒難之。朗曰：「幸尚寬，何為不可？」後賊追至，王欲捨所攜人。歆曰：「本所以疑，正為此耳。既以納其自託，寧可以急棄邪？」遂攜拯如初。世以此定華，王之優劣。

註① 華歆：字子魚，平原高唐人。東漢桓帝時期，官拜尚書令，後來依附曹操，官拜大尉。

註② 王朗：字景興，東海郭人，官拜魏朝司徒。

【譯文】

華歆和王朗一同搭船躲避兵難，一個漢子想跟隨他們逃難，華歆不斷阻止。王朗說：「船裡還很寬敞，怎麼不可以呢？」之後，賊人追來了，王朗有意棄他而去，但華歆卻說：「我原本擔心的，正是怕遇到這種情狀，既然已經收容了

他，豈可在危急時，丟下他？」於是，按照當初的決定，帶那個漢子一起逃走。世人便以此，來評定華歆與王朗的行事，誰優誰劣？（德行篇）

【佛法解說】

乍讀下，華歆好像心腸硬一些，王朗的心腸軟一些，殊不知前者有先見之明，人多逃難極不便，說不定救人不成，反會同歸於盡；而後者缺乏這個遠見和判斷，智慧明顯差一著，幸好兩人都有菩薩心腸，悟解「救人一命，勝造七級浮屠」的佛理——救人功德最大。

佛經有一則類似故事，是救人於燃眉困境的例證——

某山峯上，棲息一隻獅子。一天，五百商人的隊伍經過這座山。當時，山邊一條巨蛇被商人們的談話吵醒，就以龐大的身體，把商人們休息地點圍困起來，商人們在驚嚇之下，只好仰向諸天求救。

獅子聽見聲音，趕來一看，巨蛇圍困著五百個商人，正想張口吞食他們。獅子匆匆走到附近，訪問年輕的象說：「巨蛇正要吞食五百位商人，我們一塊兒來救他們好嗎？」象知道救人重要，立刻答應說：「好、好，不知要用什麼方法救呢？」

獅子說：「我爬到你頭上，用後腳挾住你的頭，而用前腳打擊蛇的腦袋，我用後腳力量一挾，你必當會死，我用前腳力量一擊巨蛇必難逃命，蛇吐出的毒氣，我也會被毒死。」

「只要能救出這一大群人，死又何妨！」

一會兒，獅子與象向巨蛇走去，獅子爬到象頭，猛擊蛇的腦袋，蛇果然被撞死了，但象也被獅子的後腳挾死了。獅子遭到毒氣猛襲，也當場斃命。三種野獸同時喪身，商人才好不容易脫離虎口，正要出發時，猛聽天空發聲說：「這頭獅子是菩薩的化身，為了救你們而喪命，你們應該先供養這位菩薩再走呀！」

商人們用各種東西供養獅子的屍體後，才踏上旅途。

十六、通情達理　進退有方

【原典】

庾穉恭①為荊州，以毛扇上武帝②，武帝疑是故物。侍中劉卲③曰：「柏梁雲構④，工匠先居其下，管弦繁奏，鍾夔⑤先聽其音。穉恭上扇，以好不以新。」庾後聞之曰：「此人宜在帝左右。」

史。

註① 庚穉恭：晉朝庾翼，字穉恭，太傅庾亮之弟，曾任征南將軍，荊州刺

註② 武帝：即司馬炎，字安世，篡魏朝而稱帝。在位二十五年。

註③ 劉郡：字彥祖，彭城人，曾任豫章太守。

註④ 柏梁雲構：漢武帝所建的柏梁台，高入雲霄。

註⑤ 鍾夔：即鍾子期。春秋時代楚國人，善知音。

【譯文】

庾穉恭擔任荊州刺史時，曾獻給武帝一把毛扇，武帝懷疑是舊的。侍中劉邵對武帝說道：「柏梁臺高聳入雲，但在未竣工前，工人們先住在臺下，管弦熱鬧的演奏，殊不知鍾夔早已聽過；穉恭獻給您的扇子，是在於好，不在於新。」庾穉恭後來知悉此事，說道：「此人應該長期留在陛下左右。」（言語篇）

【佛法解說】

對於某種東西新舊與好壞的認知，有時不在物體本身，而是在自己的觀念。觀念可說一種心意，它在剎那間會生變；原先以為舊物或壞的東西，由於觀念改變，壞會變好，舊會變新。所以，前後的看法和認識就完全不一樣了。

再說要改變一個人的觀念或心意，先要看對方是什麼身份、職位、年齡、性別、信仰、知識高低或出身背景等，之後用譬喻與暗示，點到為止，這比直接解說來得有效，但難在自己能不能找到非常貼切或恰當的例證，博引旁徵，破解對方思考的盲點，才能打動他（她）的心，而這就是佛教徒耳熟能詳的「善巧方便」法。

武帝很懵懂愚昧，若非高人指點，就會錯怪賢臣的好意。顯然，這位高人劉邵扮演善知識的角色，點出問題的關鍵，始讓武帝由迷轉悟。

依佛法說，善知識不是因他的權勢大、職位高、住豪宅、長相好或有知識，而是要有若干殊勝條件。近代高僧印順導師說有五項條件：

（一）「證」德，指三學修證：戒清淨成就、定成就、觀慧成就。

（二）「教」德：深入經藏，成就多聞，能開示導引學眾，進修大乘正道。

（三）「達實性」：實性是正法的別名，這或者由現證慧通達，或是從聞思教理得通達。

（四）「悲愍」：有慈悲心，不是為了名聞利養，而是能清淨說法。

（五）「巧為說」：成就辯才，能善巧方便的為眾說法，所以容易了解，容

易得益。如成就這些功德，那就是了不得的大善知識了。（《成佛之道》）

十七、一知半解　不能受用

【原典】

謝安年少時，請阮光祿①道《白馬論》②；為論以示謝，於時謝不即解阮語，重相咨盡。阮乃歎曰：「非但能言人不可得，正索解人亦不可得。」

註①　阮光祿：本名阮裕，字思曠，或稱光祿。

註②《白馬論》：戰國時期有趙國公孫龍提出白馬非馬之說，當時辯論者常常這樣稱呼。

【譯文】

謝安年幼時代，曾請求阮光祿講述《白馬論》；於是，阮光祿便給謝安講述了，但謝安當時無法頓悟要旨，只好再三發問，直到完全悟解其中義理為止。阮光祿不禁歎息說道：「不但能解讀《白馬論》的人難得找到，連聽得懂的人也不易找得到哩！」（文學篇）

【佛法解說】

「士為知己談」，及「得天下英才而教之」，乃是人生極大的樂事。前者衷心表示雙方的程度、性向、觀念和思維要相當接近或契合，才能談得投機，產生或有雙向交流；後者指出老師學問好、熱忱高，也要有好學生來聽講，才可以盡情的傳道、授業和解惑，無奈兩者都沒那麼容易。

佛陀當年大徹大悟以後，一連好幾星期，到各地禪坐，充分享受自己所悟到的解脫境界，這叫「自受法樂」。

在禪坐中，一位婆羅門外道剛巧從旁邊經過，不禁好奇的問佛陀正在做什麼？佛陀答說，自己得悟了，正在享受其中的樂趣。對方一聽，以為佛陀是個誇大妄想狂，就嗤之以鼻，笑著離去。

不久，又來了兩個商人，卻十分欣賞佛陀的莊嚴法相，便自動獻上食物，佛陀吃完後，就跟他們稍微談些佛法；他們一聽，十分受用，立刻拜佛陀為師，願意皈依佛教。佛陀以為自己悟得的深妙真理，決非一般人所能理解，所以，他想將它密藏在心裡，不願向世人宣揚，他暗忖：「我不想把自己辛苦悟得的內容說出來，因為眾生被貪念與瞋恨所苦，他們極困難領悟這種法。我的法不是一般常識，而是深遠微妙、凡執迷慾望、陷入無明的人們，都看不見這種法。」這時候，據說梵天出現了，他懇求佛陀向天下眾生說法，這就是「梵天勸請」的傳說。

之後，佛陀開始馬不停蹄，到處說法四十年，也碰過許多無緣的人，結果當然也培養出一群徒眾，最膾炙人口的有十大傑出弟子。

更要強調的是，若不能馬上悟解，就要發問，直到完全領悟和受用為止。例如佛陀入滅的消息傳出之後，附近一位外道修行人叫跋陀羅，平時靠自修，不曾遇過良師指點，故有不少疑問想請教佛陀；當他一聽到佛陀要去世時，立刻趕來求見。佛陀身邊的弟子們知師尊身體太衰弱，恐怕不便接見，但對方苦苦央求，而且也被佛陀聽到了；於是，佛陀慈悲接見了跋陀羅。跋陀羅說道：「我是個追求真理的人，可是活了一百二十歲，修道也有幾十年，但真理的影子都還沒見到，請問佛陀慈悲，怎樣才能看見真理？才能身心解脫？」

佛陀簡單答說：「諸法都不離八項正道……。」

總之，學佛的正確態度是，不怕有疑問，只怕自己不聞不問，或一知半解，最後一無所成。

十八、世人不可貌相　海水不能斗量

【原典】

張憑①舉孝廉，出都，負其才氣，謂必參時彥，欲詣劉尹②，鄉里及同舉者共笑之。張遂詣劉，劉洗濯料事，處之下坐，惟通寒暑，神意不接。張欲自發無端。頃之，長史③諸賢來清言，客主有不通處，張乃遙於末坐判之；言約旨遠，足暢彼我之懷，一坐皆驚。真長延之上坐，清言彌日，因留宿至曉。張退，劉曰：「卿且去，正當取卿共詣撫軍④。」張還船，同侶問何處宿，張笑而不答。須臾，真長遺傳教覓張孝廉船，同侶惋愕。即同載詣撫軍，至門，劉前進，謂撫軍曰：「下官今日為公得一太常博士⑤妙選。」撫軍與之話言，咨嗟稱善，曰：「張憑勃窣⑥為理窟⑦。」即用太常博士。

註①　張憑：晉朝吳郡人氏，字長宗，曾任御史中丞。

註②　劉尹：本名叫劉惔，字真長，常稱劉尹。

註③　長史：即王濛，字仲祖。

註④　撫軍：即簡文帝。

註⑤　太常博士：官名，為九卿之一，掌管宗廟禮儀。

註⑥　勃窣：匍匐行進。

註⑦　理窟：意指張憑的體貌短小而深藏名理。

【譯文】

張憑被推舉為孝廉後，準備去京城，自認有不尋常的才氣，必能結交當時的名流聖士；他想去拜訪劉尹，同鄉人士及一起被推舉為孝廉的人無不譏笑他。後來，張憑去拜訪劉尹，待劉尹洗濯和料理事情完畢，讓他坐在下座，只和他寒暄冷暖幾句而已，對方態度冷漠。張憑極想發表自己的論點，卻沒有機會。

片刻後，王長史等賢士都來到劉尹家清談，當他們清談內容不能通達無阻時，張憑坐在遠遠的末座加以判別定論；他言簡意賅，旨趣深遠，能讓大家胸懷的疑惑暢通無阻，使整座的人吃驚不已。

劉尹立刻請他坐到上座，清談一整天，又留他住了一夜。張憑要回去時，劉尹對他說道：「您先回去一下，我將來一定會帶您去拜見簡文帝。」待張憑回到船上，同伴問他昨晚住在那兒？張憑微笑沒有答話。片刻後，王長史派了傳達命令的人去找尋張憑的坐船，不禁讓同伴驚訝。張憑馬上和王長史同車去拜見簡文

帝。到了府門，劉尹向前對簡文帝說道：「在下今天為您找到一位最佳人選的太常博士。」張憑便走前拜見，簡文帝和他談了一些話後，不禁讚歎說道：「張憑體貌雖然短小，卻滿懷著名理。」果然馬上被任太常博士。（文學篇）

【佛法解說】

上文顯露兩點：第一學要能用，設法推銷自己，不管用什麼方法都無妨，總比懷才不遇而憤世嫉俗好。第二、海水不可斗量，人也不能貌相，不怕別人不知情，只怕自己無真才和實學。

且說第一，學佛修行在人間，一旦悟到解脫的智慧，就不該隱居深山，脫離紅塵做個自了漢，反而更要入世服務，用種種善巧方便活躍人間，從事合法合情的各行各業。例如《維摩經》說：「要用言語的聲塵，文字的色塵，有法可聞，有經可看，即利用文字語言作工具，作大佛事。」

第二如拿破崙、鄧小平都是矮個子，但卻一身是膽，思想敏捷，自信滿盈，幹勁十足……。倘若狗眼看人低，只問衣裳不問人，那是大錯特錯，肯定會看走眼。

不論高個子、小矮人、大胖子、瘦皮猴，大男人、小女子，穿西裝結領帶

的、披長袍馬掛的、穿皮鞋的、拖木屐……，外觀所能代表的價值與意義，十分有限和膚淺，主要看他（她）有沒內涵、實學與涵養。前者不是時下的學歷，出身家境或吹毛求疵以及攀緣得來的成果，而是篤實高尚的表現。後者要看心術正不正，如果心懷奸詐，即使相貌堂堂，又是七尺之軀，也不算大丈夫或善知識，不交也罷。反之，如果心地善良、又有睿智，縱使歪了鼻子、瞎了眼睛，甚至四肢殘障，也是大好人、活菩薩，值得頂禮讚歎。

請恭讀《法句經》的兩句偈語，我們應該歡喜信受，切實奉行。

（一）**禮敬有戒德的人，常尊敬年長的人。有四種事增長：壽命、容色、安樂、力量。**（一〇九）

（二）**雖僅以辯才，或容貌美好，但常嫉妒、慳吝、虛偽者，不是善良之輩。**（二六二）

十九、以出世心　做入世事

【原典】

人有問殷中軍①：「何以將得位而夢棺器，將得財而夢矢②穢？」殷曰：「官

本是臭腐，所以將得而夢棺屍，財本是糞土，所以將得而夢穢汙。」時人以為名通。

註① 殷中軍：即殷浩。

註② 矢：屎也。

【譯文】

有人問殷中軍說：「為什麼將要得到官位時會夢到棺材，將會得到財務時會夢到糞便呢？」

殷中軍告訴他：「那是由於官位原本是惡臭腐爛的，所以會事先夢到棺材，財物原本像糞土一般，所以事先會夢到糞便。」（文學篇）

【佛法解說】

乍讀下，充滿諷刺詼諧、玩世不恭，把官位譬喻為棺材，把財物看作糞土；只有出世間法的智慧，才能完全看穿人間的權勢、名譽、財富和地位，但觀古今中外，非常罕見這種人物……。

在極罕見的極少數人中，古印度釋迦國的淨飯王有一位王子叫悉達多，娶妻生子後，因感人生無常，二十九歲那年，他毅然拋棄了嬌妻、愛子、王位繼承和

財富等，去出家求道，六年後，證悟成佛，成為一位大覺者，但不是神仙。

一天，他成功返國，他父親淨飯王喜出望外，以為王子要回來繼承王位，享受榮華富貴，誰知佛陀卻不屑這些人人想要，卻得不到的東西。他們父子之間，有一段非常精彩感人的對話，令人動容。

淨飯王問佛陀說道：「在出家前，你穿的是細毛編織的拖鞋，踩的是地氈，遮的是陽傘。現在，你打赤腳在烈日下走路，你的腳不疼嗎？」

佛陀答道：「我已不再受慾望的束縛，所以沒有痛苦的感覺。」

淨飯王問道：「當你在宮中時，你常用清涼的檀香水來沐浴以消除疲勞。現在，你疲倦的時候，用什麼方法來恢復精神呢？」

佛陀答道：「佛法就像是一個篋聚了各種香水的寶池，我天天在這潔淨的池裡沐浴，怎麼會疲倦呢？」

淨飯王問道：「在王宮裡，你穿的是質地最好的衣服，現在你穿的卻是粗糙破舊的袍子，你怎麼受得了？」

佛陀答道：「衣服是否美麗，飲食是否美味，都會隨著心態而改變，只要心境好，任何衣服和飲食都是一樣。」

淨飯王問道：「以前你睡在柔軟的床上，而今你卻睡在草地上，難道你的身體不會酸痛嗎？」

佛陀答道：「我已經擺脫了慾望的束縛，我的心境平和、快樂，所以不管什麼地方，我都可以睡得很安慰。」

淨飯王問道：「你在宮中時，有守衛保護你。現在你住在森林裡，沒人保護，你不覺得害怕嗎？」

佛陀答道：「我已經克服了恐懼心理，就像森林裡的獅子一樣，什麼都不怕。」

淨飯王說道：「如果你沒有出家，整個世界就是屬於你的。」

佛陀答道：「現在我出家了，到處都有我的弟子，整個世界也還是我的。」

淨飯王終於感動的說道：「你放棄了王位和富貴生活，也離開了親人，你所做的努力都不是白費的。」

何等睿智！何等胸懷！完全用出世的心，做入世事業，才能真正出離任何高官、財富。

二十、雖千萬人　我也往矣

【原典】

王含①作廬江郡②，貪濁狼籍。王敦③護其兄，故於眾坐稱：「家兄在郡定佳，廬江人士咸稱之。」時何充④為敦主薄，在坐，正色曰：「充即廬江人，所聞異於是。」敦默然。旁人為之反側，充晏然神意自若。

註①　王含：字處弘，琅邪人，曾任徐州刺史。

註②　廬江郡：在今安徽霍丘縣附近。

註③　王敦：字處仲，為丞相王導的堂兄，官拜鎮東大將軍。

註④　何充：字次道，或稱驃騎、揚州。

【譯文】

王含在廬江郡任職時，貪污枉法，聲名狼籍。王敦為了袒護哥哥，就在大庭廣眾面前稱讚說道：「我哥哥將廬江郡治理得很好，因為當地人一致讚歎他。」當時，何充擔任王敦的主簿，也在坐席上，卻滿臉嚴肅的說道：「我何充就是廬江人，可是我聽到的傳聞跟你所說的完全不一樣。」

王敦一聽，默不作聲。其他在座的人都因此替何充擔心，而緊張起來，誰知何充的神色仍舊安詳自在。（方正篇）

【佛法解說】

兩人一反一正的作風，都可以用佛教來褒貶和討論。

一人不誠實，偏袒親人，硬將惡業說成善業，是非不分，無異佛教的大忌，千萬倣效不得。《百喻經》有一則故事，說話人的動機雖然大同小異，但不離顛倒又愚昧。

從前有一個漢子，在大庭廣眾面前，一直稱讚自己父親的德行。

他說：「家父非常仁慈，不會害人，也不曾盜竊，為人正直，更不撒謊，而且常常去救人。」

當時有一個蠢漢，聽了他的話，立刻說：「這一點德行，比起我父親可差多啦！」

旁人問蠢漢：「那令尊有什麼德行，你說來聽聽呀！」

蠢漢說：「家父從小就斷絕淫慾，從來不接觸女人。」

旁人聽了之後，不禁大笑說：「如果令尊從小就斷絕淫慾的話，那麼，你又從那兒來的呢？」

另一人正好相反，秉公執正，實話實說，破邪顯正，不怕得罪任何人，即使面對自己的主管也不在乎，頗有「千山萬水我獨行」的硬漢作風，正是佛教徒的範楷。例如《法句經》有一首詩偈，值得大家信受奉行：

「如果有行為端莊、智慧具足、適合共住的益友，應該欣然與他共住，克服所有的困難。」（三二八）

二十一、洞悉玄機　才智出眾

【原典】

王戎七歲，嘗與諸小兒戲，看道邊李樹多子，折枝；諸兒競走取之，唯戎不動。人問之，答曰：「樹在道邊而多子，此必苦李。」取之，信然。

【譯文】

王戎七歲時，曾經和許多小孩出去遊玩，目睹路邊的李樹，結了許多果子，斷枝垂下。許多孩子都爭著去摘，只有王戎站著不動。旁人問他原因。

王戎回答說：「李樹生長在路邊，還留著那麼多果子，那肯定是苦的李

子。」取來嚐了一口，果然沒錯。（雅量篇）

【佛法解說】

人有先見之明，或有前瞻性思維，不但來自天生異稟，即宿世善根，更有良好的家庭教養，而決非無因無緣，或突發異想。

下則佛經故事，出自《毗奈耶破僧事》第二十，寓意大同小異，值得玩味。

某山上有甲乙兩隻猴王，各自擁有五百隻猴子部屬。有一天，甲猴王率領部屬到村子近郊遊玩。村裡有一棵巨大的果樹，樹上掛滿了成熟的果子，猴群見了，口水直流，幾乎要伸手摘下來吃，但仍先徵求猴王的同意，說道：「大王，你看樹上都是熟透好吃的果實，我們已經走了大段路，又饑又渴，何不摘幾個來吃呢？」

甲猴王當然看見樹上的果實，卻表示不同看法說：「這顆樹長在村子裡，連村裡兒童都不敢吃的果子，可見這是吃不得的東西。」

猴子們聽猴王這麼說，心想也許事實，只好放棄希望，返回山裡去。

不久，乙猴王也率領大群部屬，來到同一村裡。他們一看樹上累累的果實，又紅又熟，忍不住央求猴王說：「大王，我們好想吃樹上的果子喔！大家走累

了，待吃飽再回去吧！」

猴王一聽，不加思索，一口答應。五百隻猴子饑渴交加，一聽可以摘下果實吃，無不爭先恐後摘下來吃個飽。不料，吃完不久，大群猴子紛紛叫喊：「我的肚子痛啦！唉！」只見一群猴子上吐下瀉，頃刻間全都死在樹下了。

領袖人才要有睿智或不尋常的機警，洞察危機，思考周詳，才能服眾、領導群倫。

二十二、禪定工夫　非比尋常

【原典】

（一）夏侯太初嘗倚柱作書，時大雨，霹靂破所倚柱，衣服焦然，神色無變，書亦如故。賓客左右，皆跌蕩不得住。

（二）謝太傅盤桓東山時，與孫興公①諸人汎海戲。風起浪湧，孫、王②諸人色並遽，便唱使還。太傅神情方王，吟嘯不言。舟人以公貌閑意說，猶去不止；既風轉急，浪猛，諸人皆諠動不坐。公徐云：「如此，將無③歸。」眾人即承響而回。於是審其量，足以鎮安朝野。

（三）桓公④伏甲設饌，廣延朝士，因此欲誅謝安、王坦之⑤。王甚遽，問謝曰：「當作何計？」謝神意不變，謂文度曰：「晉阼存亡，在此一行。」相與俱前。王之恐狀轉見於色，謝之寬容，愈表於貌；望階趨席，方作洛生詠，諷「浩浩洪流」。桓憚其曠遠，乃趣解兵。王、謝舊齊名，於此始判優劣。

註① 孫興公：本名叫孫綽，字興公，或稱常樂。

註② 孫、王：孫綽，王羲之。

註③ 將無：大概。

註④ 桓公：即桓溫。

註⑤ 王坦之：字文度，太原人。曾任侍中，中書令，徐袞二州刺史。

【譯文】

（一）有一次，夏侯太初曾經倚靠著柱子寫文件，當時正下著大雨，突然一聲響雷將他所依靠的柱子劈裂，衣服也被燒焦，但他的神色毫無改變，依然像往常一樣寫作文件。反見賓客和侍衛們，都因驚嚇得跌倒和搖愰不已。（雅量篇）

（二）謝太傅逗留在東山時期，偶爾和孫興公等人出海遊樂。有一次，忽然刮起大風，波濤洶湧，孫綽和王羲之等人的臉色，馬上急躁不安，都提議讓船夫

把船划回岸邊。誰知太傅的神情意興正濃，吟唱詠嘯，一句話也不說。船夫看到太傅的神色安閒，興致不錯，就仍然向海中繼續划去；等到風刮得疾勁，波浪奔騰時，船上的人都喧嘩走動，不坐在位置上。太傅慢慢的說道：「如果像這樣子，我們大家都將回不去了。」眾人聽了才應聲回到座位上。從這一點觀察太傅的度量，是足以安定朝野的。（雅量篇）

（三）桓溫在設計的酒席間，埋伏了武裝的兵士之後，又大量召請朝中百官，他想趁機殺掉謝安和王坦之。王坦之非常慌張，向謝安說道：「我們應該怎麼辦呢？」謝安的神情竟依舊若無其事，對王坦之說道：「晉朝國運的存亡，都要看這一回了。」結果一同去參加筵席。

王坦之的恐懼表情，全都呈現在臉上；謝安的寬宏度量，也表現在面容之上；兩人朝著石階走上席坐，只聽謝安反而學唱洛陽書生的歌詠，吟誦著「浩浩洪流」的詩句。桓溫害怕他那曠達悠閒的表現，繼而馬上解除兵士。王坦之與謝安原來一樣有聲望，但從此以後，雙方就分出優、劣。（雅量篇）

【佛法解說】

三篇強調「聚精會神」的鎮定程度，泰山崩於前，連眉頭也不皺一下，算有相當鎮定的功夫。依佛教的解釋是心不被外境所轉，不管外界發生什麼狀況，一切隨它去吧！不聞不問、不慌不忙，但若沒有禪定的高度境界，一般聚精會神，或不慌不忙的鎮定效果仍然很有限，不能到達完全忘我的情狀。因為人的眼、耳、鼻、舌、身等五根極難抗拒色、聲、香、味、觸等五境的強烈誘惑，致使再堅固的心防也會被摧毀的。

《六度集經》有一則記載，可見佛陀的禪定造詣有多深、有多棒，完全到了忘我的境界。內容如下：

某年夏季，佛陀率領一千二百五十位弟子來到一條小徑，在一片繁茂的巨樹下，靜靜的禪坐觀想。

佛陀在寂靜的禪境裡，悠然自得，外界一切絲毫不會妨礙他。片刻後，佛陀從禪定中出來，十分口渴，回顧阿難說：「阿難！你到河邊掐些水來好嗎？」

「世尊！剛才有五百輛馬車經過，把河水搞得髒兮兮，根本不能喝呀！」

待阿難一說完，又聽佛陀說：「我的口非常渴，你走一趟，看那裡有水，就掐些水回來給我吧！」

佛陀再三吩咐，阿難就說：「前面有一條鳩對谷，谷水清澈淨涼，我就去那裡掐水。」

佛陀與阿難說話時，羅迦藍的婆羅門弟子，名叫胞罽，他見佛陀法相莊嚴，不禁起了恭敬心，合掌向佛陀禮拜說：「剛才有五百輛馬車經過，難道世尊沒聽到嗎？」

「不錯，我沒聽到呀！」

「怎麼會沒聽到五百輛馬車的聲音呢？」

「可能在禪坐中專心觀想，所以沒有聽見。」

胞罽聽了，心裡暗忖。剛才五百輛馬車經過發出轟隆轟隆聲，飛沙走石，震動地面，只有一心一意在思惟真理的如來世尊，才聽不到、也看不見，回想當年自己師父羅迦藍在世，不也如此嗎？

他緩緩抬頭對佛陀說：「世尊進入禪定，不為外界狀況干擾，跟我昔日的師父一樣。我好像見到家師，可否從今起，讓我遵守您的教誨，奉持五戒呢？」

佛陀允許了，又說：「胞罽呀！五百輛馬車的聲響，跟轟隆的響雷相比，怎麼樣呢？」

「千輛馬車的聲音，也比不上小雷的聲響，那巨大雷聲，就更不用說了。」

「從前，我在阿譚縣一間屋裡靜坐，觀想生死的苦本。忽然雷電交加，打死了四條大牛，和耕田的兩兄弟。待一切靜止之後，鄰近居民聚在一塊談論，收拾殘局。此時，我從禪定裡出來，聽到外邊鬧哄哄，出來問說：『發生了什麼事？』附近居民才將剛才的情況敘述一遍，並問說：『剛才巨雷震響，難道您沒聽見嗎？』」

待我說出定觀的經過，他們深受感動，從此信受佛法，成了虔誠佛教徒。」

胞罽聽完佛說的話，心生法喜，立刻拿出一件金織的衣服供養佛陀了。並說：「我希望本鄉的人，都能分享法樂，可不可以恭請世尊到寒舍普照呢？」

佛陀滿足胞罽的願，率領一群弟子前往普照。

二十三、生死觀不一樣

【原典】

（一）嵇中散①臨刑東市，神氣不變，索琴彈之，奏「廣陵散」。曲終，曰：「袁孝尼嘗請學此散，吾靳②固不與，『廣陵散』於今絕矣！」太學生三千人上書，請以為師，不許。文王亦尋③悔焉。

（二）裴叔則被收，神氣無變，舉止自若，求紙筆作書；書成，救者多，乃得免。後也儀同三司。

註①　嵇中散：本名叫嵇康，字叔夜，或稱中散。

註②　靳：吝嗇也。

註③　尋：不久。

【譯文】

（一）嵇中散將要在東市被處決，臨刑前，他神色像往常一樣，還要求彈琴一曲，結果奏了一曲「廣陵散」。彈曲結束，他說道：「袁孝尼曾想學這『廣陵散』，我捨不得教他，而今『廣陵散』將從此絕響了。」太學生三千人上書央求嵇中散為師授課，可惜未獲准許；接著，文王也覺得後悔。（雅量篇）

（二）裴叔則被收押去行刑時，神情氣色一點兒也不變，舉止言行鎮定如往常一般，只求紙筆來寫書信，信寫好之後，因為救助他的人很多，終於得以免除死刑。後來，他的官位上升到像三司那般等級。（雅量篇）

【佛法解說】

兩文強調「臨死不懼」，但還沒到達「自在往生」的修為，凡夫要能不怕死已經相當罕見和不易，故他們勇氣可佩。如果領悟生死一如的佛理，更能灑脫而去，往生西方淨土。

例如後唐保福禪師對生不貪愛，對死也不畏懼，可從下則禪話看得明白：

某日，保福禪師將要辭世時，向大家說道：「我近來氣力不繼，想大概世緣時限快要到了。」

門徒聽了紛紛表示說：「師父身體還很硬朗嘛！」「弟子們仍要師父指引哩！」「請求師父常住世間給眾生說法呀！」大家議論不已。

其中一位弟子問道：「若時限到了，師父要不要去呢？」

保福禪師用非常安詳的風度，非常親切的口吻反問：「那你說要怎麼樣好呢？」

這個弟子毫不考慮回答說：「生也罷，死也罷，一切隨緣任它去好了。」

禪師哈哈笑說：「我心裡想說的話，不知幾時被你偷去了。」

說完就跏趺圓寂了。

佛教的生死觀是循環的，生固不是可喜，死亦不是可悲，生死在循環，一體之兩面。禪者的生死很特別，有先祭而滅，有坐立而亡，有唱歌而去，亦有上山

掘地自埋，都顯現得自在，不慌不忙。再聽以下兩位禪師的開示：

宗衍禪師說：「人之生滅，如水一滴；漚生漚滅，復歸於水。」

道楷禪師圓寂時說得更明白：「我年紀七十六，世緣今已足，生不愛天堂，死不怕地獄；撒手橫身三界外，騰騰任運何拘束？」——錄自《星雲禪話》第三集

二十四、高難度挑戰　寡慾知足

【原典】

張季鷹[①]辟齊王[②]東曹掾，在洛，見秋風起，因思吳中菰菜羹、鱸魚膾[③]，曰：「人生貴得適意爾！何能羈宦數千里以要名爵？」遂命駕便歸。俄而齊王敗，時人謂為見機。

山公[④]舉阮咸為吏部郎，讚曰：「清真寡欲，萬物不能移也。」

註①　張季鷹：本名叫張翰，字季鷹，吳郡人。

註②　齊王：司馬冏。後為長洲王又所殺。

註③　膾：細切肉。

註④　山公：本名叫山濤，字臣源，或稱山公。

【譯文】

張季鷹被任命為齊王司馬冏的東曹掾，住在洛陽。一天，看見秋風刮起，不禁思念起吳地的菰菜羹、鱸魚膾，因此說道：「人生最可貴的是，能經常的滿足自己的志趣而已！怎能離家數千里，來要求名位爵祿呢？」

終於命人駕車回家。不久，齊王兵敗被殺。當時，世人都以為他能預見事情的禍福利害。（識鑒篇）

山濤推舉阮咸為吏部郎，並讚歎說：「阮咸純潔，欲求不多，世上萬物都不能動搖改變他的節操。」（賞譽篇）

二十五、懸崖勒馬　脫離險境

【原典】

王處仲①世許高尚之目。嘗荒恣於色，體為之敝。左右諫之，處仲曰：「吾乃不覺，如此者甚易耳。」乃開後閤，驅諸婢妾數十人出路，任其所之。時人歎焉。

註① 王處仲：即王敦，字處仲，常稱大將軍。

【譯文】

王處仲被世人稱讚行為高尚。以前，他縱情肆慾於女色，身體因而衰弱，周遭的人都勸諫他。王處仲說道：「我竟然沒有注意到，既然這樣，那還不簡單？」於是打開後門，把數十個婢妾趕走了，任憑她們去那裡，當時，人人都因而稱讚他。（豪爽篇）

【佛法解說】

天下有情眾生都有性慾，那是與生俱有的強烈本能之一，屬於生物學的範疇，但人之所以為人，是有一顆能超越這種原始慾望所牽制，而奔向最高境界，最大成就的潛力，這股潛力無疑也是佛道修行的最好資本，其他動物是沒有的。

佛道不徹底排斥或迴避性慾，但必須設法調伏、控制、引導、轉化和昇華，讓它淡薄弱化，以至平靜下來，才能使心境轉為清涼寂靜。當然，年輕人一開始修行這方面頗為不易，現在引用一位泰國高僧阿姜查一段肺腑的話，讚嘆他怎樣轉化和調伏性慾的經驗談。

他說道：「淫慾應該靠不淨觀來對治，執著身體的形色是一個極端，我們應該在心中保持對立，把身體看作一具屍體，並觀想身體腐壞的過程，和身體各部分如肺、脾、脂肪、糞便等。當淫慾生起的時候，記住這些，努力觀想身體不淨的一面……只有這樣，才容易讓人擺脫淫念。」

年輕男女縱情肆慾的情狀，古今中外，比比皆是。尤其，現在男女性觀念完全開放，性道德的解釋不像以往保守和拘束，更使年輕人的性行為幾乎到了濫交亂來的地步，而這完全違反佛道，即使在家信徒也不宜超越「不邪淫戒」的規範才好。

本文另一特點是，肯聽善知識勸告，當機立斷，知錯能改，非常難得，正如佛陀所說：「**奮勵不放逸、自制、紀律，有智慧的人不為瀑流漂蕩，能自作島嶼。**」（《法句經》廿五）

「**愚闇無智的人，恣情放逸，智者防護不放逸，彷彿防護最上的財寶。**」（《法句經》廿六）

二十六、好示範　好修行

【原典】

范宣①年八歲，後園挑菜，誤傷指，大啼。人問：「痛邪？」答曰：「非為痛也；但身體髮膚，不敢毀傷，是以啼耳。」宣潔行廉約，韓豫章②遺絹百疋，不受；減五十疋，復不受；如是減半，遂至一疋，既終不受。韓後與范同載，就車中裂二丈至范云：「人寧可使婦無褌③邪？」范笑而受之。

註① 范宣：晉朝陳留人，字子宣。

註② 韓豫章：本名為韓伯，字康伯，潁州人。曾任豫章太守。

註③ 褌：褻衣，褲子。

【譯文】

范宣年僅八歲時，一天，他在自家後面菜園用鋤具揀菜，一不小心傷到了手指，不禁大哭起來。家人問他：「很痛嗎？」范宣答說：「不是皮肉之痛，是因我父母賜給的身軀、四肢、毛髮、肌膚，不該傷害，古有明訓，而我這麼大意傷了手指，才忍不住大哭！」范宣的德行廉潔，生性節儉；韓豫章曾經要送他一百疋絹布，他卻不肯接受；減少五十疋，還是不肯收下，再減一半數量，最後減到一疋，仍執意不收。

後來，韓豫章跟范宣同坐一車，在車上撕了兩丈絹布，送到他面前說道：「難道你要讓妻子沒有內褲穿嗎？」范宣才笑一笑收下那塊布料。（德行篇）

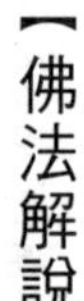

【佛法解說】

有兩點值得讚歎，一是孝心，二是不貪。

父母親看到孩子身上任何部分受到小傷害都會痛在心頭，彷佛自身受傷一樣；有道是，兒女是父母的身上肉，即親子情深的意思。

自己手指頭受了小傷，也會為父母著想，不忍讓父母看了傷痛，可見他有非比尋常的孝心，將來肯定不會做任何違逆父母的壞事或惡行。

佛經上說，若能孝養和敬順父母，便可以招感少病，身體端正，有大威勢，出生上等族裔，多有資生等五種果報，叫做五善根。救度父母與報恩祖先，算是最大孝行，也是成佛得道的基礎。

對治貪婪要有方法，就是悟解無常的智慧。一個人貪求再多，即使擁有全世界最大的財富，佔有最高的職位，握有最大的權勢，也不能永遠屬於你的，總有一天會離它而去，與其到時候難捨難分，叫苦不迭，不如當下覺悟，靠佛教的無常觀來克制貪慾。

事實上，有錢人未必快樂，他想多多益善，整天忙裡忙外，拼命攢錢，求名求利，至死方休，最後什麼也沒帶走，只能帶走自己的執迷和無窮的惡業，人生

苦短，何必如此？反之，知足常樂放諸四海都行得通……。

《遺教經》說：「**若欲脫諸苦惱，應須觀知足。**」記住生活的主人是自己，千萬別被一個又一個新的慾望牽著鼻子走，否則，就是大傻瓜，那怕他（她）是教授、校長、董事長、總經理，男人、女人……都一樣，貪婪不得哩！

二十七、不動心　難得矣

【原典】

管寧①、華歆②共園中鋤菜，見地有片金，管揮鋤與瓦石不異，華捉③而擲去之。又嘗同席讀書，有乘軒冕過門者。寧讀如故，歆廢書而出看。寧割席分坐，曰：「子非吾友也。」

註① 管寧：三國魏朝朱虛人。字幼安，認真求學，漢末黃巾作亂，他避居遼東。

註② 華歆：字子魚，平原人。

註③ 捉：撿也。

【譯文】

某日，管寧和華歆一起在菜園裡翻土種菜，突然看到地上出現一塊黃金，管寧毫不動心，視同一般瓦石不去理會，而華歆卻撿起金塊，看了一下才丟棄。又有一次，兩人一起讀書，一位官吏乘車經過，熱鬧非凡。管寧彷彿沒聽到，照樣讀書，而華歆把書擱下，跑出去看。這一來，管寧迅速執刀割斷草蓆，分開來坐，且說道：「你不是我的朋友了。」（德行篇）

【佛法解說】

以上比較兩人的專心程度，俗話說：「視而不見」，別以為他目不轉睛瞪著某個人或某件東西，事實也許不是如此，很可能他心裡在想另外不相干的人或物；總之，心眼最重要。又如某人走路兩眼往前看，一步接一步，前邊車輛疾駛來了，還不知閃避，蓋因他心有所思也。

主角之一——管寧目睹黃金不動心，當作一般瓦石看；依常情說，應該不是不要它，而比較可能是上述的解釋。

下則禪話的寓意相同，不妨細讀咀嚼。

某處鬧著災荒，佛教裡一些人士也想盡些濟助之心，因此就商請一個歌舞

團，表演歌舞，籌募一點經費。某一寺裡的禪僧購置入場券，也參觀了歌舞。

新入道的一個禪學者，大不以為然，他認為參禪修道的人，不該觀看歌舞，因為團體行動，不得已，他就閉眉閉眼，正襟危坐的不理會周圍的嬉鬧。

歌舞中途，主辦者又向大家提出樂捐的呼籲，這位初學的禪者，拂衣而起，生氣的說：「我根本連眼睛都沒有睜開一下，為什麼還向我要錢？」

主辦者一聽，更認真的說：「別人睜開眼睛看的，只要捐一半就好了，你閉著眼睛想的，那才要請你加倍多捐一些。」——摘自《星雲禪話》第四集

修行人不是閉起眼睛，或耳朵，不看不聽，就算有道行，反而心裡想的，看的才重要；意謂專心禪思，或專心念佛，才能聚精會神，沒有雜念。

我們做任何大小事，若能全力以赴，心無旁顧，何嘗沒有管寧那般功力？但他動輒輕視功力較淺的朋友，未免小題大作，反而應耐心勸他，教他才好。

二十八、無因不現果　有果必有因

【原典】

顧榮①在洛陽，嘗應人請，覺行炙人②有欲炙之色，因輟己施焉③。同坐嗤

之。榮曰：「豈有終日執之，而不知其味者乎？」後遭亂渡江，每經危急，常有一人左右已，問其所以，乃受炙人也。

註①　顧榮：晉朝吳郡人，字彥先。

註②　行炙人：端送菜餚的人，古人說店小二。

註③　田輟已施焉：將自已的食物給他吃。

【譯文】

顧榮在洛陽時，有一天，接受朋友的邀宴；酒席間，他發現一個傳送菜餚的僕人，面露極想吃的樣子，顧榮便放下碗筷，將自己的菜餚賞賜那個僕人，同座的人都在笑他。但聽顧榮說：「難道他整天忙著送菜餚，可以不讓他品嚐菜中的美味嗎？」後來，顧榮遭遇趙王倫叛亂，渡長江避難時，每當遇到危急，經常有一個人護衛著他。顧榮奇怪之餘，問他為何這樣做？原來他正是當年接受贈食菜餚的僕人。（德行篇）

【佛法解說】

當人最需要幫忙的時候，不妨在自己能力範圍內，給予適度而無條件的幫忙，肯定會讓對方銘感五內，永遠懷念。人的說話、作為和心念都會造業，善業

或惡業，也會自負因果；若給人安慰一句好話，做一件好事，或表現一點兒善意，都是種善因，那天各類條件成熟，肯定有果報出現。

佛經說：「無因不現果。」在院子裡，若不播下玫瑰花的種子，以後不可能無緣無故長出玫瑰花；同理，不播花生種子，將來也不可能長出花生，反正種豆得豆，種瓜得瓜，不論在那裡，在什麼時候，或由誰做都一樣。換句話說，因果不是一種社會文化、價值觀或理論，它是超越宗教、種族、文化、地域和價值判斷的絕對真理

請恭讀《法句經》下首偈語：「**人應做種種善事，如同眾多花朵可以製作很多花圈。**」（五三）

二十九、謙虛退讓　值得讚歎

【原典】

（一）何平叔①注《老子》始成，詣王注精奇，迺神伏曰：「若斯人，可與論天人之際矣！」因以所注為《道德二論》。

（二）何晏注《老子》未畢，見王弼②，自說注《老子》旨，何意多所短，

不復得作聲，但應諾諾。遂不復注，因作《道德論》。

註① 何平叔：魏朝何晏，字平叔，南陽人，曾為侍中尚書。

註② 王弼：字輔嗣，山陽人，註有《易》及《老子》。

【譯文】

（一）何平叔注解《老子》一書剛完成，就去拜訪王輔嗣；發現他注釋的《老子》精闢不凡，不禁暗忖：「像王輔嗣這般人，才夠資格論述天人之類的道理呀！」結果，便將自己所注釋的書，改名為《道德二論》了。（文學篇）

（二）何晏注解《老子》一書尚未完成，便去見王弼，向他說自己注釋這本書的旨意，看在王弼的眼裡，認為何晏的注釋有些缺陷，不予置評，只有嗯嗯回應。從此就不再注釋《老子》而去著述《道德論》。（文學篇）

【佛法解說】

兩文最大特點是，兩個人都有自知之明，深悟「老二哲學」，發現對方強過自己，既不悲憤，亦不吃醋，更不去爭搶，乾脆另謀途徑，開闢自己的新天地。所謂「此處不留爺，自有留爺處，何必爭風吃醋，自尋煩惱呢？」這是很明智、很務實的選擇，也是知之為知之，不知為不知，是知也的示範。

佛光星雲大師說：「如果要展現成功的人生，必得先從『老二』做起，不強出頭，隨緣隨分。……在服務奉獻中，成就他人；在努力工作中，實現自我；那麼，不管現在或將來是否能當上別人的『老大』，至少你已經做了自己的主人……。佛教說萬法相互緣起，故法法平等，每一法都可以說是『老大』，也可以都是『老二』，但看你以什麼角度去觀察。紅花如果沒有四周的綠葉圍繞，怎能顯得嬌媚動人？主角假使沒有諸多配角的陪襯，也表現不出他的重要性。……做個『老大』，能夠領導群倫，固然很好，作個『老二』去成就別人，也很偉大啊！」

最後，再引用三位禪者的話做結語：某日，藥山禪師正在庭院裡打坐，身旁坐了兩位弟子，一位叫雲巖，一位叫道吾。

藥山禪師忽然指著院子裡一枯一榮的兩棵樹，先問道吾說：「那兩棵樹是枯的好呢？還是榮的好呢？」

道吾回答：「榮的好。」

藥山又問雲巖：「枯的好呢？榮的好呢？」

雲巖答道：「枯的好。」

這時正好一位姓高的侍者經過，藥山又以同樣問題問他：「枯的好呢？榮的好呢？」

侍者回答：「枯者由它枯，榮者由它榮。」

結論是：條條大路通羅馬，各有千秋，彼此一樣有價值，有意義，而沒有什麼高下分別呀！

三十、好學、機智、成功

【原典】

服虔既善《春秋》①，將為注，欲參考同異。聞崔烈②集門生講傳，遂匿姓名，為烈門人賃作食，每當至講時，輒竊聽戶壁間。既知不能踰己，稍共諸生敘其短長。烈聞，不測何人，然素聞虔名，意疑之。明蚤往，及未寤，便呼「子慎！子慎！」虔不覺驚應。遂相與友善。

註① 春秋：原本是魯史記之名，由孔子刪定後，從魯隱公元年到魯哀公十四年，計有十二公、二百四十二年，是一本編年史。

註② 崔烈：漢朝安本人，字威考，靈帝時，官拜司徒，太尉，封陽平亭候。

【譯文】

服虔對《春秋》早已熟悉，便要註解這部書，可又想參考其他人的不同見解。他聽說崔烈召集一群門生在講解此書，便埋名隱姓，混入崔烈家當他門人煮飯的傭工，每當崔烈在講解《春秋》，他便在窗戶外偷聽。他發現崔烈的見解和講解不比自己的高明，就趁空閒時和學生們評論崔烈所講的優劣所在。

被崔烈知曉後，猜不出他是什麼人，但早就聽說服虔的聲望，心中懷疑是他。次日，他一大早到了學堂，趁服虔還沒睡醒，便故意叫喊服虔的名字說道：「子慎！子慎！」服虔竟在不知不覺驚醒中答應了。這一來，兩人便結交為好朋友。（文學篇）

【佛法解說】

本文點出三項要旨，一是強烈求知慾，二是活用方便法，三是結善緣、交好友。

佛門有許多膾炙人口的求知故事。如唐玄奘為了探求原始佛經的真貌，在交通和資訊極不發達的時代，竟敢冒著生命危險，爬山越嶺，遠到完全陌生的印度留學，前後幾乎長達二十年。日本道元禪師早在中國宋朝，渡海到中國天童山景

德寺，投拜如淨禪師門下，修習去除心塵煩惱，完成修行參佛的大事。還有禪宗二祖慧可，為了求見面壁默坐的達摩祖師納入門下，在雪地裡，竟敢用利刀將自己的左臂砍下，呈現祖師面前，以表明堅定的求知心志。

《法華經》有段記載：

有個理想國遠在五百由旬處，那裡居民生活幸福。某位導遊率領一群人要去那兒，奈因路途太遠，眾人走了一半不肯上路。這時，導遊便在前邊三百由旬之處，化作一座城市，之後告訴眾人，那裡便是目的地。眾人一聽，精神大振，才肯大步邁進。不久到了那座虛幻城，待眾人恢復了體力，走出城外時，導遊馬上撤掉了虛幻城。於是，導遊才坦率告知大家，真正的理想國的佛土，距離尚有二百由旬；最後才引導眾人到達目的地。

有時候，為了達到最後目的，不一定要用直接法，可用間接或方便法更有效。倘若僵持不變，只有失敗一途。

俗語說：「棋逢對手，將遇良才。」意謂一個柔道五段的高手，只有找功力相等的人較量才夠癮。這一來，雙方不打不相識，幾番較陣之後，「英雄惜英雄」，結善緣，彼此稱兄道弟，美事一樁，令人讚歎。

這方面可以印證佛陀的教誡《法句經》：「**如果找不到比自己更有德行或適當的人為友，寧可獨居也不要與愚癡的人為伍。**」（六一）

佛教徒耳熟能詳舍利弗與目犍連，出身背景不相同，卻因互相心儀對方的博學人品，終於成為好同修，好友誼，平時互相勉勵，追求真理，直到有一天遇到佛緣，才成就智慧第一與神通第一的法門龍象，留芳千古。

三十一、凡事有輕重緩急

【原典】

簡文帝為相，事動經年，然後得過。桓公①甚患其遲，常加勸勉。太宗曰：「一日萬機，那得速！」

註① 桓公：即桓玄，字敬道，或稱南郡，桓公，義興。

【譯文】

簡文帝擔任宰相時，做任何事情經常一做就是年餘，然後才能完成。他做事這樣緩慢，桓公不免十分憂慮，便常常勸導和勉勵他。只聽簡文帝說：「一天裡樣樣事情都千變萬化，理應小心謹慎，怎麼可以太快呢？」（政事篇）

【佛法解說】

凡事有輕重緩急，性質也有單純複雜，當然處理時間有快有慢了。有些事實在急不得、快不來，因為處理草率會響影群眾利益，茲事體大，如一位國君或首長的誤判，傷害或損失非同小可；有些甚至產生反效果，所謂欲速不達，不作也罷，應該警惕才對。

學佛修行既無捷徑可尋，也非一天兩天，一年兩年的繁瑣小事，而是時刻精進、惟勤惟誠，持續一輩子的大事；像印度釋迦國王子悉達多那樣聰明絕頂，又肯用功；因緣、福報和善根樣樣俱全的人，尚且苦修六年才證道成佛，遑論各種條件都很差的凡夫俗子們！

請讀下則禪話，必能得到些領悟。

佛窟惟則禪師，宋朝長安人，少年出家後，在浙江天臺山翠屏巖的佛窟庵修行。

他用落葉鋪蓋屋頂，結成草庵，以清水滋潤咽喉，每天只在中午採摘山中野果以充饑腹。

一天，一個樵夫路過庵邊，見到一個修道老僧，好奇的向前問道：「你在此

住多久了？」

佛窟禪師回答：「大概已經四十寒暑了。」

樵者好奇的再問道：「你一個人在這兒修行嗎？」

佛窟禪師點頭道：「叢林深山，一個人在此已嫌多，還要那麼多人做什麼？」

樵夫又問道：「你沒有朋友嗎？」

佛窟禪師以拍掌作聲，好多虎豹由庵後而出，樵夫大驚，佛窟禪師速說別怕，示意虎豹仍退庵後，禪師道：「朋友很多，大地山河、樹木花草、蟲蛇野獸，都是法侶。」

樵夫非常感動，自願皈依作為弟子。佛窟對樵夫簡要的指示佛法的心要道：「你今雖是凡夫，但非凡夫；雖非凡夫，但不壞凡夫法。」

樵夫於言下契入，彼此慕道者紛紛而來。——摘自《星雲禪話》第三集

時下有人誇說自己學佛幾年，更已證到什麼果位，或修到什麼神通，這不是走火入魔，便是招搖詐騙，大言不慚。若有極好的福報、因緣和善根，證悟時間可以短些，可也別忘了慢工出細活；浸淫佛道的時間長、功德多，自然道行深厚，對自己和眾生都有好處。證悟功夫有深淺；所謂頓悟行者，也只能得到小

悟！若要大徹大悟，則得漸悟，由凡夫→聲聞→阿羅漢→辟支佛→菩薩→佛，難道快得來嗎？

三十二、給人分享　給人歡喜

【原典】

（一）王恭①從會稽還，王大②看之。見其坐六尺簟③，因語恭：「卿東來，故應有此物，可以一領及我④。」恭無言。大去後，即舉所坐者送之。既無餘席，便坐薦⑤上。後大聞之甚驚，曰：「吾本謂卿多，故求耳。」對曰：「丈人⑥不悉恭，恭作人無長物。」

（二）梁王、趙王，國之近屬⑦，貴重當時。裴令公⑧歲請二國租錢數百萬，以恤中表⑨之貧者。或譏之曰：「何以乞物行惠？」裴曰：「損有餘，補不足，天之道也。」

（三）王安期⑩為東海郡，小吏盜池中魚，綱紀⑪推之⑫。王曰：「文王之囿，與眾共之，池魚復何足惜？」

註① 王恭：晉朝人，字孝伯，太原晉陽人。曾任丹陽尹中書令，五州都督

前將軍，青兗二州刺史。

註②王大：字元達，小字佛大，與王恭友好，曾任荊州刺史。

註③簟：竹席。

註④一領：一張也。及我：贈我之意。

註⑤薦：鋪簟下的草藁。

註⑥丈人：老人之通稱。

註⑦近屬：最近的親屬。

註⑧裴令公：裴楷，字叔則，河東聞喜人．曾任河南尹，中書令。

註⑨中表：猶言內外。父系姊妹之子為外兄弟，母系兄弟姊妹之子為內兄弟，統稱中表。

註⑩王安期：名士傳，字安期，太原晉陽人。

註⑪綱紀：主簿。

註⑫推之：追問其究竟。

【譯文】

（一）王恭從會稽回到家，王忱登門拜訪，看到王恭坐在一張六尺長的竹席，便對王恭說道：「你從東部回來，理應還有這種竹席，可否送一張給我。」王恭默不吭聲，待王忱要離去時，立刻將自己坐的竹席送去給他；這一來，王恭沒有竹席，只好坐在鋪墊的草席上面。後來，王忱知道了，十分訝異，說道：「我本來以為你擁有不少，才會向你要呀！」王恭答說：「您老先生不了解我的為人，我作人的原則是，不要存有多餘的東西。」（德行篇）

（二）梁王和趙王是晉朝天子最近的親屬，當時，他們的權勢地位非常尊貴。裴令公每年都要他們從食租所得中，捐出幾百萬錢，用來救濟貧苦的內親外戚，以致遭人譏笑說：「為何要用乞討方式來行善施惠呢？」裴令公聽了說道：「削減多餘，來彌補不足，乃是自然法則呀！」（德行篇）

（三）王安期擔任東海太守時，一個下級軍官偷了池中的魚，主符便將他推給王安期辦理。誰知王安期卻說道：「周文王的園囿能和百姓們共同享樂，我那點池魚又有何可惜的呢？」（政事篇）

【佛法解說】

三篇主旨都談布施，或樂意給人分享自己的東西，這是佛教非常重要的修持，例如《大般若經》說：「一切修行當中，應先行布施。」尤其，菩薩必須成

就六項德目，叫六波羅蜜，其中一項是布施波羅蜜。

佛經這方面的記載多得不勝枚舉，但佛教的布施類別與內涵超過世人的想像，一般來說有下列幾種：

(1)財施——施捨財物。財物可以分為「內財」，如身上血液、眼睛、骨髓、捐腎等，和「外財」如汽車、洋房、衣服等身外之物。

(2)法施——演說佛法給人聽，或講些正確的人生哲理、養生方法，甚至包括誦經拜懺等。

(3)無畏施——解除別人的緊張、焦慮、恐怖或衝突等，例如協助被冤枉的人，替他平反或伸冤；鼓勵不敢善行的人或指點窮人怎樣找工作等。

此外有七種不需要本錢的布施，叫「無財七施」。

(1)心施——心存誠懇，不虛情假意；心存仁慈，不幸災樂禍；心存感恩，不吹毛求疵。

(2)面施——常呈微笑，面孔和藹，但不能皮笑肉不笑。

(3)眼施——常以慈祥眼神環視周遭的人；不可勢利眼，或狗眼看人低。

(4)身施——以身作則，建立好榜樣，不同流合污。

(5)言施——說話溫和、誠實、有條理、有禮貌。

(6)座施——讓座位給老弱婦孺，別跟人爭名奪利。

(7)房施——提供家裡設備做善事，例如當小講堂給人舉辦讀書會。

由於布施情況不同，當然也有下列四種不同福報：

(1)施多得福少，例如以飲酒、歌舞等事施予人，則費用高昂，卻毫無福報。

(2)施少得福多，例如以慈悲幫忙好學生，使他認真向學，施物不多，以後福德甚多。

(3)施少得福少，例如惡意幫忙壞人，施物少，得福亦少。

(4)施多得福多，若能悟解世事無常，而發心捨財，建學校、孤兒院或圖書館等，福報巨大，當然施物也多了。

佛教最重視無相布施，就是布施時沒有能布施的我、受布施的人和沒所布施的東西，布施後不存有對方回報的念頭，這種三輪體空，無相施捨的功德最大、最值得讚歎和效仿。

第二章　行住坐臥有佛法

三十三、化解仇恨的究竟智慧

【原典】

（一）孫秀①既恨石崇不與綠珠②，又憾潘岳③昔遇之不以禮。後秀為中書令，岳省內見之，喚曰：「孫令，憶疇昔周旋不？」秀曰：「中心藏之，何日忘之？」岳於是始知必不免。後收石崇、歐陽堅石④，同日收岳。石先送市⑤，亦不相知。潘後至，石謂潘曰：「安仁，卿亦復爾邪？」潘曰：「可謂『白首同所歸』。」潘《金谷集》詩云：「投分⑥寄石友，白首同所歸。」乃成其讖。

（二）王大將軍執司馬愍王，夜遣世將載王於車而殺之，當時不盡知也。雖愍王家，亦未之皆悉；而無忌兄弟皆稚。王胡之與無忌，長甚相暱，胡之嘗共遊，無忌入告母，請為饌。母流涕曰：「王敦昔肆酷汝父，假手世降；吾所以積年不告汝者，王氏門彊，汝兄弟尚幼，不欲使此聲著，蓋以避禍耳！」無忌驚

號，抽刀而出，胡之去已遠。

註① 孫秀：西晉琅邪人，字俊忠．平時諂媚趙王司馬倫得寵，司馬倫謀廢賈后後稱王，命孫秀為侍中，中書令。

註② 綠珠：石崇的愛妾，美貌又善吹笛。孫秀曾指名索取綠珠，後來石崇被捕，她自殺了。

註③ 潘岳：其父親為琅邪太守時，孫秀為其手下役吏，服侍潘岳，潘岳曾多次踢打孫秀，很虐待他。

註④ 歐陽堅石：西晉渤海人，名建，字堅石。歷任尚書郎，山陽令。

註⑤ 市：街市，古代在鬧市執行死刑。

註⑥ 投分：投緣，志同道合。

【譯文】

（一）孫秀憎恨石崇，因為石崇不送給他歌妓綠珠，又記恨潘岳以前曾對他不禮貌。後來，孫秀做了中書令，潘岳在省內見到他，就叫住他說道：「孫中書令，還記得我們從前來往的事嗎？」孫秀回答說道：「一直存在我心中的君子，我那天會忘記你呢？」於是，潘岳知道將來難逃迫害了。後來，孫秀捉到石崇、歐陽建，同一天內又捉到了潘岳。石崇先被送去刑場，也不知潘岳的下場。之後，潘岳也被送來刑場了。石崇始告潘岳說道：「安仁，你也是這樣的下場嗎？」潘岳說道：「可以說人到白髮的歸宿都一樣。」潘岳在《金谷集》詩上說：「彼此情投意合，寄語吾友，將來我倆白髮蒼蒼，會有相同的歸宿。」果真成為吉凶的預言。（仇隙篇）

（二）王敦逮捕到了司馬愍王，夜裡就派王世將載著司馬愍王，將他在車上給殺了，當時許多人都不知道這件事情。縱使是司馬愍王的家人，也不是大家都知道這件事；當時，司馬愍王的兒子無忌兄弟又很幼小。後來，王世將的兒子——王胡之，和無忌兩人相處十分融洽，友誼深重。一次，他們兩人一同出遊，無忌回家告訴母親，請母親準備吃的。他母親淚水直流說道：「從前王敦肆意殺了你父親，他假手於王世將，我歷經許多年不告訴你事情的真相，因為王敦的門第豪強，你們兄弟年紀又小，不想讓這件事曝光，是為了躲避災禍罷了！」無忌聽了驚叫之餘，拔出刀子跑出去，但王胡之已經逃遠了。（仇隙篇）

【佛法解說】

「冤家宜解不宜結」、「一笑泯恩仇」或「冤冤相報何時了」等，都是中國

古德佳話。但佛陀在這方面的詮釋更周延、更徹底，請誦讀《法句經》一首膾炙人口的偈語——「**在這世上，決不能以怨恨止息怨恨，惟獨無怨恨才可以止息，這是永恆不變的真理。**」（五）

日本高僧法然上人，出家前，曾有一段非常悽慘的遭遇。他是一位武士的獨子，有一次，他父親遭人暗算了，臨終前，他兒子發誓要替父親報仇，但武士搖搖頭，告誡兒子說：「如果你替我報仇，仇人的兒子也一定要找你報仇，這樣冤冤相報，永遠都脫離不了怨仇。你要捨棄你的怨恨，立刻出家，祈願你的父親成就證得菩提。」

果然，武士的兒子沉痛地答應父親，捨棄了怨恨去出家，才免於被怨恨所毀滅，而成就一代大德。

二次大戰結束，同盟國紛紛向日本請求賠償。當時，只有中華民國和錫蘭放棄這項權利，反用「以德報怨」來回應。

錫蘭是一個佛教國家，錫蘭代表說出一句感人的話：「從一個戰敗國中求取賠償，無異怨上加怨，永遠沒有和平可期；棄仇忍惡，疾怨自滅。」

「棄仇忍惡，疾怨自滅。」一語，引自佛陀的詩偈，啟示世人：「若以恨止恨的話，那麼，仇恨的種子將會發芽、茁壯……反覆循環，永無休止的一天。」

所謂報仇雪恨或「君子報仇，十年不晚」、「有仇不報非君子」等惡見，絕對違背佛教的慈悲旨趣。切記！切記！

三十四、凡聖有別的生活觀

【原典】

竺法深在簡文坐，劉尹問：「道人何以游朱門？」答曰：「君自見其朱門，貧道如游蓬戶。」或云卞令。

【譯文】

有一次，竺法深在簡文帝的座席中，劉尹問他：「您一個修道的僧人，怎麼可以來到世俗的富豪人家呢？」

竺法深答說：「您見到的是富豪人家的門第，但在我看來，那彷彿遊蕩的貧陋房舍一樣。」有人說，此事發生在卞令身上。（言語篇）

【佛法解說】

世人一輩子追求財色酒氣、想吃，山珍海味、住豪宅、穿戴名牌服飾、開進

口轎車，但依出家僧眾看來，那是煩惱的溫床，不值一顧，只有凡夫俗子才執迷不捨，他們是名利慾望的奴隸、智性的侏儒，可悲極矣！

印度釋迦族的悉達多王子，證悟成佛之後，不回到昔日繁華的王宮居住，反而視那兒為束縛，這就是修道的人世觀。

當然，不是所有出家修道的人，都很快證悟出世的智慧，或能看穿名聞利養，放下世間的情愛執著，但他們懷有一顆追求解脫的壯志雄心，希望將來得到智慧破除煩惱。

再說出家人弘法，不論對方是皇帝、大臣、富豪、窮人、妓女、農民……都是說法對象；也不論那裡是王宮、別墅、貧民窟、酒家或妓女戶……，都可以去。

在出家人看來，不論刀山血海、地獄或難民區，只要有可憐的眾生存在，他們一律平等，都會義無反顧、大大方方去布教。有了出離心，任何富貴裝設、靡靡之音或酒肉池林等都誘惑不到他（她）們。

請聽佛陀的心聲：「**不論在村落、在林野、在平地、在高山，有受禮敬供養者住，那裡即是快樂的土地。**」（《法句經》九八）

三十五、前世今生話因緣

【原典】

摯瞻曾作四郡太守，大將軍戶曹參軍，復出作內史，年始二十九。嘗別王敦，敦謂瞻曰：「卿年未三十，已為萬石，亦太蚤！」瞻曰：「方於將軍，少為太蚤；比之甘羅，已為太老。」

【譯文】

摯瞻曾經擔任過四個郡的太守，王敦大將軍的戶曹參軍，又出任為內史，其實，他年紀僅僅二十九歲。一天，他向王敦告別時，王敦對他說道：「您的年紀不到三十歲，但俸祿已經多達萬石，未免太早了吧？」摯瞻答道：「若比起您大將軍，是稍微早了些，但若跟甘羅比起來，就顯得太老了。」（言語篇）

【佛法解說】

千萬人期盼和爭奪的顯要官職，自己能如願中選，可不是靠著運氣，或意外僥倖，完全是自己前世今生有過無數的善因善緣，所得來的福報。

放眼四顧，有人努力一輩子，處處不順利，最後什麼也沒成就；原因除了今世逆緣以外，似乎冥冥中還有一股違逆的宿業之力在影響；反之，有人做什麼事都很順利，或在極短時間內，凡事也能如願得到，當然有他前世帶來的福報，但更重要的是，今生的認真打拚，欣逢各種善因善緣，無不勞而獲；所以，評論世人有無或多少成就時，要兼用佛教出世間的智慧，才能周延或圓滿。

既然得來不易，就應惜福再造善因善緣，例如在眼前工作崗位廣結善緣，懷著感恩心為民服務。最後，請聽佛陀說：「**不要作惡，不可放逸，要去除邪見，不可貪婪世間物，如此才不受苦。**」（《法句經》一六七）

三十六、天下無不散的宴席

【原典】

（一）周叔治作晉陵太守，周侯、仲智往別；叔治以將別，涕泗不止。仲智恚之曰：「斯人乃婦女！與人別，唯啼泣。」便舍去。周侯獨留與飲酒言話。臨別流涕，撫其背曰：「阿奴，好自愛！」

（二）謝太傅語王右軍曰：「中年傷於哀樂，與親友別，輒作數日惡。」王曰：「年在桑榆①，自然至此，正賴絲竹陶寫②。恆恐兒輩覺，損欣樂之趣。」

註①　桑榆：意喻晚年。

註②　陶寫：娛樂性情，宣洩鬱悶。

【譯文】

（一）周叔治將要擔任晉陸太守，周顗和周嵩兩位哥哥前去握別；周叔治由於即將別離而感到悲傷，以致流淚不已。周嵩不禁憤怒說道：「你這個人真像婦女一樣，與人握別，只知啼哭流淚。」說完就離去。只有周顗獨自留下和他飲酒談話。臨別時，周顗流著淚水，撫拍周叔治的背說道：「阿奴啊！你可要好好保重和自愛啊！」（方正篇）

（二）謝太傅對王右軍說：「人若到中年以後，對悲哀或快樂的事都感到憂傷，和親友別離時，往往會難過好多天。」王右軍說道：「人到了晚年，原本就有這種感覺，那需靠管弦樂器來娛樂性情，宣洩心中的鬱悶；但又經常怕兒孫輩們發覺到，而減低了欣然愉快的情趣。」（言語篇）

【佛法解說】

兩文凸顯八苦之一——「愛別離苦」，即將離開自己親愛的人，會十分苦惱與不捨。這是昧於因緣無常的佛理，須知送君千里終一別，人生或聚或散，都不

可能永久；那是聚合的因緣，散去的因緣，隨時變化；當你會晤的時候，就要心裡有數，睿智的知曉終究有一天要離他而去，時刻有「捨」的心理準備，免得一旦措手不及，會陷入難捨難分，死去活來那樣苦惱。

有情眾生的眼耳鼻如身意都有執迷和喜樂外緣的慾望，這是天性，亦是苦惱的根源，輪迴的基石，只有靠「無常」的智慧才能破解，和拯救自我。「無常」也提供更積極的意義。就是珍惜眼前，抓住當下聚合的美好時光，分分秒秒都要加倍充實，俗話說：「莫等無花空折枝。」那會令人悵惘煩惱。

我們由幼年、少年、青年、中年到晚年，乃是人生的成長過程；中年以後，心智成熟，見多識廣，自然對悲歡離合比較看得開，但也不能完全解脫或徹底放下，縱使有優美的音樂、美術和舞蹈來陶冶，同樣不能究竟出離，除非悟解佛教的智慧——因緣無常的真理。

三十七、才智有限　仍須努力

【原典】

（一）孔融被收①，中外惶怖。時融兒大者九歲，小者八歲，二兒故琢釘戲②，

了無遽容③。融謂使者曰：「冀罪止於身，二兒可得全不？」兒徐進曰：「大人豈見覆巢之下，復有完卵乎？」尋亦收至。

（二）陳太丘④與友期行，期日中，過中不至，太丘捨去。去後乃至。元方時年七歲，門外戲。客問元方：「尊君在不？」答曰：「待君久不至，已去。」友人便怒曰：「非人哉！與人期行，相委而去。」元方曰：「君與家君期日中，日中不至，則是無信；對子罵父，則是無禮。」友人　，下車弔之；元方入門不顧。

註①　收：拘捕。

註②　琢釘戲：當時金弔童子有琢釘戲，先以小釘琢地，名叫簽，以簽之所在為主出界者負，彼此不中者負，中而觸所主簽亦負。

註③　遽容：惶恐的面容。

註④　陳太丘：本名為陳寔，字仲弓，常稱太丘。

【譯文】

（一）孔融深受曹操忌妒，當他被逮捕時，裡裡外外的人無不驚恐，當時，孔融的大兒子只有九歲，小兒子也年僅八歲，兩個孩子依然在玩著琢釘遊戲，毫不驚怕。孔融問使者說道：「希望罪刑只加在我一個人身上，不知這兩個小孩能不能保全？」誰知他的兒子慢慢走前說道：「父親大人難道見過傾毀了的鳥巢裡，還有完整的鳥卵嗎？」果然，兩個小孩也被捉去了。（言語篇）

（二）陳太丘和朋友相約出遊，時間約在中午，過了中午朋友仍未到，太丘不等他，就先走了。之後，朋友才到來。陳元方那時才七歲，正在門外玩耍。訪客問元方說道：「你父親在家嗎？」陳元方答道：「他等你好久沒來，已經走了。」訪客很生氣說道：「簡直不是人嘛！和人約好一塊兒去，卻丟下別人先走。」陳元方聽了說道：「你跟我爸約好中午一起走，到了中午卻不來，便是不守信用，又敢當著兒子的面罵他父親，這是無禮。」訪客慚愧極了，下車要來逗陳元方玩耍，誰知他走進門後，不予理會。（方正篇）

【佛法解說】

年紀小，真聰明，讓人羨慕。依現代人看，天生異稟來自父母親的遺傳，或溯自上上代親人的優越才智點滴傳承下來。而佛教徒以為這種善根，是一種福報，三世因果的人生，可以追溯既往，縱然不能明確知道他（她）前輩子是何方人物，幹了什麼事業，或姓什麼名誰；但卻能肯定的說，他（她）以前累積了無數福德因緣，這輩子才有如此福報。

佛教徒耳熟能詳智慧第一的舍利弗，八歲便已經飽讀和理解堪稱古印度百科全書的十八部經典。有一次，他參加一場全國性的辯論大會，結果，他的機智與辯才折服了所有在場的大人辯論師和無數聽眾；他的論點使國王歡喜讚歎之餘，立刻送給他一個村落，當作光榮的獎品；此外，國王通知附近十六個大國和六座大城市的居民，都要慶祝舍利弗的聰明才智。

但話又說回來，有了異乎尋常的天資，還得加上後天的不斷努力才會有成就。俗話說：「小時了了，大未必佳。」舍利弗後來若沒遇到佛陀指點，和自己的精進，肯定不可能證悟果位，而得到破解煩惱的智慧，充其量得到些榮華富貴，或知識財產而已。所以，年幼聰明不能自傲，或停在原地踏步，這樣肯定會誤了自己。

最後，再聽佛陀一句勸勉：「**少壯時不修淨行，又不獲得財物，就如已折斷的弓，悲歎種種的過去。**」（《法句經》一五六）

總之，不要問自己有多聰明，只問自己有沒下工夫；努力比才智重要，因為前者可以自己掌握，而後者不可能。

三十八、切勿坐失良機

【原典】

支公①好鶴，住剡東岇山。有人遺其雙鶴；少時翅長欲飛。支意惜之，乃鎩其翮。鶴軒翥②不復能飛，乃反顧翅垂頭，視之，如有懊喪意。林曰：「既有凌霄之姿，何肯為人作耳目近玩？」養令翮成，置使飛去。

註① 支公：西晉河內林慮人，字道林，或稱支公，林公，支法師，林道人。二十五歲入佛道，五十三歲歿於洛陽。

註② 軒翥：飛舉狀。

【譯文】

支公滿喜歡鶴，住在剡東的岇山。有一天，有人送給他兩隻鶴；不久，鶴的翅膀長大了，牠想要飛翔。支公心想，讓牠飛走很可惜，就剪斷了鶴的羽毛。鶴高舉羽翼想飛，卻不能飛，就回頭看一下翅膀，只好低下頭了，乍見下好像十分失望的樣子。支道林說道：「既缺牠有高飛雲霄的體態，怎麼會願意做為人們賞玩作弄的東西呢？」終於餵養牠到翅膀長大後，乾脆讓牠飛走了。（言語篇）

【佛法解說】

上文的寓意是，不要作賤自己，既然具有飛翔的翅膀，就應飛上雲霄；暫時遇到挫折也別氣餒……同理，人類具備成佛作祖的條件，好不容易出生人道，若有機會學佛，就該精進修行，再修行，千萬別錯失良機。《梵網經》說：「一失人身，萬劫不復。」

《大般涅槃經》也說：「人身難得，如優曇花。」正是這個緣故。

慈濟證嚴法師說得好：「出生天道的眾生，壽命實在很長，活得很枯燥、無味啊！而且那兒沒有富貴貧賤之分，想要幫助別人，做好事亦沒有機會；天天沒事做，多乏味啊……反觀人間雖然苦，但卻很有趣，有富有貧、有惡有善，看到貧苦的眾生，我們付出愛心來幫助他，這種善行會常給我們多快樂啊！比較一下困苦的人，再看看自己，我們也會覺得目前所擁有的，已經很幸福，的確也很滿足了。……所以，我們不要求得太長壽，就因人間壽命短暫，才會顯得珍貴有價值。難得來一趟人間，應問是否有為人生發揮自己的功能才是。」

《大般涅槃經》有則類似故事，寓意人人有佛性，可惜，世人被貪瞋癡等煩惱層層覆蓋，致使遲遲不能證悟佛道。

某地有一名窮困婦女，家裡藏有黃金；可惜，全家人都不知曉。一天，一個陌生漢子上門來，對她說：「喂！我要雇個人工作，請你到我家來幫忙好嗎？」

「那怎麼行？除非你能讓我家人看到金庫，我才能去，而且什麼事都肯幹。」

「既然這樣，我就讓你們看看自己家裡那個金庫。」

「什麼？我家裡會有什麼金庫呢？要是有，怎麼我家裡會沒有一個人知道，反而讓外人知道呢？我不信。」

「我什麼都知道。」

那個陌生漢子走進她的屋裡，很快替她挖出了金庫。這一來，她們全家上下驚喜交集，情不自禁的熱情招待對方大吃一頓。

三十九、忿怒惡習　障礙修行

【原典】

（一）王藍田①性急，嘗食雞子，以箸刺之，不得，便大怒。舉以擲地，雞子於地圓轉未止。仍下地，以屐齒蹍之，又不得，瞋甚。復於地取內②口中，嚙

破即吐之。王右軍聞而大笑曰：「使安期③有此性，猶當無一豪可論。況藍田邪？」

（二）王司州④嘗乘雪往王螭許，司州言氣少有牾逆於螭，便作色不夷；司州覺惡，便輿牀就之，持其臂曰：「汝詎復足與老兄計？」螭撥其手曰：「冷如鬼手馨，強來捉人臂！」

註①　王藍田：本名叫王述，字懷祖，常稱藍田，宛陵。

註②　內：納也。

註③　安期：本名叫王承，字安期，藍田之父，性情淡泊，處事鎮定。

註④　王司州：本名叫王胡之，或稱司州，字修齡。

【譯文】

（一）王藍田性格急躁，曾有一次吃雞蛋，用筷子去刺，沒有刺中，便勃然大怒，將雞蛋丟到地上，雞蛋在地面翻滾不停；他就用木屐齒去踩它，但始終踩不破。這一來，真把他惹火了，就拾起雞蛋放進嘴裡，一咬破就吐出來。王右軍聽了此事，大笑說道：「倘若安期有這種性格，那他就不值一談了，更何況是藍田呢？」（忿狷篇）

（二）有一次，王胡之踏雪到王悦家中拜訪，在談論時，王胡之語氣稍微違逆王悦，王悦立刻板起臉孔，很不高興，王胡之發覺自己說錯話，就端起椅子移坐在他身旁，拿起他的手臂說道：「你豈可再和老哥計較？」不料，王悦馬上甩開他的手說：「冷得像鬼手一樣，還要強來拉人手臂。」（忿狷篇）

【佛法解說】

忿怒也是隨煩惱之一，絕對無益學佛修行。意指眼前境況不順自己心意，引發氣怒的情緒，繼而發生暴惡行動。換句話說，碰到不順眼的狀況，立刻勃然大怒，甚至動了手腳。忿是由瞋而生，剛烈而強猛，但沒有餘勢，不會長久持續；意謂大發脾氣，忍不住動了粗，一旦氣消之後，就會冷靜下來，不再懷恨在心。

密教裡，至少佛像都是現忿怒相，如瞋眼、舉腕，呈現忿怒威猛狀，腳部形狀，樣態顯出多種動態變化，例如不動明王、金剛力士等是。

佛經說：「忿怒眼、降伏心，殺害煩惱也。」意指忿怒眼，是為了降伏煩惱所張開那種忿怒威猛的眼睛。還有忿怒拳，是指先作金剛拳，之後豎起食指、小指的拳印。

請誦黃龍悟新禪師有一首對治忿怒的偈語，膾炙人口：「**安禪不必須山水，**

滅卻心頭火自涼。」

還有《星雲禪話》下則公案，凸顯忿怒習性，也令人捧腹。

一個久戰沙場的將軍，已厭倦戰爭，專誠到大慧宗杲禪師要求出家，他問禪師說：「我現在已看破紅塵，請禪師收留我出家好嗎？」

宗杲：「你有家庭，有太重的社會習氣，你還不能出家，慢慢再說吧！」

將軍：「我現在什麼都放得下了，妻子、兒子、家庭都不是問題，請您馬上為我剃度吧！」

宗杲：「慢慢再說吧！」

將軍無法可施，一天，起了一個大早，就到寺裡禮佛，宗杲禪師一見到他，即刻說：「將軍為什麼起得那麼早就來拜佛呢？」

將軍學習用禪語詩偈說道：「為除心頭火，起早禮師尊。」

禪師開玩笑的也用偈語回答道：「起得那麼早，也不怕妻偷人？」

將軍一聽，非常生氣，罵道：「你這老怪物，講話太傷人！」

宗杲禪師哈哈一笑道：「輕輕的撥扇，性火又燃燒，如此暴躁氣，怎算放得下呢？」

四十、人畜有情　都在迷界

【原典】

恒公入蜀，至三峽[1]中，部伍中有得猿子者。其母緣岸哀號，行百餘里不去，遂跳上船，至便即絕。破視其腹中，腸皆寸寸斷。公聞之大怒，命黜[2]其人。

註① 三峽：西陵峽，瞿塘峽、巫峽。

註② 黜：貶免、革職。

【譯文】

桓溫到四川，船行在三峽中間，隊伍中有人捕到一隻小猿，母猿沿江岸跟著哀號，緊隨一百多里始終不離開；後來甚至跳到船上，不幸馬上氣絕死去。這人剖開母猿的肚子一瞧，腸子都斷成一寸一寸了。桓溫聽到此事，怒不可遏，立刻下令罷絀那個人。（黜免篇）

【佛法解說】

強調兩點：

（一）一切有情眾生——人類和畜生，都有愛別離苦；臨死會執迷情愛，難捨難分，苦惱萬分，甚至願意跟著死。像母猴體內柔腸寸斷，可知牠情愛之深，哀慟之切，表示牠無緣領悟緣生緣滅的佛教智慧，沒有福報。

（二）目睹畜類如此情狀，也不禁起了憐憫心，此人善根和德行頗佳，學佛修行必有感就。

佛陀強調眾生皆有佛性，那麼，像母猴等低等動物有沒有呢？泰國高僧佛使比丘說：「佛陀曾用『般涅槃』、『已般涅槃』這兩個字，談到動物經過訓練，直到野性消除。一條狗、一隻大象、一匹馬或任何動物，若被馴養和好好訓練之後，不再難駕御了，就可用『已般涅槃』……引用於低等動物，指的是野性消除。」

換句話說，被訓服了的動物，就沒有危險的野性了。

《禪語錄》有下則記載：

有位僧人問趙州禪師說：「狗有沒有佛性呢？」

趙州禪師說：「無。」

僧人又問：「一切眾生都有佛性，狗為什麼沒有呢？」

禪師回答：「因為狗有分別的業識，將萬物分開。」

又有一則禪門公案也能發人深省：

一位潭州華林的善覺禪師，僻處深山修行。一天，信徒們到山中造訪，問他有無其他侍者？禪師有兩個，名叫大空與小空，信徒們央求相見，禪師便擊掌喊說：「大空、小空！」喊聲未完，乍聞吼聲咆哮，跑出兩隻老虎來，信徒們大驚，禪師才斥呵牠們快走。

我想，牠們即使沒有悟道，也已經沒有了危險的野性。

四十一、嗜酒如命　傷害自己

【原典】

（一）劉公榮與人飲酒，雜穢非類，人或譏之。答曰：「勝公榮者，不可不與飲。不如公榮者，亦不可不與飲。是公榮輩者，又不可不與飲，故終日共飲而醉。」

（二）劉伶恆縱酒放達，或脫衣裸形在屋中，人見譏之。伶曰：「我以天地為棟宇，屋室為褌衣。諸君何為入我褌中？」

（三）諸阮皆能飲酒，仲容至宗人間共集，不復用常桮斟酌，以大甕盛酒、圍坐，相向大酌。時有群豬來飲，直接去上，便共飲之。

【譯文】

（一）劉公榮和人一同飲酒時，不選擇酒伴，跟什麼人都可以一起喝，於是有人譏笑他，但聽他答說：「凡酒量勝過我公榮的人，我不能不和他共飲；凡酒量不如我的人，也不能不和他共飲，凡酒量和我相等的人，更不能不和他共飲，所以我整天和人共飲到大醉。」（任誕篇）

（二）劉伶經常肆意喝酒，放浪形跡，有時在屋裡脫衣裸體，被人看到就譏笑他。劉伶說：「我以天地做住宅，以屋宇做內褲，各位為什麼跑到我的褲襠裡來呢？」（任誕篇）

（三）許多姓阮的都是嗜好飲酒，一天阮咸來到同宗親友間集會共飲，就不再使用普通杯子來酌酒，而用大甕來盛裝著酒，大家圍坐著，相對和盡情的喝著。當時，有一群豬也來喝酒，牠們直接爬上大甕邊，和大家一同喝著。（任誕篇）

【佛法解說】

縱情飲酒，瘋瘋顛顛，看似得意狂喜，其實，藉酒消愁會更愁，這是古今社會最普通的常識。佛經對飲酒的害處，記載非常詳盡。

佛陀曾經向一位在家信徒叫難提迦，說明喝酒有三十五項過失：

(1)在現世會失去財物。原因是，酒醉後，心裡不會想要節約，只知花錢買酒喝。

(2)打開諸多病門，病從口入。

(3)造成爭吵不休的原因。

(4)赤身裸體也不覺難為情。

(5)身敗名裂，惡名昭彰，無法令人尊敬。

(6)智慧蕩然無存，完全被蒙蔽了。

(7)該得的東西得不到，已經得到的東西會散失。

(8)應該隱藏的話，也會全都吐露出來。

(9)荒廢各種事業，一事無成。

(10)酒醉為憂愁之本。原因是，喝醉後有許多損失；酒醒後，會有慚愧與憂愁。

(11)體力會逐漸衰退。

(12)身體會逐漸破損。

(13)不知敬愛父親。
(14)不知敬愛母親。
(15)不知敬仰出家修行的人。
(16)不知恭敬婆羅門。
(17)不恭敬伯、叔、姑與其他尊長，因為酒醉不清醒，分辨不出誰來。
(18)不恭敬諸佛。
(19)不恭敬法。
(20)不恭敬僧寶。
(21)與惡人為伍。
(22)會疏遠賢能與善良之輩。
(23)結交破戒之徒。
(24)失去慚愧心。
(25)守不住六情（眼、耳、鼻、舌、身、意）。
(26)肆無忌憚，隨心所欲。
(27)遭人憎恨，很難受人歡迎。

(28)被尊貴的親人與許多善知識摔在一邊。
(29)做不善之事。
(30)捨棄善法。
(31)得不到明辨是非，和智慧人士的信用，因為喝酒時放肆不羈。
(32)會遠離涅槃。
(33)會結下瘋狂與愚蠢的因緣。
(34)命終之後，會墮下惡道與地獄。
(35)如果投胎轉世，即使可以為人，一生下來也會變成瘋狂愚昧。
以上內容出自《大智度論故事》。

四十二、無根無據　匪夷所思

【原典】

王武子善解馬性，嘗乘一馬，箸連錢障泥；前有水，終不肯渡。王云：「此必是惜障泥。」使人解去，便徑渡。

【譯文】

王武子善於觀察馬性，曾經有一次騎馬，馬上裝飾著精美的馬鞍；走到河邊時，怎麼也不肯渡河。王武子說：「牠必然是疼惜那件精美的馬鞍吧？」命人將馬鞍解開拿下，馬果然起步渡河了。（術解篇）

【佛法解說】

養馬的人，多少懂些馬的習性，但也不能妄加揣測，或無中生有，例如馬兒不肯渡河，怎知牠是由於疼惜精美的馬鞍呢？似乎無的放矢！

同理，養牛的人，多少懂些牛脾氣，或關於牛的一般常識，佛經有一段記載：佛陀曾向一群專業的養牛戶，談及許多關於牛的常識，豐富精闢，十分有趣，摘要於下：

有一次，有一群養牛戶問佛陀：「有幾種方法能使牛群繁殖呢？又有幾種方法不能讓牛群輕鬆安定呢？」佛答說有下列十一種方法。

(1)要知牛是黑色、白色或混合色。

(2)要知牛健康與患病的姿態，若跟其他牛群一比，馬上能憑姿態來識別健康與否。

(3)要會刷毛，若有蟲類附在牛身上吸血，會呈現各種傷患，只有好好刷毛，

才能除害。

(4)有時替牛蓋上衣服，有時要替牛鋪著草葉，防範蚊、蛇等毒害。

(5)要懂得生火起煙，清除許多蚊、蛇等蟲類。牛群若看到遠處冒煙，會紛紛返回房舍。

(6)牛從來來去去的情狀，曉得路況好壞。

(7)要知道牛的需求，才能讓牠繁殖旺盛，減少疾病。

(8)要知牛怎樣渡河？因為牛懂得那兒容易下水，或渡過，那兒沒有巨浪或惡蟲。

(9)要知那裡安穩和寧靜？要知那裡適宜居住，沒有狼、虎、獅子、惡蟲或毒獸？

(10)要知如何處理剩餘的母奶，母牛疼愛小牛，會儘量餵奶。若母牛有剩餘的奶，母牛歡喜，小牛也能吸飽。牛主人與放牛人每天都有好處。

(11)要重視牛的頭頭，許多成長的大牛，都會好好守護牛群，故要小心保護大牛，別讓牠瘦弱下來。例如常給牠喝麻油，裝飾瓔珞，戴上鐵角標幟，善用毛刷揉搓，或當面誇獎。

這群養牛戶聽了，心裡暗忖：「我們對牛的了解也只不過其中三、四項，甚至連放牛師父也了不起知道五、六項。現在聽他說這麼多，這麼專門，倒是平生第一次。連這種專業他都能這麼清楚，其他的事也應該不在話下。眼前這位先生可說是真正『一切智人』了。」（摘自《大智度論故事》）

當然，專業的見解值得重視，但若超越常情，或故弄玄虛，也不能聽信。所以，正信佛教徒不能人云亦云，盲從非理性判斷。

四十三、占卜非佛法

【原典】

（一）殷荊州①曾問遠公②：「易以何為體？」答曰：「易以感為體。」殷曰：「銅山西崩，靈鐘東應，便是易邪？」遠公笑而不答。

（二）殷中軍③讀《小品》，下二百籤，皆是精微，世之幽滯。嘗欲與支道林④辯之，竟不得。今《小品》猶存。

（三）晉明帝解占冢宅，聞郭璞為人葬，帝微服往看；因問主人：「何以葬龍角？此法當滅族！」主人曰：「此葬龍耳．不出三年，當致天子。」帝問：「為

是出天子邪？」答曰：「非出天子，能致天子問耳。」

註①：殷荊州：本名叫殷仲堪，常稱荊州。

註②：遠公：即賈惠遠，雁門樓煩縣人。

註③ 殷中軍：即殷浩。

註④ 支道林：即支遁，字道林，林公，支法師，林道人。

【譯文】

（一）有一次，殷荊州曾經問遠公說道：「《易經》是靠什麼來卜兆呢？」遠公回答道：「《易經》是靠感應為卜兆。」殷荊州又問道：「西蜀的銅山崩潰時，東方的靈鐘受感應發聲，難道是《易經》嗎？」遠公聽了笑一笑不回答。（文學篇）

（二）殷中軍閱讀《小品》（《辨空經》的略稱），發現書中有二百條占卜的文句，都是極端精妙的道理，但世人卻認為艱澀不能解，他曾想跟支道林探討這些籤文，可是一直找不到機會。而今《小品》經典仍存在世上。（文學篇）

（三）晉明帝懂得占卜塡基、住宅的吉凶，聽人說郭璞能替人卜擇基地，就化裝平民去探查。看完後，就問基地主人說：「為何埋葬在這龍角地穴上，這樣

依法要抄斬全家。」主人說道：「郭璞曾說：『此次葬在龍角地穴，不出三年，一定會招來天子。』」明帝又問道：「會因此產生一位天子嗎？」對方答道：「不是產生天子，只說能招來天子的查詢而已。」（術解篇）

【佛法解說】

《小品經》即《小品般若經》，譯自鳩摩羅什，為大乘佛教最初期，敘述般若空觀的基本經典之一。

占卜是假藉前兆、占星術、託宣等方法，來獲得某種預知情況。不妨解釋為廣義的預言，跟精靈崇拜的性質相同，在佛教與印度思想中甚少採用，因為輪迴觀念盛行之故。但觀中國、日本社會頗為流行；佛陀入滅後，密教發展，竟使占星術成為重要之一。

佛陀反對自己教義中採用占星術來占卜吉凶，禁止佛弟子去學占卜、算命，來謀取「利益與聲名，視它為五種邪命之一。

若要預測未來吉凶，只需看眼前種了什麼因？若種下善因，以後不可能有凶報或倒霉；若現在無惡不作，將來要得吉事也難，肯定沒有善終。總之，業因業果、自作自受，才是佛教的旨趣，絕不靠占卜預測任何前程，也是正信佛教徒的人生態度。

例如下則《百喻經》故事，實在愚癡透頂，佛教徒應該排斥或反對到底。

印度有一個婆羅門外道，自誇學問淵博，尤其通曉各種占卜、命相和星象之學。他自恃才能，為了展現本領，就帶著兒子到外國，抱著兒子號啕大哭。

有人問他說：「你怎麼哭呢？」

婆羅門答說：「依照我推測，小兒七天內必死，看他要夭折，我才忍不住傷心哭泣。」

旁人勸他說：「人的生死難料，命相也會錯，說不定七天後也不會死，而你何必預先痛哭呢？」

婆羅門說：「日月可能會陰暗，星宿可能會墜落，但我預測從未失誤，絕對錯不了。」

到了第七天，婆羅門的兒子仍然活得好好，但他為了證明自己未卜先知的推算能力，立刻殺死了自己的兒子。

七天以後，大家傳說婆羅門的兒子果然死去，不禁由衷讚歎說：「他占卜真準確，不愧是一位智者哩！」於是，大家對婆羅門敬佩之餘，紛紛前來道賀。

四十四、孤芳自賞　等同出世

【原典】

（一）孔車騎[1]少有嘉遯意，年四十餘，始應安東命。未仕宦時，常獨寢、歌吹、自箴誨，自稱孔郎。遊散山石，百姓謂有道術，為生立廟。今猶有孔郎廟。

（二）何驃騎第五弟[2]，以高情避世，而驃騎勸之令仕。答曰：「予第五之名，何必減驃騎？」

註①　孔車騎：孔愉，字敬康，累遷尚書左僕射，贈車騎將軍。

註②　何驃騎第五弟：即何充的第五弟何準，廬江人。

【譯文】

（一）孔車騎年輕時代，懷有依正道而隱居山林的意願，直到四十多歲，才奉命當安東縣令。在他尚未做官以前，經常獨自睡眠、唱歌、吹彈樂器，經常自我規勸，並自稱孔郎。在山林隱居期間，到處遊玩，百姓們都說他有道術，為他建廟立嗣。而今還有孔郎廟存在。（棲逸篇）

（二）何驃騎的第五個弟弟，由於情操高尚而隱居起來，可是，何驃騎勸他

出來為官。他答說：「我既然在名份上排名第五，何必削弱你驃騎的聲望呢？」（棲逸篇）

【佛法解說】

乍讀下，知識份子隱居山野、潔身自愛，很令人敬佩，好像他們看破了功名富貴；其實，這種出世的生活態度並不符合大乘佛道。

佛道有大乘小乘之別，後者勤修做自了漢，只求個人解脫，證到阿羅漢果就夠了，而前者還要從阿羅漢再上一層樓，實踐菩薩行，希望再證到佛界、追求佛果。

那麼，如何落實菩薩行、證悟佛道呢？那就要積極入世，翻滾在紅塵，並做各種入世事業。如六祖惠能大師說：「佛法在世間，不離世間覺；離世覓菩提，恰如求兔角。」這正是大乘佛教徒的入世觀——慈悲濟眾，也是佛陀大慈大悲的本懷，顯然跟隱居山林、孤芳自賞的生活方式不一樣。

總的來說，大乘佛道是以出世的心，做入世的事，積極和認真參與廣大群眾的生活行列，絕對不置身事外、自求安定。

請聽慈濟證嚴法師對小乘大乘的解說：「小乘的佛法教化根基淺，慧根薄弱的人，是一種獨善其身的教法……大乘是菩薩乘、佛乘、轉愚迷為智慧。」

所以，孤芳自賞、隱居山林的知識分子，類似小乘佛道的獨善其身，遠不如大乘教派入世的生活態度。

四十五、攀緣要不得

【原典】

（一）王右軍得人以《蘭亭集序》[①]方《金谷詩序》[②]，又以己敵石崇[③]，甚有欣色。

（二）郗嘉賓得人以己比苻堅，大喜。

（三）王司州先為庾公記室參軍，後取殷浩為長史。始到，庾公欲遣王使下都。王自啟求住，曰：「下官希見盛德，淵源始至，猶貪與少日周旋。」

註①《蘭亭集序》：晉穆帝永和九年三月某日，王羲之與謝安、孫綽等人，在會稽山陰之蘭亭、修禊賦詩，王羲之作序記其事，以蠶繭紙鼠鬚筆寫下。

註②《金谷詩序》：晉惠帝元康六年，石崇、蘇紹等人，在河南縣界金谷澗中的別廬，一同送征西大將軍祭酒王詡回長安、游宴賦詩，其詩序為石崇所作。

註③石崇：字季倫，小名齊奴，勃海郡南皮縣人。

【譯文】

（一）王右軍獲知有人將他的《蘭亭集序》比美石崇的《金谷詩序》，這等於拿他跟石崇相提並論，讓他更為高興。〈企羡篇〉

（二）郗嘉賓得知有人將他比作苻堅，十分歡喜。（企羨篇）

（三）王司州曾經是庾公的記室參軍，後來取代殷浩當長史。殷浩才到任，庾公正好要派遣王司州東下到建康公幹，王司州就親自去央求庾公讓自己留下來，說道：「下官極想見到德行盛大的賢士，殷淵源剛來這裡，我還貪戀再有少許時間能夠相聚歡談。」（企羨篇）

【佛法解說】

乍讀下，三人都像「見賢思齊」，其實不是，而是攀龍附鳳、與有榮焉。大可不必這樣，須知各人的根性和因緣福報都不相同，只要自己竭盡所能、全力以赴、自有一番成就，說不定有過之，無不及；千萬別小看自己，細讀下則《法華經》的故事，必有受用。

有一天，一個窮漢去拜訪親友，受到了熱忱款待，不自覺喝得大醉，終於在座位上呼呼睡著了。

這時，剛巧那位親友發生急事，必須遠出。眼見那個窮友睡得不醒人事，叫也沒有用，便把一顆價值連城的寶珠暗繫在他的內衣裡，之後匆匆離去了。

這個醉漢什麼也不知曉，醒來時，也起身到外地去，依然過著狼狽潦倒的日子，每天都有三餐之憂。但可笑的是，他始終不知自己衣服內暗藏一顆價值昂貴的寶珠。

後來，他到了某地，無意間遇到當年招待他的親友，對方目睹這個窮漢依舊衣裳破爛，非常落魄的樣子，不禁吃驚的問說：「你這個傻瓜怎麼還這樣潦倒呢？我不是早把一個寶珠暗藏在你的衣服裡了嗎？我還以為你日子挺不錯哩！如你將它換成現金使用，不就衣食無憂了嗎？真笨，還不快去換現款，買些衣服、食物回來！」

這意謂「天生我材必有用」，每個人都有潛在的才智尚待開發，根本不必艷羨別人，或刻意去攀緣；尤其也無須自卑，委屈求全，趕快找找自己身上那顆寶珠吧！

佛教強調「眾生皆有佛性」，既不必羨慕什麼大師、導師或活佛，所謂「自業自受」，他既不能代替你受報；也不能免除你的罪業，修行，要靠自己自修自

悟，自己也能修行像祖師、大德一樣的程度，甚至超越他，一切看自己。

四十六、對治之道　悟解無常

【原典】

（一）孫子荊[①]以有才，少所推服，唯雅敬王武子[②]；武子喪，時名士無不至者。子荊後來，臨屍慟哭，賓客莫不垂涕。哭畢，向靈床曰：「卿常好我作驢鳴，今我為卿作。」體似真聲，賓客皆笑。孫舉頭曰：「使君輩存，令此人死。」

（二）王子猷、子敬[③]俱病篤，而子敬先亡。子猷問左右：「何以都不聞消息？此已喪矣。」語時了不悲，便索輿來奔喪，都不哭。子敬素好琴，便徑入坐靈床上，取子敬琴彈，弦既不調，擲地云：「子敬、子敬，人琴俱亡！」因慟絕良久，月餘亦卒。

註①　孫子荊：本名叫孫楚，字子荊，太原中都人，西晉官員，文學家。

註②　王武子：本名叫王濟，字武子，王渾之子。

註③　王子猷、子敬：子猷即王徽之，子敬即王獻之。

【譯文】

（一）孫子荊以為自己有才華，就很少真心佩服別人，惟獨尊敬一位王武子。武子逝世時，當時一群名士全都來弔喪；孫子荊後來才到，在屍體前慟哭，在旁的賓客看了都落淚。哭完了，他對著靈床說道：「你平時愛聽我學驢子叫聲，現在我再為你學著叫。」

由於動作十分逼真，聲音也很像，賓客們不禁笑了，孫子荊抬頭說道：「讓你們活下來，反教這個人死去。」（傷逝篇）

（二）王徽之、王獻之兄弟都病得沈重，但獻之先死去。王徽之問旁邊人說道：「怎麼好久沒聽到子敬的消息？肯定是他死了！」聽他說這話時，無半點悲傷；之後就備了車子去奔喪，到了王獻之家，他也沒哭。王獻之素來愛彈琴，王徽之直接進門，坐在靈床上，拿起王獻之的琴來彈，但聽琴的音位不諧調，就把琴擲在地上說道：「子敬！子敬！你的人和琴都死了！」因而哀痛了好久，一個多月後也逝世了。（傷逝篇）

【佛法解說】

這是二件「愛別離苦」，不懂緣生緣滅、生死無常的例證。這可從《法句譬喻經》下則無常品得到教示：

某年，佛陀住在舍衛國祇樹給孤獨園，為徒眾說法。

當時，有一位婆羅門少女，端正聰明，很受父親疼愛，但卻得了重病死去，且看田中的熟麥也被野火燒完了，害得這位老人為此憂憤交集，好像發了瘋，不能解愁。

他聽說佛陀是位人間聖者，天人的導師，常常講經說法，能為人解憂除難。於是，老人前訪佛陀的精舍，向佛陀禮拜下跪說：

「佛陀！我沒有兒子，只有一個愛女，但她忽然得了重病死去。對於女兒的去世，令我痛不欲生，央請佛陀為我開示，解除我內心的哀慟。」

佛陀立刻告訴這位老梵志說：

「世間有四件事，不能常久不變：一是有常就必有無常，二是有富貴就必有貧賤，三是有聚會就必有別離，四是有強健就必有弱亡。」

接著，佛陀作一首偈語告訴他說：

「常者皆盡，高者必墮，合會有離，生者有死。」

這位老梵志聽了佛陀開示，心結頓開，消除了喪女的哀慟，也立刻出家為

僧。後來，他終於悟解世間本來無常，因而證得阿羅漢果位。（梵志是指修清淨行的人）

基本上，人身是由地、水、火、風四大要素因緣和合而成的。即：

（一）地大——地性堅硬，像人身的髮毛、爪齒、皮肉、筋骨等均屬之。

（二）水大——水性潤濕，像人身中的唾涕、濃血、津液、痰淚、大小便等是。

（三）火大——火性燥熱，像人身中的暖氣。

（四）風大——風性動轉，像人身的出入息氣，及身體轉動等是。

如果這四大不調和，則會生病，令人感到不舒服。一旦四大要素的聚集散失，那麼，人身就算死亡。

因此，人身死亡是因四大要素的組合因緣消失，而組合因緣又是無常、無自性，根本不是人力、外力或什麼天神之力所能左右。

一旦無常來到，誰也阻擋不了。

所以，無常力量之大，可說所向無敵，連帝王將相都莫可奈何，若能徹底悟解這一點，就能從「愛別離苦」中解脫出來，除此以外，別無他途可尋。

四十七、強詞奪理　不符事實

【原典】

（一）晉孝武年十三四，時冬天，晝日不箸複衣，但箸單練衫五六重，夜則累茵褥。謝公諫曰：「體宜令有常。陛下晝過冷，夜過熱，恐非攝養之術？」帝曰：「夜靜。」謝公出，歎曰：「上理不減先帝。」

（二）晉明帝數歲，坐元帝膝上。有人從長安來，元帝問洛下消息，潸然流涕。

明帝問：「何以致泣？」具以東渡①意告之，因問明帝：「汝意謂長安何如日遠？」

答曰：「日遠。不聞人從日邊來，居然可知。」元帝異之。明日，集群臣宴會，告以此意，更重問之。乃答曰：「日近。」元帝失色曰：「爾何故異昨日之言邪？」答曰：「舉目見日，不見長安。」

註① 東渡：五胡亂華，洛陽、長安兩京淪陷，晉懷帝、愍帝相繼死去，元帝渡江即位，建國於江東，故稱東渡。

【譯文】

（一）晉孝武帝十三、四歲時，到冬天不穿棉襖，只穿白色單衫五、六件，夜晚睡覺卻舖著很多件褥子。謝安勸諫說道：「身體應當保持著適當的溫度。皇上白天穿太薄會冷，夜晚蓋太暖會熱，恐怕不是養生的方法吧？」晉武帝答說道：「夜晚寂靜，天才會寒冷。」謝安出來，不禁歎息說道：「皇上說理的才能不亞於先帝。」（夙惠篇）

（二）當晉明帝才幾歲的時候，坐在元帝膝蓋上。有人正好從長安來，元帝向他打聽洛陽的消息，不覺得傷心落淚。

明帝問元帝說道：「為什麼會哭呢？」元帝把朝廷東渡的情形告訴他，之後問明帝說道：「你以為長安和太陽，那個較遠？」

明帝答道：「太陽遠，因為我從來沒聽人說，有人來自太陽，所以知道啦。」元帝覺得驚訝。

第二天，元帝在百官宴會時，就把昨天的話告訴大家；同時又問明帝，但聽明帝答說道：「太陽近。」元帝驚訝得變了臉色說道：「你怎麼跟昨天說的不一樣呢？」明帝答說道：「我抬起頭只見到太陽，卻看不到長安。」（夙惠篇）

【佛法解說】

表面上，小小年紀，頗有機智，反應敏捷，辯才無礙，可見天生異稟，絕佳善根；其實是伶牙利齒，顛倒是非，違背真理。

世間真理只有一個，即因緣果報；若違背了它，即是不符現實，矛盾錯誤。倘若說話和思維，倒果為因、是非不分，那是絕對愚昧。小孩姑且例外，但大人們絕對不允許，否則會害到自己，永遠不能快樂。例如養生方法，和太陽與長安的遠近問題，現代醫學與科學早有明證，豈容任何人信口雌黃，或以歪理來扭曲、解套和推翻？果真這樣，那也是強辭奪理，真正的妄見。

顛倒是指違背常理——因果，分不清正與反，或對與不對，佛經指出下面三種顛倒，希望世人小心警惕：

(1)是想顛倒：錯誤想法。

(2)是見顛倒：錯誤見解。

(3)是心顛倒：兼具以上兩種顛倒的心態本身。

如果世人昧於真理，會被煩惱迷惑，連事情的真假、虛實、對錯、正反都看不出來，結果會幸福嗎？想也知道。

四十八、平時不訓練　無法上戰場

【原典】

晉武帝講武於宣武場①，帝欲偃武修文，親自幸臨，悉召群臣。山公謂不宜爾，因與諸尚書言孫吳②用兵本意，遂究論③，舉坐無不咨嗟。皆曰：「山少傅乃天下名言！」後諸王驕汰④，輕遘禍難⑤，於是寇盜處處蟻合⑥，郡國多以無備，不能制服，遂漸熾盛，皆如公言。時人以謂「山濤不學孫吳，而闇與之理會。」王夷甫亦歎云：「公闇與道合！」

註① 宣武場：校場名稱，位於洛陽城北。

註② 孫吳：孫武和吳起，皆為古代軍事家。

註③ 究論：徹底討論。

註④ 諸王驕汰：諸王指汝南王亮、楚王瑋、趙王倫、齊王冏、成都王穎，長沙王乂，河間王顒，東海王越等八王，十幾年間互相殘殺。到懷帝時，才平息禍亂。他們都驕傲奢侈，目中無人。

註⑤ 輕遘禍難：輕易造成禍難事故。

註⑥　蟻合：如群蟻聚合，為數很多。

【譯文】

晉武帝司馬炎在宣武場上演練軍事，他想從此偃息武備，修習文教，於是親自駕臨練武場，召集所有臣子。山濤說道，不應當這樣，接著就跟尚書們說孫武、吳起用兵的本意；之後徹底討論了這個問題，所有在座者都很慨歎。都說道：「山少傅的議論是天下名言！」後來，八王驕傲奢侈，輕率造反，致使強盜賊子到處出現，就如蟻群一般聚合，郡國多半沒有武裝兵士，不能平定制伏，賊勢漸漸旺盛起來，全都應了山濤的話。

當時，有人說：「山濤雖然不學兵法，但見解卻和事理相同。」王衍也讚歎說道：「山公所想的事，和道理暗中相合。」（識鑒篇）

【佛法解說】

「養兵千日，用在一時」、「不求戰，但不能不應戰。」或「無軍防，等於無國防，亦無安全。」……都是現代人的常識，且平時沒訓練，上戰場也不能殺敵，如果大敵當前，而顢頇軍訓，那後果肯定不堪設想。

《眾經撰雜譬喻》有一則佛陀說話，正是好例證。

某國不產馬，但也不能缺少馬，所以，國王不顧財政負擔，而向外國買了五百匹馬回來，嚴加訓練，當做軍事用途。因此，外敵始終不敢入侵。不過，太平無事時，飼養這群馬的費用太龐大，日子久了，財政不堪負荷，朝廷不知如何處理才好？有人說，平時不用馬，而必須為牠們付出龐大開銷，太浪費了。

君臣商量的結果，為了節省開支，便決定讓馬自尋活路。可惜，這些馬平時都習慣在小圈子打轉，失去野性，加上缺乏訓練，最後都成了只知覓食、不懂戰鬥的野馬了。

鄰國獲悉這個消息，突然出兵來犯；平時野慣的五百匹馬，突然負起軍裝，那些將官們也抖擻精神，騎上馬背，準備衝向敵人陣營；誰知馬只會來回打轉，一點兒也不想衝向敵陣，最後終於被鄰國打敗了。

四十九、過份執著　錯在自己

【原典】

劉真長、王仲祖①共行，日旰未食。有相識小人貽其餐，肴案甚盛，真長辭焉。仲祖曰：「聊以充虛，何苦辭？」真長曰：「小人都不可與作緣。」

註① 劉真長王仲祖：即劉惔、王濛。

【譯文】

劉真長和王仲祖一日外出，過了吃晚飯時間很久了，一直尚未吃東西。有一個認識的小人贈送他們餐飯，菜餚非常豐富，劉真長推辭了這些食物。王仲祖說道：「姑且來填填肚子吧！何必要推辭呢？」劉真長說道：「不可和小人太接近。」（方正篇）

【佛法解說】

好人壞人或君子小人，都有他們形成的因緣，而因緣會剎那變化，君子若不潔身自愛，拿捏分寸，有一天也可能失足為小人。反之，小人若幸運得到善知識指引，等於轉化惡緣為善緣，也有機會脫胎換骨，成為一個真君子或大好人。故面對小人或惡徒，不宜執著憎恨，像遇到毒蛇一般退避三舍。例如上文主角寧可餓死，也不吃小人贈予的食物，甚至不與對方言談，未免太不近人情，拒人於千里之外，顯然缺乏包容心，沒有廣結善緣的胸襟，遑論指引或規勸對方。

《金剛經》說，佛陀進城挨家挨戶乞食化緣，其間難免碰到小人施捨，佛陀照樣歡喜收下，讓對方有機會種善因、種福田。也許有機會聽到對方訴苦，那麼，佛陀會趁機給對方說法指點，這才是佛教慈悲的作風，也是大乘佛教徒應有的處世態度。最後，請恭誦《法句經》下首偈：

「**錯誤的心念，遠比任何敵人或仇家的傷害更深。**」（四二）

五十、做鬼因緣　清清楚楚

【原典】

阮宣子①論鬼神有無者，或以人死有鬼，宣子獨以為無。曰：「今見鬼者，云著生時衣服，若人死有鬼，衣服復有鬼邪？」

註①　阮宣子：即阮脩，陳留人。愛好《老子》、《易經》。

【譯文】

阮宣子與人爭論有沒有鬼的問題，有人認為人死了有鬼，只有宣子認為沒有，他說道：「現在自稱看見鬼的人說，鬼穿著人在世時的衣服；若說人死了有鬼，那麼，衣服也有鬼嗎？」（方正篇）

【佛法解說】

佛教承認鬼的存在，但不認為人死了必然會變成人見人怕的鬼。人離開了這

個世間，前往的地方，不僅只有地獄，也許去天堂享樂，即使輪迴做鬼，也必須具足做鬼的罪業因果，才會得到鬼道的報應。

鬼有好鬼和壞鬼，前者會守護世間，或護持佛法，如大梵天王、難陀龍王，後者如羅剎為惡鬼神，至於夜叉則通屬善惡兩方。

佛經提到眾生若有以下惡業，將會墮入鬼道：

⑴身作惡——身體做出殺生、偷盜、邪淫等惡業。

⑵口作惡——口中造妄語、挑撥、罵人、謊話等惡業。

⑶意作惡——內心充滿貪婪、瞋恨、愚癡等惡業。

⑷慳貪——貪取妄執，不肯施捨。

⑸妄求非分——不是自己的東西，卻起覬覦非份之想。

⑹諂曲嫉妒——嫉妒別人比自己好，而起惡心邪念。

⑺起於邪見——沒有善惡觀念，不信因緣果報。

⑻愛著不捨——愛戀心重，不能喜捨放下。

⑼因饑而死——饑餓而死，成了餓鬼。

⑽枯竭而死——如草木一般乾枯而死。

五十一、人外有人　天外有天

【原典】

支道林①初從東出，住東安寺中。王長史宿構精理，并撰其才藻，往與支語，不大當對。王敘致作數百語，自謂是名理奇藻。支徐徐謂曰：「身與君別多年，君義言不了不長進。」王大慚而退。

註① 支道林：即支進，住在會稽，晉哀帝派中史到東安寺迎接。

【譯文】

支道林剛從會稽來到時，住在東安寺。王長史預先構思一套精闢的理論，又撰寫了極有文彩的言辭，去和支道林談論，但不太能與支道林匹敵。王長史敘述了幾百句理論，就自以為理論奧妙，辭藻奇特。

支道林慢慢對他說道：「我跟你分別了許多年，您的論點旨趣卻毫未進步。」王長史聽了十分慚愧的回去。（文學篇）

【佛法解說】

坐井觀天、自恃才能，忘了強中更有強中手，能人背後有能人；直到他遇見高手，被挫了銳氣，才如夢初醒，始知人外有人、天外有天。之後，懂得慚愧，還算有希望，所謂「危機即是轉機」，挫折教育有非凡的價值，無異佛教的逆增上緣。

《法句譬喻經》有下則說話，寓意跟上文大同小異，值得一讀再讀。

某年，佛陀在拘睒尼國的美音精舍為眾生說法。

當時，有一位梵志外道，知識淵博、無事不曉，不免傲慢自大，自認天下無敵。他常找人辯論，卻無人敢向他挑戰。有一個白天，他拿著火把在城市行走，有人問他怎麼白天還要拿火把走路？梵志答說：「世人愚昧，看不清事情，所以，我要用火把來照明他們。我看透世間沒人敢來和我議論任何問題……。」

佛陀知曉這個梵志有宿世福報，應當度化，如果任他這樣傲慢下去，不知無常而妄自尊大，將來會墮入太山地獄，受無量劫罪苦而極難出離。於是佛陀就化作一位賢者，在街上閒坐，他問梵志為什麼白天拿火把走路？只聽梵志答說：「因為世人愚昧，不明事理，我才持火把來照明他們。」

賢者又問他說：「經典中有四明法，你知道嗎？」

梵志答說：「沒聽過！」

賢者立刻告訴他說：「四明法就是：一通曉天文、地理、四季調和之理。二通曉星宿、五行分別之理。三通曉治國安邦之理。四通曉軍事衛國之理。你是個修道的人，怎會不懂這四明之法呢？」

梵志的確不懂這四明法，慚愧之餘，馬上丟下火把，自歎不如。佛陀知道他真誠悔改，便恢復原貌，光明照亮四周，用梵音為對方說出下面詩偈：「若多少有聞，便自大憍人；是如盲執濁，照彼不自明。」

接著，佛陀又告訴對方說：「世間最愚昧的人，莫過於你。白天拿火炬在城中行走，就好像塵土一樣，有誰會理你？」

梵志聽了，慚愧地頂禮佛陀，願作佛弟子。後來，他果然領悟法理，止息妄念，證得阿羅漢果位。

五十二、靠法治　不如懂因果

【原典】

殷中軍①問：「自然無心於稟受，何以正善人少，惡人多？」諸人莫有言者。劉尹②答曰：「譬如寫水著地，正自縱橫流漫，略無正方圓者。」一時絕

歎，以為名通。

註① 殷中軍：本名殷浩，字淵源；或稱揚州、中軍、阿源，殷侯。

註② 劉尹：即劉惔，字真長。

【譯文】

殷中軍問道：「人的稟性，生於自然，自然賦予人的天性，心中沒有善惡之別，何以正直的善人少而惡人多呢？」這時候，一群賢士名流都無法回答。只聽劉尹答說：「這彷彿把水潑在地上一樣，只見水縱橫的亂流，但不見有規矩來匡正它的方圓。」這句話被認為是當時有名的言論而讚嘆不已。（文學篇）

【佛法解說】

本文強調法治可以決定善人壞人，乍見下頗有見地，但不如佛法周詳和清晰。原因如下：人呱呱墜地時，都是心地純潔，毫無暇疵，像諸佛菩薩一樣，擁有一顆絕對的自性清淨心。逐漸長大，有了各種慾望，甚至起了貪、瞋、癡、慢、疑和邪知邪見。

如日本名僧至道無難禪師所說：「我身上有八萬四千個惡，其中扶佐大將者，有色欲、利欲、生死、嫉妒、名欲，此五者也。此為常情，難以消滅。須盡

夜以證悟將之逐一剷除，使其復歸清淨。悟即本心。」

徹底的法治制度，的確能匡正方圓，約束人們肆無忌憚的妄念，和弱肉強食的貪婪，終究不能治本；除非靠佛教的智慧——三世因果，才能真正領悟為非作歹的嚴重後果，必須自己負責；否則，許多人仍竭盡所能走法律漏洞，甚至枉法滿足私慾，法律奈何不了他，始終做個壞人。

千說萬說，惡人會做惡，始自無明也。

五十三、講經說法　隨緣而已

【原典】

宣武①集諸名勝講易，日說一卦②。簡文欲聽，聞此便還；曰：「義自當有難易，其以一卦為限邪？」

註①　宣武：即桓溫：字元子，常稱桓公，宣武，大司馬。

註②　卦：《易》有八卦，重複為六十四卦。

【譯文】

桓宣武召集許多當時的名流講解《易經》，每天卻只說一卦。簡文帝有意去

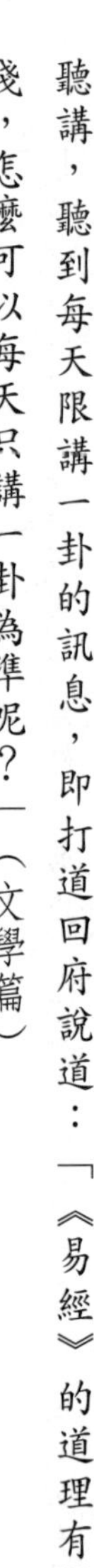
聽講，聽到每天限講一卦的訊息，即打道回府說道：「《易經》的道理有深有淺，怎麼可以每天只講一卦為準呢？」（文學篇）

【佛法解說】

乍讀下，本文大意跟佛陀講經說法，似乎有些雷同，但差異頗大。

佛陀對眾生說法不用召集，亦非叫人來聽經或聽講，而是應眾生「央求」或「需要」，針對大家的煩惱提出根本的破解方法。由於各個階層的人，包括國王、大臣、富豪、窮人、農夫、妓女、老人、知識分子和異教徒等，遇有人生各種疑難雜症，就會去請佛陀慈悲指引。於是，佛陀便逐一詳盡解答，直到對方滿意或完全「歡喜信受」為止；而且說法深淺，多少都不一定，要看當時的對象、狀況和時機等因緣來決定，絕對不會每天固定說多談少、講深論淺，一切隨機逗教、隨緣說法。

佛教傳到中國，高僧大德開始在叢林講經，也在佛學院向學生說法，都依據某部經、某本論述，或多或少、或深或淺，都可以自由決定。

而今流行禪坐和念佛，反而很少談論經典，落實在修行，反而聽經聽法的人十分罕見了。

第三章　切莫等閒因緣果

五十四、活用懲罰　效果非凡

【原典】

（一）王安期[①]作東海郡，吏錄一犯夜人來。王問：「何處來？」云：「從師家受書還，不覺日晚。」王曰：「鞭撻甯越[②]以立威名，恐非致理之本。」使吏送令歸家。

（二）謝奕[③]作剡令，有一老翁犯法，謝以醇酒罰之；乃至過醉，而猶未已。太傅[④]時年七、八歲，箸青布絝，在兄厀邊坐，諫曰：「阿兄，老翁可念[⑤]，何可作此！」奕於是改容曰：「阿奴[⑥]欲放去耶？」遂遣之。

註①　王安期：晉王承，字安期，太原人，曾任東海內史。東海郡在今江蘇東海縣，山東沂水縣地。

註②　甯越：戰國時期中年人，曾為齊國的上卿。

註③　謝奕：晉朝陽夏人，字無奕，謝安之兄，曾任豫州刺史。
註④　太傅：即謝安，字安石。曾任桓溫司馬，官拜太保，贈太傅。
註⑤　可念：可憐也。
註⑥　阿奴：謝安的小字。

【譯文】

（一）王安期擔任東海郡縣令期間，差役逮捕到一個人犯了夜行禁令。王安期問他說道：「你從那裡來的呀？」犯人答道：「我從老師家裡讀完書回來，不料，天色已晚。」

王安期說道：「假如責罰了像寧越那樣的讀書人，來凸顯威嚴的聲名，恐怕不是治理政事的方法。」結果反而派人送他回家去。（政事篇）

（二）謝奕當剡縣的縣令，一位老人犯了法，謝奕使用濃烈的醇酒懲罰他，命令他喝下，甚至看他要喝醉了，還不讓他停止。謝安當年七、八歲左右，身穿青布褲，坐在哥哥的膝邊，不禁規勸說：「哥！老人家真可憐，怎麼可以這樣懲罰他呢？」謝奕一聽，立刻現出慚愧的臉色說：「你想要放他走？」終於放走了那老人。（德行篇）

【佛法解說】

世間的立法動機，在保障弱者，約束強者，可說良法美意。所以，法治社會是人類的理想。懲罰犯人是不得已的，也是必須的，旨在教訓犯人要明白自己罪有應得，不必怨天尤人，必須不再犯錯，若達不到這個目的，那麼，任何嚴刑峻罰的功效都成了否定。

佛教不堅持一定要懲罰身體，例如坐牢、鞭打，或其他物理性的折磨方式。有時也活用潛移默化，讓對方徹底悟解前非，重新做人。

例如，下則禪話可以參考——

有一天晚上，七里禪師正在誦經打坐的時候，有一個小偷拿了一把利刃，偷偷的進入寺中威脅七里禪師說：「快把錢拿出來，否則我一刀就結束你的性命。」

七里禪師聽了以後，頭也不回，安然無事的說道：「我正在誦經參禪，你不要打擾我，錢在那邊的抽屜裡，你要自己去拿。」

這個小偷就去打開抽屜，把錢搜刮一空；當他正要轉身離開時，七里禪師又說：「不要把錢全部拿走，留一些我明天還要買花來供佛。」

強盜趕快又把一些錢放回抽屜裡。他正要離開的時候，禪師又說：「不說聲謝謝就走了嗎？」

那個小偷倒也聽話，就說了一聲「謝謝」，回頭奔跑而去。

不久，這個小偷因為其他的案子被官府逮捕，小偷招供出他曾經偷過七里禪師的東西，官差把這個小偷帶到七里禪師的寺院裡來，請禪師指認。但禪師卻說：「此人不是盜賊，他沒有來搶我的，也沒來偷我的，因為錢是我給他的，他已經向我說過謝謝了。」

這個盜賊有了禪師的做證，當然減少了刑責，待他服刑期滿後，特地前來皈依七里禪師，也成了優秀的弟子。

執法固然要公正、要嚴格，但也得兼顧情與理，尤其對老年和青少年，有時網開一面、適可而止也是必要的，倘若僵硬執行下去，就違反了懲罰的意義。

五十五、英俊誠可貴　孝養價更高

【原典】

孝武問王爽①：「卿何如卿兄？」王答曰：「風流秀出，臣不如恭。忠孝亦

何可以假人。」

註① 王爽：晉王爽，字季明，小字睹，太原人。王蘂的第四弟，曾任侍中，贈太常。

【譯文】

孝武帝問爽說：「你比起你哥哥王恭怎樣？」王爽答說：「風流俊秀，我比不上哥哥王恭。倘若說盡忠盡孝，我不輸於王恭。」（方正篇）

【佛法解說】

「英俊瀟灑」、「美貌出眾」……等形相特徵，當然好事一樁，令人豔羨，奈何歲月不饒人，抵擋不了光陰的摧殘，不明佛理的人，肯定會因此失落煩惱……。須知那是自身的好因好緣所致使，但因緣剎那生滅，再英俊、再美貌的人也難逃因緣無常的宿命，只要領悟緣起緣滅的佛理，便能以平常心面對自己形相的美醜和老弱的變異。

佛經中不論在家出家的勸人行孝的文章頗多。佛家說父有慈恩、母有悲恩，若人供養恭敬一百五通大神仙，一百善友，一心供養滿百千劫，不如一念孝心，故應勤修孝養父母，與供佛之福等無差別。

《五分律》載，若人活百年中，右肩擔父，左肩擔母，即使以極世珍奇衣食供養，猶不能報須臾之恩，故有生之年要竭供養，否則必得重罪。

佛道把孝分為二，一為世間孝，一為出世間孝。前者是要供給父母衣食安全，後者指以佛法開導父母，這種出世間之孝能使父母徹底離苦得樂。世間孝僅止於一世，為小孝；出世間孝無時而盡，因為父母生於淨土，福壽不止，如恆河沙劫，故為大孝。眾生若能孝養敬順父母，則可招感少病、端正、有大威勢、生上種族，多有資生等五種果報，稱為五善根。

《地藏王菩薩本願經》有段經文令人感動，大意是：

早在覺華定自在王如來佛時代，有婆羅門女孩叫月光，今生勤修佛道，奈何她母親卻相信邪教，輕蔑三寶，月光只好竭盡所能誘導母親相信正法，不久果然如願使母親也步入佛門了，後來母親往生，陷入無間地獄裡。

月光於是建造寺塔，供奉覺華定自在如來佛像，由於她的虔誠和孝心思念母親，空中傳來聲音說，可以告訴她母親的現況。某日，她一心念唱覺華定自在如來佛聖號，居然在半醒半夢中來到靈鷲山西方的第一重海上，目睹各種奇形怪狀的夜叉鬼正在吞食人們……發現她母親生前有一段時間心懷邪見，損害三寶，可

惜晚年雖然改正信仰，但為時太晚就過世，因此出生到地獄……。

鬼王告訴月光說，她母親三天前投生到天界去，因為她有個孝順女兒在世間為她厚積各種福報，且布施供養覺華定自在王如來佛，因此功德不但使她母親從地獄痛苦中得救，也能使地獄的罪人在那一整天免於鞭策之苦……月光從夢中醒來，眼前的自在如來尊像正放射赫赫的威光。

最後，請一同恭讀下則《星雲說偈》——「孝善之道」。

力慕善業，可用安身；

力慕孝悌，可用榮親。——《法苑珠林》

以上說明了在家佛弟子的修持之道，乃至一般人應具有的基本道德觀。

「力慕善業，可用安身」，我們如何才能獲得安身之道？必須傾注心力慕求善業，做善事就能安身。什麼是善業？比方，你從事的事業、工作，是有益於社會、人群，如果不是正當的工作就很麻煩了。比方：販賣槍炮子彈、製造或買賣殺生用具，或者走私、販毒等，做了不正當的事業，睡覺都不能睡得安心。

人生要想求得安身立命，就要有很多的善業。不但所做所行都是善業，結交的朋友都是善友，即使是居住的地方，也要與善鄰相處。凡是一切的善因、善

緣、善事都圍繞在我身邊，你說，怎麼會不能安身呢？

「力慕孝悌，可用榮親」，除了安身以外，還要懂得「榮親」，即光宗耀祖，讓家族能因為你而得到榮耀，那就要「力慕孝悌」，要和睦家庭大眾、孝順父母，對家庭有責任。

說到佛教對孝順的看法，「孝」，還比較容易做到，「順」，就很難了。我們講到孝悌有三等：初等的孝，對於父母家人，都能甘旨奉養；二等的孝，自己有所作為、事業有成，讓父母感到光榮；最高等的孝，就是讓父母、家人都能有宗教的信仰，並且都能做善事，這才是大孝中的大孝。

實踐孝悌，要循序漸進，從小的孝順、中等的孝順，再到大孝，讓全家人都有宗教信仰。其實，不管是信仰哪一個宗教都很好，有信仰比沒有信仰好，甚至於迷信也比不信好。迷信，只是不懂得信仰的意義、價值，好比有的老公公、老婆婆，在神明之前跪拜祈求，至少他知道不能做壞事，心地還是很善良、很清淨，那就很了不起了。

所以人生在世，能引導父母有正確的宗教信仰，如信仰人間佛教，親近善知識，聽聞正法，讓父母能藉由信仰得到現世的法樂，這才是第一等的孝善之道。

五十六、選友謹重　影響終生

【原典】

王太尉不與庾子嵩交，庾卿之不置。王曰：「君不得為爾。」庾曰：「卿自君我，我自卿卿。我自用我法，卿自用卿法。」

【譯文】

王太尉不和庾子嵩交朋友，庾子嵩仍尊王太尉為卿。王太尉說：「您不能這樣稱呼我。」庾子嵩說：「您可用君來稱呼我，我可用卿來稱呼您；你我各用自己的稱呼法。我自用我的稱法，您自用您的稱法。」（方正篇）

【佛法解說】

交朋友貴在推心置腹、坦誠相對，不要好像巴結上司或富人般的趨炎附勢；如何稱謂事小，志同道合或情趣相投才重要，尤其敢冒忠言逆耳之過也願提出忠告，堪稱善知識。依佛法說，善知識其實是個智者，如《法句經》云：「智者不會因為自己的利益或別人的利益而造作惡業，智者也不會為了求子、財富或謀國而造作惡業。真正的智者不應以非法手段追求成功，唯有如此，才是有戒行、智

慧、正真的智者。」（八四）

《阿含經》下則記載可為佐證，大意是：羅陀是個又老又可憐的婆羅門，寄居在精舍裡，做些零碎如割草和清潔的工作。比丘們都得尊重他，但當他想加入僧團時，卻又不願意接納他。

某日清晨，羅陀遇見佛陀，就向佛陀禀告比丘拒絕他加入僧團的事。佛陀知曉他將證得阿羅漢果，便召集所有比丘來，問他們說：「有沒有人曾經接受過羅陀的服務？」

「佛陀！我記得羅陀曾供養我一些米。」舍利弗答道。

「如果這樣。」佛陀接著說：「你是不是應該幫助你的施主解脫世間的苦痛？」

於是舍利弗允諾幫羅陀剃度出家而成為比丘。從此以後，羅陀就正式加入僧團，並嚴格遵守舍利弗的教導。幾天之後，他就證得阿羅漢果。

後來，佛陀再來探視眾比丘，他們向佛陀報告羅陀嚴守舍利弗的教導。佛陀說：「比丘應像羅陀一樣，遵守教導，如果犯錯而受到譴責時，也不可以時生不滿。」

最後，一同分享下則《星雲說偈》——「交友」。

若人近不善，則為不善人，

當近於善人，近善增功德。——《正法念處經》

這四句偈就是告訴我們交朋友，和人來往，應該注意對方是好人或壞人，是善人是惡人，這個要多加注意。所謂「近朱者赤，近墨者黑」，親近好人，我們就會受好人的影響，與惡人相交，必然就會受到惡人的改變，就如《菜根譚》所說：與善人交，如入芝蘭之室，久而不聞其香，但日有所增；與惡人交，如磨刀之石，不見其減，但日有所損。

我們交朋友、和人來往，必須慎重，要分辨善惡正邪之人。屈躬諂媚的小人，投我們所好，我們比較容易喜歡；正人君子，直言直語，反而我們不喜歡。一般人都喜歡被阿諛奉承，喜歡人家的吹捧、諂媚，然而我們所喜歡的對象，將來可能就會危害到我們的前途。

交朋友，要選擇具有誠實、慈悲、行善、友愛、厚道、寬容、勤勞、正直等品德的人，這樣才是好的朋友。如果結交到壞朋友，日久會受到惡友的牽制，乃至傷害、陷害，為了朋友，而影響我們的人生，得不償失。

就如今日的社會，朋友來借貸你幫忙，萬一有借無還，連自己都傾家蕩產倒閉了；有的人為朋友背書、擔保，最後惹了許多麻煩，這都是交友不慎。有時候，朋友鼓勵你投資，說得天花亂墜，怎麼樣賺大錢，可是等到真正拿錢去投資了，往往一去不回。因此，在這樣複雜的社會裡，身處在複雜的人群，你不能不慎重。

要怎麼樣慎重分辨朋友的好壞呢？誰是好人，誰不是好人，一下子也看不出來，但可以先看這一個人的品德，或者他的過去、他的歷史、他的舉心動念，是善還是不善。你與不善的人交往，你就是不善的人；你與善的人交往，你就是善人，接近善知識，你就有善的功德。《正法念處經》的這四句偈，提醒我們要注意結交朋友的重要。

五十七、一味沽名釣譽　佛道必會斷絕

【原典】

周仲智飲酒醉，瞋目還面①謂伯仁②曰：「君才不如弟，而橫得重名。」須臾舉蠟燭火擲伯仁。伯仁笑曰：「阿奴火攻，固出下策耳。」

註①　瞋目還面：怒目變了臉色。

註②　伯仁：即周顗，字伯仁，常稱周侯。

【譯文】

周仲智喝酒醉了，張大眼睛氣憤的對哥哥伯仁說：「你的才幹學養不如我，卻莫名其妙得到好的名聲。」頃刻間拿著蠟燭火丟向伯仁。伯仁笑著說：「阿奴（仲智的小名），你用火攻我，這實在是一種下策哩！」（雅量篇）

【佛法解說】

俗話說「酒後吐真言」，周仲智乍聽自已失去了名譽時，即刻翻臉，動作粗暴，他的愛名之心，躍然紙上。但見古今許多佛道行者對名聞利養不屑一顧，只知一心一意追求解脫生死的修持；即使實至名歸，精進修持的風範遠近馳名，致使朝廷與信徒慕名前來頂禮供養，他們也避之唯恐不及……。

曹洞宗第八代祖師是芙蓉道楷禪師，宋朝人，曾任淨因寺、天寧寺等住持。期間，他在禪林中的聲譽如日東昇，開封府尹李孝壽也很仰慕他。所以李孝壽便上表向宋徽宗皇帝推薦禪師。不久，皇帝果然下話要賜給禪師一件「紫袍」。當皇帝的內臣帶著御旨和紫袍來到禪師的寺中，禪師聽完御旨後謝恩，但堅決不

願接受紫袍，但聽他對內臣說：「我出家時曾有過重誓，不為名、不為利，專心修道。如果違背誓言，就會損身喪命，今天如果不守初衷，就是背棄佛法和重誓。」

之後，禪師又寫了辭表轉呈皇上，但皇帝堅持成命，再次下旨來迫使他接受；不料，禪師依然堅辭不受，因而觸怒了皇上，便以拒命論罪了。第二年，皇帝悔過了，降旨不再追究，禪師從此結庵於芙蓉湖心。

某日，禪師對慕名來追隨他修行的徒眾說：「出家人由於厭棄塵勞，追求生死解脫，才來休心息念、斷絕攀緣，豈能追名逐利，埋沒一生？出家人遇聲遇色，如同石上栽花；見名見利，似眼中進沙子。所以先聖教人要了盡今世今時；能了盡今時，再也無事。若能心中無事，見佛祖也是冤家。一切世事，自然冷淡；到這時，才會與那邊相呼應。」

近代高僧虛雲老和尚開示：「利和名是相連的，名有好有壞，或是流芳百世，或是遺臭萬年。三皇五帝是聖君賢王的典型……這是流百世的德澤。王莽、曹操、秦檜等是遺臭萬年……，諸佛菩薩、諸大祖師有真道德，雖不求名而名留千古，善星比丘、寶蓮香比丘尼，生墮地獄，自然遺臭萬年。這個名真害人，說

你好，有道德，難行能行歡喜，就是好名；被罵了不高興，也是為名。說好不好，總是被名轉……。說你的功夫用得好，就生歡喜，說不好，臉就放下來。講小座也是一樣，說你好就歡喜，說你不好就不願意，也是被名轉……。我懺悔，不過比你們虛長幾歲，弄到一個虛名，你們以為我有什麼長處，以我為宗就苦了，我比楞嚴所說的妖魔外道都不如……。」

哇！老和尚高風亮節，不愛虛名的風範，令人無限動容。沒錯，名有好有壞，壞名不能要，但若修行好，實至名歸，像廣欽上人不識字，但他實修功德有口皆碑，令無數人禮敬讚歎，拋磚引玉的功效不在話下，當然好事一樁……。

請恭讀以下佛陀的教誡：

像深的池沼，平靜澄清，賢人聽聞真理，其心清淨名澈。（《法句經》八十二）《法華經》又說：「為求名聞故，分別於是經。」因為名聞能顯親榮己，故常會令凡夫俗子貪求不已，然而以欲求無窮而所冀難得，所以求名聞之心愈強烈，就愈容易增加苦惱。

又《菩提心論》也說：「凡夫執著名聞利養資生之具，務以安身，恣行三毒五欲；真言行人誠可厭惡，誠可棄捨。」

總之，沽名釣譽是佛道行者的絆腳石、大障礙，所以佛教各宗各派皆強調行者要深戒求名之心，以免喪失菩提心，阻斷成佛之路。

最後，一同恭讀下則《星雲說偈》——「名利物欲」。

人間五欲事無涯，利鎖名韁割不開；
若把利名心念佛，何須辛苦待當來。——元・中峰明本

這一首是元朝中峰國師的警語。

「人間五欲事無涯，利鎖名韁割不開」，人生活在世上，影響我們最大的就是五欲，所謂的五欲，即財、色、名、食、睡，我們每天給這五種事情所束縛著。人生裡，有無數個利的枷鎖、名的韁繩，我們就這樣給利鎖名韁纏縛得緊緊的，就像魚網裡的魚，難以割離。

世間上的萬千眾生，天天熙熙攘攘的忙碌，為的是什麼，不就是為了名、為了利嗎？

「若把利名心念佛，何須辛苦待當來」，甚至假如念佛的人，也用求名求利的心來念佛，比方有一些佛教徒，向佛要求中獎券、升官發財，以念佛做為交換條件，為了將來可以到極樂世界，假如用這種心來念佛的話，何必辛苦的希求將

來呢？因為只想要求名求利的話，現今的世間到處都有啊！

我們真正要求的是提升內心的道德操守，昇華自我的人格德性，擴大我們的精神世界。如果不知道追求精神上的修養，只在世俗的物欲上貪求，甚至於把信仰當作求得榮華富貴的一種方法，這樣的信仰就已經是次了一等。

所以，真正信仰佛教的信徒，要能夠放下五欲、放下名利，用慈悲去服務世間，用歡喜給予眾生，用佛心對待大眾，能夠這樣如實履踐，我想，當下就是西方淨土了。

五十八、年歲大小非關鍵　修持成敗見真章

【原典】

（一）庾太尉風儀偉長，不輕舉止，時人皆以為假。亮有大兒①數歲，雅重之質，便自如此，人知是天性。溫太真②嘗隱幔怛之③，此兒神色恬然，乃徐跪：「君侯何以為此？」論者謂不減亮。蘇峻時遇害。或云：「見阿恭，知元規④非假。」

（二）魏明帝於宣武場上，斷虎爪牙，縱百姓觀之。王戎七歲，亦往看。虎

承閒攀攔而吼，其聲震地，觀者無不辟易顛仆。戎湛然不動，了無恐色。

註① 亮有大兒：庾亮的長子名會，字會宗。小字阿恭。

註② 溫太真：晉朝溫嶠，字太真，官拜驃騎將軍。

註③ 隱幔怛之：躲在布幔後面要突現驚嚇他。

註④ 元規：即庾亮。

【譯文】

（一）庾太尉的風度宏偉，儀表端莊，舉止動靜，毫不輕率。當時，人們都說他是故意做作的。庾亮的大兒子阿恭年僅數歲，高雅穩重的氣質，從小就是這樣，人們都說是天性。溫太真曾躲藏在布幔後面，突然現身想驚嚇他；這時，這孩子的神情安靜如平常一般，只見慢慢地跪下說：「您為什麼要這樣做呢？」一般評論，說他不輸於庾亮。當時，蘇峻已被誅殺。有人說：「有了阿恭，就知道元規不是假裝做作的。」（雅量篇）

（二）魏明帝在宣武場上，叫人弄斷老虎的爪牙，任由老百姓參觀。王戎當時年僅七歲，他也去看。老虎在大籠子裡的空隙處，攀著欄杆，大聲吼叫，聲音震動大地；去看的人無不驚恐退後，跌倒在地上。只有王戎從容鎮定，毫無恐懼

的臉色。（雅量篇）

【佛法解說】

一般人說，大人們常識淵博，飽經世故，看事情自然比幼童們透徹寬廣，切合實際……，但從禪道行者的高度看，幼童都率真正直，沒有個人的是非計較，善惡美醜等一大堆知見或價值判斷，反而更能一針見血道破事情的本質，禪道行者中不乏小沙彌的修持成就出乎其類、拔乎其萃。所以不能以年齡大小來論定修持成就的高低或深淺，例如《阿含經》以下二則記載：

（一）磐踶它是舍衛城一位著名人物的兒子。他在非常年輕時，就出家為沙彌。出家後的第八天，他與舍利弗一齊去托缽，在半路上看見農人引水入農田，他問舍利弗：「尊者！沒有心識的水，能夠隨人意的被導引到任何地方嗎？」

「是啊！水可以被導引至任何地方。」舍利弗說。

然後他們繼續上路。後來，磐踶它又看見製作弓箭的人用火鍛燒弓箭，使其筆直。他也看見木匠切割、刨平樹木，用來做車輪。這時候，磐踶它內心如是思惟：「如果沒有心識的水，可以任人導引至任何地方；沒有心識且彎曲的竹子，

可以撫直；沒有心識的木材，也可以做成有用的東西。那麼，擁有心識的我，為什麼無法控制我的內心，修行清淨止觀呢？」

經過這番思考後，他當下向舍利弗請求回精舍自己的房間，並深刻觀身。諸天神也使精舍和周遭環境保持寧靜，協助他禪修。不久，就證得三果。

就在這時候，舍利弗正朝磐踶它的房間走去。佛陀透過神通知道磐踶它已證得三果，只要繼續禪修下去，馬上就可證得阿羅漢果，所以佛陀決定阻止舍利弗進入磐踶它的房間。佛陀就走到磐踶它的房門口，詢問舍利弗一些問題，使他無法進入房間。磐踶它才能證得阿羅漢果，這天正是他出家的第八天。

佛陀說：「當一個人精進修行時，，甚至天神們都會來護持，我個人就親自在門口阻止舍利弗進入磐踶它的房間，如此，磐踶它才能證得阿羅漢果。」

（二）舍衛城的給孤獨長者和維沙卡兩人都是佛教徒，也固定在家供養眾多比丘．維沙卡家的供養平時由她的孫女負責，而給孤獨長者家則先由長女，接著由次女，最後才由最小女兒修摩那戴藏負責。明白佛法的長女和次女婚後都往丈夫家去了，故剩下最小女兒在家負責布施作業。

後來，修摩那戴藏在病危時想見父親，他父親走近時，她稱父親為「弟弟」之後立刻逝世。她的稱呼使他父親很困惑，以為女兒臨終時正念沒有現前，所以他去拜見佛陀，敘述這件事。

佛陀說你女兒臨終意識很清楚，而且正念現前。佛陀說他女兒稱呼父親為弟弟是正確的，因為她的修行層次遠比父親高，她已證得二果，而其父親只證得初果。佛陀又告訴給孤獨長者說，他女兒已經往生兜率天了。

佛教徒耳熟能詳「三界唯心，萬法唯識」，如果禪修功夫到家，外界塵境可以不入心中；這時，自己心中所潛伏的諸法種子（無始的虛妄習氣），便會發生現行出來，這種現行，被禪門稱為「自心境界」。一般說來，幼童的妄念執著，是非計較很少，身心也因此較能輕安，俗話說「赤子心，無欺詐」。於是看事情就自然比較貼切和逼真……。再從三世因果的高度看，如果那個兒童有宿世累積的好因緣，善根福報俱佳，那麼，在良師或善知識接引與教化下，其修道成就肯定比凡夫俗子的成人們更有看頭：……再讀下則《阿含經》記載，大意是：

沙其卡沙彌的奇蹟

有一天，三十位比丘各自從佛陀得到禪修的業處後，到遠離舍衛城的一個大村落去。這時候，茂密的森林中有一群搶匪要用活人去供養森林的守護靈，他們就到林子裡的精舍去，命令比丘們交出一位比丘，做為祭祀的犧牲。

每一位比丘，不管年齡大小，都願意犧牲，其中有一位小沙彌沙其卡，他是受舍利弗指派前來的，雖然仍是稚齡孩童，但由於累世以來積聚了眾多善業，他已經證得阿羅漢果。他透露說他的老師——舍利弗預知這次行程會有危險，所以特意安排他陪同其他比丘一起來，而且他應該隨搶匪去。其他比丘聽他這麼一說，雖然很勉強，但他們對舍利弗深具信心，便同意由小沙彌隨搶匪去。

搶罪的祭祀準備就緒後，搶匪頭目就高舉著劍，朝小沙彌重重擊下，小沙彌這時候正在禪定中，結果劍不僅沒有砍傷小沙彌，反而彎曲變形。頭目就另外換一把劍，再砍下去，這次整柄劍向上直彎，也同樣不能傷到小沙彌的一根汗毛。這兩次的異常現象讓搶匪頭目震驚而不禁放下劍，並向小沙彌下跪請求原諒。其他搶匪全都吃驚認錯。他們一致要求追隨小沙彌修行，小沙彌答應了。

其他比丘向舍利弗禮敬教出這樣傑出的弟子……。後來，佛陀告誡他們說：「眾比丘！即使長命百歲，但若犯下搶奪、偷盜或種種罪行，生命就沒意義；德行具足活一天，比污穢百年的歲月更有價值。」

五十九、君子交情　清淡如水

【原典】

張玄①與王建武②先不相識，後遇於范豫章許，范令二人共語。張因正坐歛衽。王熟視良久，不對。張大失望，便去。范苦譬留之，遂不肯住。范是王之舅③，乃讓④王曰：「張玄吳士之秀，亦見遇於時，而使至於此，深不可解。」王笑曰：「張祖希若欲相識，自應見詣。」范馳報張，張便束帶造之。遂舉觴對語，賓主無愧色。

註①　張玄：字祖希，曾任史部尚書，冠軍將軍，吳興太守。

註②　王建武：即王忱。字元達，或稱佛大、王大、建武、荊州、阿大。

註③　范是王之舅：范是范寧，字武字，晉陽人。曾任豫章大守。王是王忱。

註④　讓：責備。

【譯文】

張玄和王建武以前不認識。後來在范豫章那裡遇見了。范豫章要他們二人一起談話，張玄於是端正坐好整理衣襟，王建武仔細看了很久，並不發言說話。張玄大失所望，就要離去，范豫章苦苦勸他留下，但他仍不肯留下來。范豫章是王建武的舅父，就責備王建武說：「張玄是吳郡士子中最優秀的人，也是當時人們所推重，但你竟然這樣對待他，我真不懂你是什麼意思？」王建武笑說：「張祖希若真想和我做朋友，他應該親自來拜訪我。」

范豫章很快把這話通告張玄，張玄因而整束腰帶，到王那裡去拜訪。兩人舉杯談話，主人客人都很健談，誰也沒有慚愧的表情。（方正篇）

【佛法解說】

古人說「人心不同，各如其面」，環視周遭形形色色的人群，認識或陌生，每個人的人格特質、習性、能力和嗜好等千差萬別，各自不同，千萬別以自己的管見，妄論別人這不對，那也犯錯；須知評判標準都是主觀執著，計較偏私，不足為憑，一切是非正誤自有公論。

下則《星雲說偈》——「不見他過」，堪稱當頭棒喝，值得參究咀嚼。

若見他人過，心常易忿者，

增長於煩惱，去斷惑遠矣。——《法句經》

在生活中，我們見到別人犯了過錯，往往會對他忿怒不滿。其實生氣、忿

怒，只是徒增自己的煩惱，對彼此都沒有什麼好處。經典裡常告誡我們，見到他人的過失，應該引以為鑑，提醒自己不要犯同樣的過失。

其實，遇到犯過的人，不妨以一種體諒包容的心來看待，甚至慈悲教化他，方便告訴他如何改過。一個人如果經常看到別人的過失，一顆心就會依止在惡法上，自他都會煩惱不安。那麼，心要依止在哪裡呢？佛法告訴我們，可依止四種正法：

第一、**依法不依人**。處理事情，不要針對某人瞋罵責怪，要依循正當的方法、理由，不可因人廢事。

第二、**依義不依語**。不要在一句話上分別計較，如果他的出發點沒有惡意，只是口頭上說錯了話，也要寬厚以待，原諒對方一時的過錯。

第三、**依智不依識**。這裡的「識」是指分別，人常常會依自己所看到的去分別好壞善惡，但自己的判斷也不一定正確，必須以智慧為前導。智慧猶如一面清淨無暇的大圓鏡，能公平公正的映照出事物的真相，不會依個人的主觀妄下斷語。

第四、**依了義不依不了義**。凡一句話、一件事，都有不少的道理在裡面；甚至佛教的一部經典、一句佛法，也有甚深涵意，有的是「不了義」，是方便的說法；有的是「了義」，是究竟圓滿的真理，兩者要能分辨清楚。

所以，我們要以「四依止」作為判斷事物的準則，不要只看人、看事的片面，不要只看人的過失，而是要從更好的道理上去推想。

牢記古人云：「近墨者黑，近朱者赤」，故交友要慎之於始，倘若交上損友，摔也摔不得時，必會後患無窮；反之，如果交上益友，無異得到一份豐富的資產。《法句經》說：「**不要結交壞朋友，不要與卑鄙的人交往，應該結交善知識，且要與品格高尚者為友。**」（七十八）

下則《星雲說偈》——「菩薩交友」，可做交友的座右銘。

不以諛諂親善友，於人勝法無妒心；

他獲名譽常歡喜，不謗菩薩得無怨。——《妙慧童女經》

「不以諛諂親善友」，每個人都有很多朋友，朋友當中有君子、有小人、有善人、有壞人。我們如何與君子、善友往來相交？孔子說：「友直、友諒、友多聞。」我們與君子交往，不可用阿諛諂曲的態度，以這種方式來對待善知識、良友，這是一種傷害。

真正的君子之交，不需要吹牛拍馬，而是相互尊重，平等相處，更重要的是誠信、正直、互助、體諒，正所謂「能容諫諍之友，勿交阿諛之人」。

假如朋友的學問比我們好，錢財比我們多，事業做得比我們大，朋友的一切都順心如意，聰明才華也過人，我們又該怎麼辦呢？

這首偈語就說了，「於人勝法無妒心」，我們不必嫉妒，反而要羨慕他、尊敬他。而且「他獲名譽常歡喜」，朋友得到利益、榮譽，我們要跟他一起歡喜，給予讚歎，要有「沾光」的心態。

因為朋友的利益、榮譽，就等於是我的利益、榮譽。倘若朋友得到好處、獲得發展，我們卻心生嫉妒，甚至想打擊、障礙對方，這就不是朋友的往來之道了。

朋友之間要能互相成就，不要嫉妒障礙；能夠「成人之美」，才能做朋友。還有一種人，看到朋友幸福快樂，就不歡喜；朋友受難了，就幸災樂禍，這也是不對的。

我們對於有道的人，所謂的聖賢、善人，我們就稱做菩薩。菩薩不單單是指在佛殿裡供大家膜拜的觀世音菩薩、地藏王菩薩，其實我們每一個人都是菩薩。

只要有信心、肯上進、有利益別人的習慣，就可以稱為菩薩。菩薩當然有大小、有層次，相當於學生，有大學生、中學生、小學生的分別。我們或許不能做個大學生、大菩薩，但是至少可以做個小學生、初發心菩薩。

總之，我們要承擔「我是菩薩」；既然是菩薩，就要發菩提心，自利利人、自度度人、自覺覺他，還要「上求佛道，下化眾生」。除了自己發心做菩薩外，還要「不謗菩薩得無怨」，對於世間上有德善人的發心，我們不可以隨便嫉妒、毀謗，才不致造作惡業，如此便能處世無怨。

六十、知見多寡　無關證果

【原典】

石勒[①]不知書，使人讀《漢書》，聞酈食其[②]勸立六國後，刻印將授之，大驚曰：「此法當失，云何得遂有天下？」至留侯[③]諫，迺曰：「賴有此耳。」

註① 石勒：字世龍，上黨人，匈奴之後裔，晉元帝時，他稱趙王，成帝時稱正號，後謚明皇帝。

註② 酈食其：漢代陳留人。

註③　留侯：漢朝張良，字子房，韓人，封留侯。

【譯文】

石勒不識字，故叫別人讀《漢書》給他聽。講到酈食其勸漢高祖立六國後代，並刻印將要授予他們，非常驚訝，說道：「這種方法有缺失，這樣怎能統一天下呢？」後來聽到張良諫阻，才說：「幸好有張良這個人。」（識鑒篇）

【佛法解說】

各人的人格特質，包括能力、才華、性向　誠然不少來自天生或遺傳成分，例如他（她）既使因為後天環境不良而無法上學讀書，甚至是個典型文盲，尤其在古代社會比比皆是，但見他（她）卻能通情達理、明辨是非、懂得善惡、辦事能力強、見解精闢、膽識過人……，古往今來屢見不鮮。

假使今天有人書讀得少，學歷不高，但卻具足上述的優秀特質，以致令人敬佩，而後被選為民意代表，團體領袖，放眼周遭，更不乏其人。

從三世因果的高度看，各人的善根福報是絕對與生俱有，那是宿世無數的好因好緣所使然。六祖惠能大師就是個例證，他連一個大字也不識，卻能成為頓悟的先驅者。

《六祖壇經》有下段話說得最明白：劉志略有一位姑母是比丘尼，法名無盡藏，經常念誦《大般涅槃經》，六祖一聽就懂得經文的妙義，於是就替她講解說明。無盡藏比丘尼便拿著經書請教經卷中的文字，六祖說：「字是我不認識的，意義你可以問我。」無盡藏比丘尼說：「你連字都不認得，怎能理會其中的意思呢？」六祖說：「三世諸佛的微妙道理，並不就在文字上。」

無盡藏比丘尼聽了十分驚訝，於是就到處去轉告里中的耆德說：「這是一位有道行的人，應當請來供養。」

惠能大師最初在嶺南乍聽《金剛經》的片斷經句，當下便有體悟，之後到黃梅五祖座下也不曾認字讀經，反而在槽廠劈柴挑水、踏舂米碓……。某日，他乍聽神秀師兄的偈語，頓悟其中有未盡究竟之處，於是請人代筆寫下自己那首膾炙人口的詩偈「菩提本無樹，明鏡亦非臺，本來無一物，何處惹塵埃？」……誠如惠能大師說：「一切經典和文字，大小二乘教、十二部經，都是隨著眾生根性大小的不同而施設的……，世人中有愚有智……愚庸的人如果忽然悟解，心地開朗，即與有智慧的人沒有差別。」

總之，惠能大師的善根和福報非比等閒，平庸之輩聽到《金剛經》無動於

衷，莫名其妙，連飽讀經書、知識淵博的神秀大師也不如不識一字的惠能大師，原因在此。

佛陀時代的印度百姓，不識字的文盲可說數不盡的多數，但見有人乍聽佛法開悟，之後依教奉行而證得聖果的人，不勝枚舉。佛教徒耳熟能詳老比丘般特的例子，依現代的話說，他是典型的智障。依《法句譬喻經》說，般特剛出家時，因為天生遲鈍閉塞，佛陀就派五百位羅漢天天去教導他，教了三年，他連一首偈語也記不住，因而國人都知道他的愚昧不靈。

佛陀哀憐他，就把他叫到面前，親自教他一首偈：「守口攝意，身莫犯非，如是行者，得度世時。」般特感謝佛恩，歡喜心開，竟突然能誦這首偈語了，佛陀告訴他說：「你現在年紀大了，才只會一偈，而別人早就會了，這不足為奇，我現在給你解說其意義，你要專心聽講！」

般特受教聆聽，佛陀即為他開示身口意十惡業的由來，並叫他觀照十惡的起因，再細察它怎會消失？眾生在三界裡生死輪迴，由於不犯十惡而上生天界，犯了十惡而下墮地獄，甚至由於清淨十業而成就佛涅槃，佛陀如此為他解說無量妙法，因此般特即刻悟道，並證得阿羅漢果。

近代高僧暨臺北承天寺住持廣欽上人，自幼家貧沒得上學，故也不識字，但他能依教實修苦行，結果也成為禪淨都有非凡成就的法門龍象……，所以識字與否或學識高低，跟能否修得正果沒有絕對正面關係。禪家說，識字不多也能吟偈作偈，或悟人所非悟，見人所不見，這種境界是輕安乍現，已經證得自性福田，只欠名師指導和印可而已，確實難能可貴。

六十一、憂樂與共　和睦相處

【原典】

謝公在東山畜妓，簡文曰：「安石必出，既與人同樂，亦不得不與人同憂。」

【譯文】

謝公在東山隱居時期，家中還畜養歌妓，簡文帝說：「安石必定會復出的，他既肯與人同樂，也一定肯與人同憂啊！」（識鑒篇）

【佛法解說】

謝公曾經在朝廷當官，堂堂士大夫階級，隱居時仍肯畜養歌妓，沒有分別心，不會歧視歌妓的身分，深知廣結善緣的道理。從大乘佛教的高度看，眾生皆

有佛性，歌妓也跟謝公一樣有相同的證悟聖果的潛力，看誰有殊勝因緣遇到善知識的接引，誰便有機會進入佛門修持善道，證悟成佛。

例如下則《阿含經》記載，大意是：

維摩拉是吠舍離城一位美妓的女兒，她長大後也同母親一樣當了妓女。一天，她看見托缽乞食的目犍連長老，不禁對目犍連心生愛慕，便緊跟隨其後，終於來到他駐錫的寺院。維摩拉向目犍連暴露身軀，百般撩撥、挑逗，並求交歡。目犍連嚴詞訓斥，終於使她自感羞愧。

維摩拉聽了目犍連的教訓後，果然皈依佛法，落髮為比丘尼，最後證得聖果。她曾經唱出以下偈語——

我之聲望高，姿色更美好；青春好年華，他人不可及。
梳妝誘癡愚，妓院門口趣；好似一獵手，佈阱待獵物。
顯示我佩戴，展露我美體；浪笑設迷陣，勾引眾愚漢。
今我已落髮，披袈去托缽；樹下修二禪，證得最高果。
天上人間軛，盡皆被我斷；無欲亦無漏，清涼入涅槃。

佛法不離世間法，進廚房就不要怕熱，既來之，則安之；而今出生人間，生老病死、悲憂苦惱必也隨之而來，逃也無處可逃，躲亦躲不掉，只要領悟空的智慧，便能面對與破解盤根錯節的憂愁苦難。若能與人憂患與共，竭盡所能給人方便，給人歡喜，必能廣結善緣，成就命運共同體。

一個大乘佛教徒絕不會孤芳自賞，自掃門前雪，而坐視周遭無數的苦惱眾生，反而會伺機弘揚正法，實踐六波羅蜜。倘若離群索居，或選擇性的交友，便是解脫道的小乘教徒了；這是違反菩薩道的態度，布施沒有對象，忍辱欠缺機緣，精進失去熱心，持戒和禪定也會鬆懈，破解煩惱的般若智慧也彰顯不出來。

最後，一同參究下則《星雲說偈》──「緣」，必有所得。

藉緣生煩惱，藉緣亦生業；

藉緣亦生報，無一不有緣。──《緣生論》

「緣」是很奇妙的，佛教常說「緣聚則生，緣滅則散」，世間萬有之所以能成為一個世界、一個宇宙，皆是由緣而生。所謂「諸法因緣生，諸法因緣滅」，人有一期一期的生命，緣起緣滅都離不開緣。緣，有善緣、有惡緣，善緣能成就好事，惡緣則會壞事，世間上無論什麼事，必定都有緣的關係。

「藉緣生煩惱」，人為什麼會有煩惱？是由緣而來的，必定有原因、有條件

的和合，才會有煩惱的產生。像五欲、六塵的緣來了，會讓人生起煩惱。「五欲」是財、色、名、食、睡，讓人生起貪求的煩惱；「六塵」是色、聲、香、味、觸、法，這些也會使人起煩惱。甚至貪、瞋、癡三毒，或者是貪欲、瞋恨、愚癡、掉舉、疑慮五蓋，全都會障蔽我們清明的覺知，引發煩惱的結果，這些無一不是由緣而來。

「藉緣亦生業」，世間上五趣、六道的業果，也是由於我們過去的業緣所致。「藉緣亦生報」，有了因緣，自然會有業報的結果，造了業就會有報應，報應也是由緣來的。

「無一不有緣」，可以說，世間上無論什麼事情，大事小事，好事壞事，沒有一件事能脫離因緣。因此，世間都是關係的存在，如果沒有依存關係，就沒有因緣，什麼都不會產生了。

譬如我在電視講經弘法，你收看了，我們之間就結了一個緣。我歡喜講，你歡喜聽，還有電視公司的播映，此外你家中也要有電視機，並且剛好在這個時間看電視，這許許多多的因緣和合起來，才結了這樣的緣分。假如這當中有一項因緣不具備，就不能收看聞法了。

所以，我們要珍惜因緣，因為一切因緣甚深不可思議。對於未來的一切，只要我們肯種下善因，結下善緣，未來必定會有善的結果。

六十二、若無知人之明　無法成就大業

【原典】

武昌孟嘉①作庾太尉州從事，已知名。褚太傅②有知人鑒，罷豫章還，過武昌，問庾曰：「聞孟從事佳，今在此不？」庾云：「卿自求之。」褚眄睞③良久，指嘉曰：「此君小異，得無是乎？」庾大笑曰：「然！」於時既歎褚之默識，又欣嘉之見賞。

註①：孟嘉：晉朝孟嘉，字萬年，曾任桓溫的參軍。

註②：褚太傅：晉朝褚裒，字季野，陽翟人。曾任江袁二州刺史，獲贈侍中太傅。

註③：眄睞：眷顧，巡視。

【譯文】

武昌孟嘉在庾太尉手下的州從事時，已經頗有名氣。褚太傅很能賞識人才，

從豫章回來時，路過武昌，問庾太尉說：「耳聞孟從事不錯，如今有沒有在這裡呢？」庾太尉說：「你自己去找他。」褚太傅巡視了好久，就指著孟嘉說：「這位有些與眾不同，難道就是孟嘉？」庾太尉大笑說：「是啊！」當時的人既對褚太傅沒多說話，就能賞識人，深為佩服，又見孟嘉被人賞識，為之欣喜不已。

（識鑒篇）

【佛法解說】

《六祖壇經》行由品有段關鍵性記載，寓意相當耐人尋味。

黃梅山弘忍大師跟惠能非親非故，素不相識。某年，惠能前來求法，表明身分。弘忍大師聽了，即刻反問他：「你是嶺南獦獠人，怎能成佛呢？」惠能毫不遲疑答說：「人雖有南北，佛性根本沒有南北之分；獦獠樣子的身軀雖然與您不同，但彼此的佛性有什麼差別呢？……弟子自心常現智慧，不離自性，就是福田……。」弘忍大師聽了內心非常滿意，但又不形於色，只淡淡表示：「你這獦獠的根性太利了……。」

從此以後，弘忍大師對惠能相當賞識，但為了怕其他徒眾嫉妒他，猜忌而不利於他，只能在暗中保護和慢慢磨煉他更成熟、更進步；便吩咐他做寺院的雜

務。總之，五祖有知人之明，有意栽培惠能成為接班人了。

這一點，惠能也心知肚明，且能體諒五祖的用心良苦，這可由下句對白來佐證：有一天，五祖到後院看到惠能時，說：「我想你的見解還不錯，因擔心有壞人對你不利，所以平時不和你多說，你知道嗎？」惠能答說：「弟子也知師父的心意，所以才不敢到法堂前現身，以免別人懷疑。」

又有一天，五祖召集全部徒眾，說：「你們終日只知修福，不知如何追求出離生死輪迴，如果迷了自性，所修福德能夠挽救生死苦海的沉淪嗎？所以你們各自看看自己的智慧，看取自己本心的般若之性，各作一首偈給我看……。」

徒眾心目中的神秀上座高人一等，大家一致同意由他作偈，於是神秀不久呈上所作偈語——「身是菩提樹，心如明鏡臺，時時勤拂拭，勿使惹塵埃。」不料，五祖看了知道神秀至今仍未見自性，不能當作衣鉢傳人，乾脆告訴他說：「……你只是個未曾進門入室的門外漢，這樣的見解覓求無上菩提，終不可得；無上菩提，必須在一言之下立即認識自己的本心，本性是不生不滅……。」五祖叫他再寫，但神秀無法完成偈語。

不久，惠能請人代筆——寫下自己的心得——「菩提本無樹，明鏡亦非臺，

本來無一物，何處惹塵埃。」五祖看了心裡有數，知道惠能已經見性，但怕有人傷害他，反而用鞋子擦掉此偈，而且心不由衷的說：「也還未見性。」

次日，五祖悄悄來到碓房，看見惠能腰上綁著石頭正在舂米，就問他說：「米熟了沒有？」惠能說：「早就熟了，尚欠一個篩的手續。」意指只欠師父的印可認證而已。於是五祖用杖在碓上敲三下就走了；其實這也有其弦外之音，惠能即刻領悟。於是深夜三更時，惠能進入五祖的方丈室；五祖用袈裟遮住四面窗戶，不讓別人看見，特別給惠能開示《金剛經》，惠能乍聽「應無所住而生其心」時，大悟「一切萬法不離自性」的妙理，忍不住向五祖吐露：「不想自性原來如此清淨，沒有生滅，本已圓滿具足，沒有動搖，自能生出萬法呀！」五祖聽了知道他悟見本性了。

惠能三更受法，眾僧無人知曉，五祖把頓教心法及衣缽二物傳授給他，並囑咐說：「你已是第六代祖師，好好自行護念，廣度眾生，將此心法流傳到後世，別使它斷絕……，正法是以心傳心，都是使人自己開悟自己得解……你必須離開這裡，怕有人要傷害你……你到有懷字之處就可以停止，到了有會字之處就可以隱藏。」

由於惠能對附近地理不熟，五祖送他到九江驛，令他上船，五祖把櫓來搖，並說：「應該是我渡你。」惠能表示迷時靠師父度，悟了要自己度，現已開悟就應自性自度；五祖耳提面命：「以後的佛法將由你盛行，你努力向南走，不宜太快出來說法，因為佛法很難興起……。」

以上是五祖與六祖師徒相知與結緣的經緯，惠能雖然善根福報超強，但若沒有五祖的賞識、愛才、提拔和說法，顯然不可能得到衣缽，成為禪宗一代祖師。

誠然，知人善用是一門大學問，古今中外不乏成大功和立大業的人，並非三頭六臂，十項全能，樣樣靠自己動手，而是身邊也有得力助手，幫他出謀劃策，自己只須掌控大局，知人善用即可。

據說漢高祖有一次問韓信說，我可以指揮多少兵馬作戰？韓信答說，只有指揮幾千兵的能耐，漢高祖又問他，韓信能率領和指揮多少兵馬作戰呢？韓信答說，幾萬甚至幾十萬兵馬……。漢高祖好奇的再問他，你既然有這樣本事，那為何反而被我使用呢？韓信答說：「陛下會用人，我會帶兵……。」

意指劉邦雖然不善用兵，但很會用人，賞識韓信的軍事才能，即知人善用，用之不疑，以至創建漢朝幾百年的天下大業。

六十三、真人不露相　不到恰當時

【原典】

王汝南①既除所生服，遂停墓所②得。兄子濟每來拜墓，略不過叔，叔亦不候濟；脫時過③，止寒溫而已。後聊試問近事，答對甚有音辭，出濟意外，濟極惋愕；仍與語，轉造精微。濟先略無子姪之敬，既聞其言，不覺懍然，心形俱肅。遂留共語，彌日累夜。濟雖儁爽，自視缺然，乃喟然歎曰：「家有名士三十年而不知。」濟去，叔送至門，濟從騎有一馬絕難乘，少能騎者，濟聊問：「叔好騎乘不？」曰：「亦好爾。」濟又使騎難乘馬。叔姿形既妙，回策如縈，名騎無以過之。濟益歎其難測，非復一事。既還，渾④問濟：「何以暫行累日？」濟曰：「始得一叔。」渾問其故，濟具歎述如此。渾曰：「何如我？」濟曰：「濟以上人。」武帝每見濟，輒以湛調⑤之，曰：「卿家癡叔⑥死未？」濟常無以答，既而得叔後，武帝又問如前，濟曰：「臣叔不癡。」稱其實美。帝曰：「誰比？」濟曰：「山濤以下，魏舒以上。」於是顯名，年二十八始宦。

註①　王汝南：本名叫王湛，字處沖，或稱汝南，太原人。司徒王渾之弟，曾任汝南內史。

註② 墓所：王昶之墓。

註③ 脫時過：有時偶然經過。

註④ 渾：即王渾，字玄沖，太原人。曾任司徒，世襲京陸侯。

註⑤ 調：嘲笑。

註⑥ 癡叔：王湛為善不為人知，私德極佳，兄弟族人皆以為癡。

【譯文】

王湛父親的喪期滿了之後，他最終就住在父親的墳墓旁。哥哥王渾之子王濟，每次來掃墓時，從來都不去叔叔住家，叔叔也不會問候他；有時即使偶然經過他家也只是寒暄而已。後來稍試著談起時事，看到王湛回話時的音調詞令，都出乎王濟意料之外，王濟十分驚訝，再和他深談，又覺得他的造詞精深。王濟原先對叔叔毫無子侄禮節，後來聽他談話，不覺得心存敬畏，肅然起敬。於是就留住下來，整日整夜和他長談。

王濟雖然卓特儁永，但他還自覺相差太遠。不禁歎說：「家中有名士，快三十年，我竟還不知道。」王濟要回去了，叔叔送到門外，王濟騎來的一匹馬很難

駕馭，很少能騎。王濟隨便問說：「叔叔喜歡騎馬嗎？」叔答：「也喜歡。」於是王濟又請叔叔騎上這匹甚難駕馭的馬。當叔叔上馬時，不但姿勢形態很好，騎上馬時回轉自如，就算著名騎士也不能超越他。王濟更歎服他莫測高深，優點不只一件事。

回家後，王渾問王濟說：「你為何一出去就好幾天不回來？」王濟說：「我現在才真正了解那位叔叔。」王渾問他什麼原因。王濟詳述了經過，並表示敬服。王渾說：「如他和我比起來怎麼樣？」王濟說：「比王濟強多了。」

武帝每次見到王濟，常用王湛來調笑嘲諷他，說：「你家那位癡呆叔叔，死了沒有？」王濟總是無法回答。自從了解叔叔以後，武帝又像以前那樣口吻嘲弄他時，王濟說：「臣的叔叔並不癡呆。」還稱歎他實在了不起。武帝說：「他比得上誰呀？」王濟說：「他比山濤差一些，但比魏舒要好。」於是王湛的名聲顯揚起來，到了二十八歲才做官。（賞譽篇）

【佛法解說】

請先恭聽六祖惠能大師說：「若是真正修道的人，不見世間的過非。如果只見他人的錯失，己卻過非偏了左；他人有非我不非，我非人是自己過。只要自止非人心，就能破除煩惱障礙……，想要教導感化人，自己須有方便法，不使他人有所疑，就是自性的顯現。」誠然，世間沒有十全十美的人，古今大德高僧學佛修道，旨在追求究竟圓滿和徹底解脫，應該讚歎擊掌；反之，世人倘若一味說三道四，指指點點挑人毛病，而昧於或不顧其罕見的長處，則有失公平。何況有人大智若愚，真人不露相，長才涵養不肯輕易顯露，難能可貴，怎可對他指手劃腳，閒言閒語呢？

現請一同參究下則《星雲說偈》——「不見人過」。

不見他非我是，自然上敬下恭，
佛法時時現前，煩惱塵塵解脫。——《緇門警訓》

日常生活中，要如何立身處世，建立群我關係呢？《緇門警訓》的這段偈頌，提供我們很好的參考。

「不見他非我是」，為人處事，不要老是計較這個人不對，那個人不好；也不要太過誇讚我是如何的好，我才是對的。人的毛病，往往喜歡自我宣傳，自高自大，自以為是，卻沒有想到別人的心裡怎麼想。比方對方是你的屬下、晚輩，他當面不敢跟你回嘴，但是心裡不服氣，這樣的互動往來，怎麼能和諧共處？

所以人與人之間，太多的計較、執著，太多的吹毛求疵，都是很不好的行為。為什麼？因為人我之間，就是一個倫理。上對下，乃至上司領導屬下，老師應對學生，都要從領導人心開始，要得人心，就不要老是計較他非我是。能夠如此，自然「上敬下恭」，上下互相禮讓，互相尊敬，人我相處就能井然有序。

「佛法時時現前，煩惱塵塵解脫」，現代人常有很多煩惱，煩惱往往來自內心的貪慾、不知足。有錢，卻貪求更富有；擁有名位，仍希望爬得更高；有了汽車，又想要有高樓大廈，總之，過份貪求物慾和名位的追求，如何能得到自在心安？

心中有佛法，懂得享受禪悅法喜，才能時時快樂。如：生活中發心布施，就會有人緣；懂得持戒律己，就能守道不犯法；事事忍辱，就有力量；時時精進，則一切容易達成；修習禪定，就能安住身心；具足智慧，內心就能清楚明白，抉擇是非善法。

佛法時時在心中，何愁不解脫煩惱？凡事自我要求、自我省察，何來是非分別？心中有佛法，煩惱就無從而生了。

武帝以君主的高度，口無擇言也無人管得到他，百姓更無可奈何，須知惡言惡語也要自負因果，小心報應，他三番兩次問王濟說：「你那個癡呆叔死了沒有？」這種口吻有失厚道，造了惡口業，將來必得惡報，如《大方便佛報恩經》下則記載：

有一天，釋尊帶著阿難到王舍城內托缽後，走出城外。他們看見一個巨大深坑，乃是城內居民傾倒大小便的糞坑，雨水和髒水混入，臭氣沖天。其中有一隻形似人狀，而具有許多手腳的小蟲。牠從遙遠處就看見佛來，不斷從臭水中抬起頭來，淚水直流的仰望著佛陀。

釋尊見牠那悲悽狀，忍不住從憐恤的眼神裡，呈現著悲哀，此時，一切反應都看在阿難的雙眼裡。

佛返回靈鷲山後，阿難舖好座墊，佛靜靜地坐著。

阿難代表大家向佛打聽剛才看見小蟲時，為什麼呈現難過的表情呢？

「世尊，剛才在王舍城外看見糞坑裡的小蟲，牠前世到底做了什麼罪業呢？何時投胎在那臭水坑裡呢？何時才能脫離那種痛苦呢？」

「阿難，你們仔細聽著。現在讓我談談牠的前後因緣。」

佛陀開始談起往事。

這是過去佛出世教化一切眾生結束，入滅以後的事情。當時，有一位婆羅門建造寺廟，供養許多僧伽，有位施主供養許多奶物。一天，適逢一群雲遊和尚來訪，該寺的知客僧心裡想：「施主特地送來一批供養品，來了一群不速之客，端出來未免可惜，乾脆藏起來吧！」

知客僧果然暗中藏起奶物，不肯攞出來讓大家吃。不料，那群作客僧伽早已知悉此事，就責問知客僧說：「你為什麼不讓我們吃那些奶製品呢？」「你們剛來作客，我是寺裡的老主人，新來客人怎能享受佳餚呢？」「奶物是施主供養的，現在住在寺廟的人，應該不分彼此，都能夠分享才對。」

知客僧被責備後，愈加憤怒，以至失去自制心，破大罵：「你們去喝廁所的髒水吧！哪有資格享受這些美食呢？」

佛把話說到此，就轉口說：「妄開惡口，終有惡報，在以後數千數百年的漫長時間裡，他就投生在廁所坑裡了，也就是王舍城外那隻小蟲。他只是對許多出家人說了一次惡言惡語，就飽嚐如此痛苦。凡我弟子都應該明白禍從口出，妄開惡言會惹火燒身，故不能等閒視之，對父母和其他人必須言談溫和。」

大家聽完佛陀的說法，無不感激萬分，各自合掌向佛禮拜，肅靜離去。

六十四、說話結緣　生活必備

【原典】

（一）王太尉云：「郭子玄語議如懸河瀉水，注而不竭。」

（二）王敦為大將軍，鎮豫章。衛玠避亂，從洛投敦。相見欣然，談話彌日。於時謝鯤為長史，敦謂鯤曰：「不意永嘉①之中，復聞正始②之音；阿平③若在，當復絕倒。」

（三）王丞相招祖約④夜語，至曉不眠。明旦有客。公頭鬢未理，亦小倦。客曰：「公昨如是似失眠。」公曰：「昨與士少語，遂使人忘倦。」

註①　永嘉：晉懷帝年號。

註②　正始：魏廢帝年號。

註③　阿平：本名叫王澄，字平子，或稱阿平。

註④　祖約：祖逖之弟，字士少，代祖逖為豫州刺史，曾與蘇峻聯合造反，兵敗投奔石勒而被殺。

【譯文】

（一）王太尉說：「郭子玄的言談議論，有如懸河洩水，滔滔不絕，永不停止。」（賞譽篇）

（二）王敦當大將軍，鎮守豫章。衛玠由於避難，特從洛陽來投靠王敦。二人相見非常高興，居然談了一整天話。當時謝鯤為長史，王敦對謝鯤說：「沒想到這永嘉年代，又能聽到正始時代的清談，阿平如果還活在世間，應該會歎服不已。」（賞譽篇）

（三）王丞相邀請祖約徹夜長談，直到天亮還不睡。次日早晨有客人來訪，王丞相的髮鬢尚未梳理，精神也有點兒疲倦。訪客說：「您昨晚好像失眠。」王丞相說：「我昨晚和士少談話，竟然使我忘了疲倦。」（賞譽篇）

【佛法解說】

古人說：「行家一開口，就知有沒有。」如果言不及義，或準備欠妥，就乾脆不說，不僅這樣，語氣和心意亦不可等閒，否則不能以理服人，也收不到表達的功效。例如下則《生經》記載：

寒冷的早晨，大雪紛飛，有一個獵師從山裡射殺一頭野鹿走下山來。有四個年輕好友正在商量，如何用好言好語向獵師要求些鹿肉吃。他們比賽四人裡，看誰能要到最多的鹿肉。

甲最先走到獵師面前說：「喂，好傢伙，把鹿肉給我分享一些，我肚子餓得很哩！」

乙跟著向前說：「大哥，請施些鹿肉給小弟嚐嚐好嗎？」

丙說：「親愛的仁者，請您給我些香甜的鹿肉好嗎？」

丁卻慢慢的走前去，很慎重地說：「親切又有慈悲心的主人，請您賜給我一塊肉好嗎？饑餓的我們，大概能夠幸運得到您的幫助才對。」

獵師觀察四個人的說話態度，然後分別回答他們。首先回答甲說：「你說話粗魯，我根本不想給你肉吃，說話傷人的心，只能給你吃鹿角。」

之後，獵師又回答乙說：「你叫我大哥，我給你一根鹿腳吃吧！」

他對丙說：「你很敬愛我，說我滿懷慈悲心，所以，我給你鹿肝吃。」

最後，他回答丁說：「你說話使我很愉快，我就乾脆把所有鹿肉送給你好啦！」

這四個人分別得到鹿角、鹿腳、鹿肝和鹿肉。

男人說話應該語氣溫和，溫和語氣有助於男人的氣質和風度。

佛家常講結緣，說話是結緣的要項之一，倘若說話合理、溫和、誠懇，肯定能給人歡喜，廣結善緣了；反之，說話低俗、傲慢、粗暴，甚至口氣咄咄逼人，那就極難，甚至不可能有善緣的機會，結交不到善知識。下則《星雲說偈》——「說話之道」，堪稱最佳的結緣指針。

常說柔軟語，遠離於惡口，
令眾生歡悅，智者所愛敬。——《大方廣十輪經》

這四句話告訴我們說話的妙訣。人與人交流往來，主要是靠語言，語言的目的無非是給人歡喜，讓人接受。如果說出的話讓對方難堪、不歡喜，就如同送禮給人，對方不接受，不但自己要收回，也可能傷了彼此的感情。

所以在《四十二章經》裡，佛陀以譬喻的方式教導弟子，惡言惡行就如同「仰天而唾，唾不至天，還從己墮；逆風揚塵，塵不至彼，還坌己身。」以惡口辱罵他人，對方不接受，也等於辱罵自己，對自己多有不利。因此一個賢德之人，不會因他人毀謗而有所損傷，後果往往會回到出言毀謗的人。

經典裡告訴我們，出言吐語，要做一個「真語者、實語者、如語者、不異語

者、不妄語者」，一旦開口，就要說慈悲的語言、善美的語言、幫助他人的語言、道德的語言，才能「口中無瞋出妙香」。

「常說柔軟語」，常說柔和、謙卑、低姿態、恭敬、讚美的語言，人人聽都會心生歡喜。

「遠離於惡口」，常說柔軟語，久而久之，自然不會再有粗暴、損人的語言，漸能成就高尚德行，予人溫厚正直的形象，進而「令眾生歡悅，智者所愛敬」了。

你和家人、朋友，乃至與生活周遭的人相處，不妨問問對方，喜歡聽什麼樣的話？他們必定是歡喜你講柔軟的好話。因此，要讓人接受你、聽從你的話，不一定用大聲、強勢的語言，那往往會適得其反，讓人更不敢接近你。

一個人習慣講好話、柔軟語，不僅一般人歡喜和你來往，有智慧的人也會很歡喜你、敬愛你，收益最大的是自己。

佛家看，「言要及義」就是免於清談或戲論，有的沒的、長篇大論，則無助於生死解脫、離苦得樂，無疑浪費口舌，世俗瑣言越少越好，點到為止即可。

六十五、盡量選賢與能　服務更多人群

【原典】

（一）鍾士季①目王安豐②：「阿戎了了③解人意。」謂：「裴令公之談，經日不竭。」吏部郎闕，文帝問其人於鍾會；會曰：「裴楷清通，王戎簡要，皆其選也。」於是用裴。

（二）山公④舉阮咸⑤為吏部郎，目曰：「清真寡欲，萬物不能移也。」

註① 鍾士季：即鍾會，字士季，魏太傅鍾繇之幼子、青州刺史鍾毓之弟。

註② 王安豐：即王戎，字濬沖。常稱安豐。

註③ 了了：聰慧。

註④ 山公：即山濤。字巨源，或稱山公。

註⑤ 阮咸：晉朝陳留人，字仲容。

【譯文】

（一）鍾會品論王戎說：「阿戎頭腦清楚明白，善解人意。」又說：「裴楷的言談，終日談不完。」後來吏部郎的官職出缺，魏文帝問鍾會有什麼人適當？

鍾會說：「裴楷清明達理，王戎做事乾淨簡約，都是適當人選。」因此就選用裴楷了。（賞譽篇）

（二）山公薦舉阮咸為吏部郎，稱讚說：「阮咸純潔，且又肯節制慾望，世間萬物都不能動搖他的志節操守。」（賞譽篇）

【佛法解說】

環視周遭，好人壞人、賢者惡棍都不難見到，見到好人聖人，應該讚歎擊掌，見賢思齊，甚至推薦給別人，或鼓勵他服務社會，給大眾創造更多福祉，千萬別讓好人埋沒，反而讓壞人惡棍出頭，為害社會，帶來更多災禍。

下則《星雲說偈》—「舉薦賢友」，應該咀嚼牢記。

友賢擇善居，常先為福德，

敕身從真正，是為最吉祥。——《法句經》

這四句偈告訴我們，朋友之間應該如何往來，重要的是多舉薦賢德的友人，讓他們有機會為社會大眾來服務，利益更多的人。

平時，朋友幫我們的忙，我們也要幫朋友的忙，朋友之間是相互的關係，不能老是人人為我，我不為人人，這是不對的。而且，想結交好的朋友，也得看我

們如何對待朋友。

「友賢擇善居」，我們結交到賢德的友人，能為朋友做什麼事呢？答案是為他擇善居，就是替他找到一個好的安置。什麼叫做好的安置？意思是讓他有機會為人民、為大眾、為社會、為國家去創造事業，做種種的福德，我們身為朋友就要為眾舉賢，讓朋友可以一展長才。

像現在的選舉，有所謂的選人不選黨、不選派，不論怎麼選，總之就是要「選賢與能」，凡是好人我們都應該推舉，讓好人出頭。

什麼是好人？只要能為大眾增福造德，從事有益於社會國家事業的人，都是值得結交的好人、好朋友。

「敕身從真正」，像這類的朋友很能開放自己的心胸，不會為自己的利益斤斤計較，他只在意目前的社會福利、大眾福祉，是否可以讓生活品質提升，交通發達便利，社會民生樂利，生活安然自在。如果我們的好朋友，都能為大眾、為社會，做這許多的善事善舉，我們就應當推選他們出來為社會做事，這就是為賢友擇善居。

「是為最吉祥」，如果我們秉持這樣的理念來結交朋友，對朋友本身，就是最吉祥的事；朋友從事對大眾有利的事業，這對大眾也是最吉祥的。尤其現今的社會亂象頻仍，脫序問題層出不窮，正需要更多有道有德的人來服務。我們多推舉這樣的賢友為社會服務，大家都最吉祥。

六十六、禍從口出　切記切記

【原典】

王黃門①兄弟三人俱詣謝公，子猷、子重②多說俗事。子敬寒溫而已。既出，坐客問謝公：「向三賢熟愈？」謝公曰：「小者最勝。」客曰：「何以知之？」謝公曰：「『吉人之辭寡，躁人之辭多。』推此知之。」

註① 王黃門：晉門王徽之，字子猷，王羲之第五個兒子。

註② 子重：本名叫王操之，字子重，王羲之第六個兒子。

【譯文】

王黃門兄弟三人，一同去拜訪謝公。子猷、子重說了很多瑣俗的事情。子敬只談些應酬的客套話。三人離去後，在座的客人問謝公：「剛才那三位賢士誰最棒呢？」謝公說：「年紀小的子敬最棒。」客人又問：「怎麼知道呢？」謝公

說：「有德行的人，不隨便說話，浮躁的人，嘍嗦不停，憑這個理由推想便可知道的。」（品藻篇）

【佛法解說】

西洋諺語說：「智者寡言」，這話可圈可點，不能一概而論，須由時空的因緣來決定，意謂要看什麼時代？什麼狀況和什麼地方？如在第二次世界大戰前夕，德國納粹強調日耳曼民族優秀論，日本軍閥宣揚自己是大東亞的主人，這時豈能任憑他們扭曲事實，宣揚邪見？智者豈能默不吭聲？

須知「謊話說一百遍，就會成為真話。」結果必會誤導世人，混淆真理；所以有識之士應要竭盡所能，仗義執言，捨我其誰，弘揚正知正見，絕不能令惡人惡言囂張跋扈。反之，如果是世俗繁瑣的話，則應點到為止，廢話少說，不但浪費時間精力，而且可能造下惡口業哩！

古人云：「好事不出門，壞事傳千里。」不論有意無意，有時一段話會一傳十，十傳百，造成沸沸揚揚，路人皆知，中間傳話誓必有人加油添醋，輾轉下去，很快會變了樣，跟原意完全不符，這到底是誰出錯則很難說，如果沒有留下白紙黑字，最後變成烏龍一場，廢話連篇，人云亦云了。所以，說話或傳話絕不

能等閒視之。

《法句經》說：「**比丘不造作惡口業，內心寂靜，並且要能善巧解說法義，言語要柔和溫馨。**」（三六三）

《阿含經》下則記載也可以佐證：瞿迦利迦比丘辱罵佛陀的兩大弟子——舍利弗尊者和目犍連尊者，由於造作這種惡業，他會受惡報。比丘們就說瞿迦利迦比丘會受大苦，是因為他口無擇言，不能控制口業。

佛陀告誡他們：「比丘必須善護口業，行為舉止必須善良，內心一定要祥和、平靜，不可胡思亂想。」

最後，一同玩味下則《星雲說偈》——「舌之功過」。

甘露及毒藥，皆在人舌中；
甘露謂實語，妄語則為毒。——《法苑珠林》

一般人對於飲食，往往會揀擇好壞、精粗，也有的人「吃」要山珍海味，「食」要珍饈美味，「飲」要甘露瓊漿才歡喜；如果不小心吃到腐壞的東西，或食物中毒，就會感到身體不適。

在《法苑珠林》裡提到甘露或毒藥，並不一定是指吃的東西，真正的甘露、

毒藥，是在人的口舌之中。

例如一句好話，讓人聽了如沐春風，這不就是如飲甘露嗎？一句傷人的壞話，使人煩惱、喪失信心而憂愁苦悶，這不等於是毒藥嗎？一個人的內心擁有甘露瓊漿，口中就能生出讚美、尊敬、恭維的甘露，給人歡喜，給人幫助，給人希望。但是當心中的貪瞋邪見生起時，就像製造毒藥，出言吐語經常是諷刺和傷害，這不僅像毒藥，而且更甚於刀劍，具有致命的殺傷力。

佛法裡有所謂的「十惡行」，分別是：身體犯的過錯，有殺生、偷盜、邪淫等三種；心意所犯的惡行有貪欲、瞋恨、愚癡三種；但口舌犯的罪業就有妄言、綺語、兩舌、惡口四種，因此我們對於口業的防範，不能不加以慎重。

如果能把口容易犯的四種惡行去除，達到《金剛經》所說：「真語者、實語者、如語者、不異語者。」說出的話就是甘露瓊漿了。

真實的語言，有如甘露的溫潤，似音樂的動聽，像花朵的芬芳；虛妄的語言則像毒藥、刀劍，會讓人有致命的危險。因此，《法苑珠林》的這四句偈子：「甘露及毒藥，皆在人舌中；甘露謂實語，妄語則為毒」，為我們平日的談吐應對，提供了很好的指導。

六十七、言中有物非易事　口吻婉轉更難為

【原典】

桓玄問劉太常[1]曰：「我何如謝太傅？」劉答曰：「公高，太傅深。」又曰：「何如賢舅子敬[2]？」答曰：「樝[3]、梨、橘、柚，各有其美。」

註①　劉太常：晉朝劉瑾，字仲璋，南陽人，曾任尚書太平卿。

註②　子敬：劉瑾之母，王羲之的女兒。

註③　樝：木桃樹。

【譯文】

桓玄問劉瑾說：「我和謝安相比怎麼樣？」劉瑾答說：「您如山峰那樣高聳，謝太傅如水那樣深沉。」又說：「與你舅父獻之相比，誰賢明呢？」答說：「好像木桃，梨子、橘子、柚子各有不同的滋味。」（品藻篇）

【佛法解說】

以上說話口吻非常婉轉動聽，既中肯又不失公平。從世間法說，為人處世的背景，每個人都各有所偏，極難圓滿究竟；評論諸人時，宜將心比心，考慮對方的人格特性、時空、家庭與學養等因緣狀況，免得太過主觀計較有失公正及厚道，尤其不經查證，就毫不留情挖人短處，無疑是自己的缺德……。總之，不論說話內涵與切入角度都要拿捏客觀的原則。

誠如下則《星雲說偈》—「說話的藝術」，不失為值得參究的真言妙論。

少言美妙善相應，他於人處能軟語；
如法降伏諸怨敵，大智大慧真教法。——《月燈三昧經》

《月燈三昧經》這首偈語告訴我們該怎麼說話，如何說得恰當、說得合時、說得合宜、說得謹慎，才不致於說錯話，或者是亂說話，造成自己與他人的困擾，甚至得罪人，招惹無謂的麻煩。

「少言美妙善相應」，話不見得要多，有時雖然說得少，只要說得有意義，也可以是金玉良言，讓人受用。反之，話說得多，卻沒有意義、毫無內容，別人也不會想聽。

因此，話雖然少，但是能夠與「美」相應、與「妙」相應、與「善」相應，懂得運用語言三部曲，就能讓聽者聞言歡喜，也為自己結善緣。

「他於人處能軟語」，在大眾中，如何說話才算得體呢？能夠語帶柔軟、語

帶尊重、語帶慈悲，乃至說助人的話、讓人受益的話，必定讓人聽了歡喜，為人所接受。倘若一開口就語言帶刺，讓人不悅，人們形容這種說話難聽的人是烏鴉嘴，就像烏鴉的叫聲，很不悅耳。一個說話像烏鴉嘴的人，不管走到哪裡，都令人討厭，無人歡喜與之來往。所以，這種人要改變自己的語言習慣，多說柔軟語，多說愛語，才能為自己廣結善緣。

「如法降伏諸怨敵」，話中帶有美、有妙、有善的方法，就可以降伏我們的敵人冤家，甚至化敵為友，逐漸改善人我的關係。

「大智大慧真教法」，說話懂得運用「美」「妙」「善」三部曲，說出來的話就是大智慧的語言，是有用的語言，符合佛陀真正的教法。日常生活裡，話如何說得好、說得有意義、說得讓人歡喜、讓人受用，大家不妨把這一首偈語記在心中，反覆思惟，日久必能成為一個說話有藝術的人。

最重要的是，物以類聚，好人喜好跟好人結伴，惡棍總愛狼狽為奸；若要打聽某人的人格品味，務必先慎重選擇評論者，否則，問錯了人，或看錯對象，所得結論必是大不相同，甚至不符事實，尤其要多方探聽，一味順從片面之辭，亦屬不智之舉。

六十八、老當益壯者　年輕人表率

【原典】

遠公在廬山中，雖老，講論不輟。弟子中或有墮者，遠公曰：「桑榆之光，理無遠照，但願朝陽之輝，與時並明耳。」執經登坐，諷誦朗暢，詞色甚苦。高足之徒，皆肅然增敬。

【譯文】

遠公在廬山中，雖然年紀老了，講書論道卻不會停歇。諸弟子中偶爾有幾個懶惰者，遠公說：「若將人生一輩子以一天來比喻，老年如我就像日落時分的殘陽，只留在桑榆上一樣，按理說照不遠的，而諸位就像清晨的陽光一樣，會隨著時間的推移而放射更大的光明。」於是，他拿起經書登上講座，諷讀朗誦的聲音竟然清朗明暢，但見其說話臉色有難言的苦心，程度好的弟子卻都能神色嚴肅，更加尊重他。（規箴篇）

【佛法解說】

追求解脫之路，既漫長又艱辛，從初發心起，難免顛倒起伏，但卻沒有年齡階段之分，期間不能有絲毫放逸心與退轉心，即便活到七老八十沒有開悟，但不灰心、不氣餒，說不定臨終前因緣乍現而猝然證悟⋯⋯。佛陀到了八十高齡仍孜孜不倦弘法利生，何曾有過放逸生活，圓寂前在力士族的婆羅雙樹間躺下，實在走不動，準備向徒眾囑咐後事並且做最後一次開示之際，忽然來了一位高齡一百二十歲的老婆羅門族賢哲，名叫須跋陀羅，他學識淵博、名聞遐邇，但卻始終無法證悟到真理，現在乍聽大覺佛陀可以為人解釋疑問，便特地跑來向佛請益，期待得到真知灼見，才不負自己活了這麼大年紀。

無奈因時間太晚，加上佛的身體疲乏，恐怕他來與佛辯論會擾亂佛陀的心緒寧靜，故阿難不願為之引見，但又經不起他再三懇求，當佛陀乍聽這個消息時，仍以無限慈悲令阿難引他進來一談。

佛陀知道他的來意後，就略為他開示：「若諸法中無八聖道，則無第一沙門果、第二、第三、第四沙門果。以諸法中有八聖道故，便有第一沙門果、第二、第三、第四沙門果。」如來雖說有許多德目，但都不出於此八聖道，悟入真理、獲得解脫、契證聖果，這八正道是不二法門。

須跋陀羅雖然年紀老邁，但一點也不糊塗，乍聽後立刻解除心中所有疑惑，

認為世間真理確實如此，於是向佛陀請求出家，成為佛陀最後度化的弟子。

當須跋陀羅現了出家相，立即證得阿羅漢果，且即刻在佛陀面前，先佛而入了涅槃。當時在佛陀身邊的人看了，不但無限動容，且都深信佛法是了生脫死的殊勝法門。

日本曹洞祖師道元禪師，曾在宋嘉定年間到中國天童寺留學，拜在如淨禪師座下修禪，道元禪師後來有段回憶描寫十分感人，現在摘要於下：

在天童寺道場裡，如淨禪師領導大眾禪修。凌晨三點起身打坐，晚上則從日暮時分，一直坐到午後十一點。

師父自己不曾稍有懈怠，時辰一到便進入禪堂坐禪。弟子們不敢怠慢，紛紛早起用功，道元禪師完全依照師父教導，即使在極易生病的酷暑和嚴冬，依然老實坐禪，一天也不曾懈怠。

「空著強健身體，無病無痛卻不修行，豈非枉費了？就算生病，發病至死也還得一直參下去。」道元禪師心裡想著。

奈何僧眾難免打瞌睡，方丈巡行見狀，即刻飽以鐵拳，再不行時，便脫鞋再打，為弟子們驅趕睡魔。

若這樣仍趕不走睡魔，便擊鐘召集大眾，苦口婆心勸訓一番：「你們在僧堂每日每夜不斷打坐，是為了求得一番證悟，若只為了打瞌睡，又為何要進禪堂？何不在床上睡個舒服？再說出家求道，若只是整天昏沉瞌睡，這樣又何必出家呢？……你們看看，世間人上自帝王、官吏，下至升斗百姓，有誰能悠閒度日子？帝王勤於治國，官吏盡忠職守，百姓荷鋤耕作，不都在拼命工作？沒有人能安逸一生。你們若在禪堂瞌睡，虛度光陰又有何用呢？」

如淨禪師的開示，啟發徒眾的慚愧心，也激勵大家的修行意志。

「我從九歲起參遍十方叢林，雖不曾遇過名師，卻也從未一天離開蒲團。不管住寺何處，從不曾與鄉人閒談，這是為了珍惜光陰；在掛單處也不曾進入別人寮房，更何況遊山玩水耗費寶貴時光……，有時坐禪到臀內爛壞，反而越覺得需要坐下去，這樣一來，皮肉卻又結痂癒合了。我如今六十五歲了，一把老骨頭坐陣山門，心中只有一個願望，就是成就各位體證大道，同登佛國，將來藉由各位的願力接引更多有緣人……，各位在我這裡，禪修的要領是只管打坐，我對你們嚴厲打罵，只盼你們成器，如果捨棄棒棍與喝責，恐會成為你們修行得道的罪人！請各位慈悲見諒。」

僧堂內的弟子們聽了，都不禁痛哭流涕了。

「各位！當年諸方佛法鼎盛時期，禪堂中都是專心坐禪、互相砥礪的同修，只要有坐破金剛的決心，一定能開悟成佛的。」

眾師兄弟們挨了罵、挨了打後，內心對師父更慚愧，更感恩；於是大家都振作精神，日夜精進打坐，不敢稍有怠惰。

某日，五更坐禪而天明破曉，禪堂內寂靜無聲。師父入堂巡行，經過道元身旁，目睹鄰座的弟子又「點頭如搗蒜」地打瞌睡了。

「參禪須身心脫落，只管打睹睡有什麼用？」

道元禪師乍聽「身心脫落」四字，突然感到輕鬆愉快，內心像黎明破曉般陽覺萬里……。證悟得道，當如是也。

奉勸在家出家的年輕怠惰者，眼見老人精神奕奕，作業如昔，應有慚愧心。請恭讀下則《星雲說偈》——「知慚愧」。

有慚有愧自莊嚴，知於世間應時語；
一切常舒布施手，無上世尊說是法。——《月燈三昧經》

在這世間上，有兩個字是很重要的，那就是「慚」與「愧」。有了慚愧，就

有羞恥心，就會奮發圖強，讓自己進步，《月燈三昧經》這首四句偈正好說明「慚愧」的重要。

慚愧，在佛教裡的解釋：慚是對不起自己，愧是對不起他人。一個人如果能經常自我反省：我堂堂的一個人，怎麼做的事都不像人，說的話都不像人話，心裡都是不善的念頭，這就是慚於自己；而愧於他人，是我對不起你，對不起朋友，對不起長官，對不起父母，對不起兄弟姐妹，甚至於對不起兒女。有慚愧心、羞和心，就會自我警醒、改進，為人處世漸漸就能夠圓融無礙。

有人問，佛陀會不會罵人？會啊！例如他責備犯錯的弟子：「你不知慚愧！」不慚愧就是沒有羞恥。人為萬物之靈，正因為有羞恥心，不同於畜生的不知道羞恥，所以慚愧之人，能夠莊嚴身心。就如《佛遺教經》所說：「慚愧之服，無上莊嚴。」慚愧就好像最上等的衣服一樣，穿在身上莊嚴無比。

我們要時時有慚愧心，慚愧我有很多的不知道，就要努力求知識；慚愧我有很多事做不到，就要想方法去達成；慚愧自己有很多的不清淨、不道德、不慈悲……能夠生起種種的慚愧心，就會自我鞭策、自我精進，所以「有慚有愧自莊嚴」，就能夠日益莊嚴清淨。

「知於世間應時語」，有了慚愧心，就懂得隨時自我修正，因此，無論何時何地，都有適合自己身分的語言、行事，不會逾矩越分，自有分際。

「一切常舒布施手」，待人接物就能常給人歡喜，給人安樂，給人方便。這雙布施手，就如「願將佛手雙垂下，摸得人心一樣平」，平等慈悲對待所有的人。

「無上世尊說是法」，知道自我慚愧，知道說得體語言，知道服務幫助別人，遵循這些佛陀所說的妙法，就能無愧於人生。

六十九、重視白骨觀　對治大貪婪

【原典】

王夷甫①婦，郭泰寧女，才拙而性剛，聚歛無厭，干豫人事，夷甫患之而不能禁。時其鄉人幽州刺史李陽，京都大俠，猶漢之樓護②，郭氏憚之。夷甫驟諫之，乃曰：「非但我言卿不可，李陽亦謂卿不可。」郭氏小為之損。

註①　王夷甫：即王衍，字夷甫，常稱太尉。

註②　樓護：字君卿，是漢代的遊俠，重義氣，能助人。

【譯文】

王夷甫的妻子，是郭泰寧的女兒。她天資笨拙，但個性倔強，聚財積寶，貪得無厭，還喜歡干涉別人之事。王夷甫覺得很煩惱，卻又無法制止。有一位同鄉叫李陽，當時任幽州刺史，為人行俠仗義，如同漢代的俠客樓護。郭氏很怕他。王夷甫急著要勸導妻子，就說：「不只我說你不可這樣，連李陽也說你不應該這樣呀！」郭氏的惡劣作為才稍微減少些。（規箴篇）

【佛法解說】

古往今來，貪求聚寶要多多益善，不分男女，比比皆是，這也是佛陀再三點出人生苦惱的原因，出自三毒——貪瞋癡，同時佛陀也開示白骨觀可以治貪慾，那是觀想死屍的筋斷骨離，形骸散亂，白骨狼藉的骯髒狀況，藉此可知無常，爾後除掉貪婪執著的心念，佛弟子有位叫優波尼沙陀曾用白骨觀而成道。

《楞嚴經》說：「觀不淨相，生大厭離，悟諸色性，以從不淨白骨微塵歸於虛空，空色二無，成無學道。」

換句話說，對人的屍體之醜惡形相，可作九種觀想，那就是：（一）青瘀想，觀想風吹日曬，死屍變黃赤色，復又發黑青。（二）膿爛想，觀想死屍皮肉

糜爛，自九孔出膿生蟲。（三）蟲噉想，觀想蛆蟲，鳥獸在食屍。（四）膨脹想，觀想死屍的膨脹。（五）血塗想，觀想死屍的膿血溢塗。（六）壞爛想，觀想皮肉之破裂、腐爛。（七）敗壞想，觀想皮肉爛盡，僅存筋骨，七零八落。（八）燒想，觀想死屍燒成灰爐。（九）骨想，觀想死屬成為一堆散亂白骨。

若想令人聽從勸告或建議，直接明講常常無效，有時可用間接暗示，或旁敲側引的方式，有時亦可用譬喻，含沙射影般敘述。總之，須因時、因地、因人、因情況等不同，而屈善巧方便，借力使力亦不妨。

《法華經》下則故事膾炙人口，便是最好的例證。

某地有一位出名的優秀醫生，不僅天資聰明，而且診斷與藥方都很高明，故能醫治一切疑難雜症。

他是一家之長，膝下子女有一百多人，有一次，他有事到國外了。不幸他出國期間，孩子們誤食了毒藥，毒性發作時，孩子們叫苦連天，紛紛倒在地上打滾，哀聲哭泣。剛巧在他們哀歎聲中，父親旅行回來了。喝下毒藥的孩子們，有些因為毒害失去了本性，而有些還不致如此。不過，他們發現父親回家來，也都歡喜不已，拍手叫好：「爸！幸好你平安回來，因為我們太笨了，才服下毒藥，現在苦不堪言，快救我們呀！爸爸。」

這位醫生父親聽到兒女們熱切的期望，又目睹他們狼狽的苦狀，為了使他們都肯服藥，便考慮各種藥方，兼顧色、香、味三方面，才調製成完美的草藥。接著，便送到孩子們面前，勸他們趕緊喝下。

「這是最好的藥品，不論色、香、味任何一種都是最棒的，你們還不快喝下去？這樣才能解除苦痛，得到快樂呀！」

一群兒女們裡，有些還未失去本性，聽了父親的吩咐，一口氣把良藥喝下去，果然藥到病除，從苦惱中得救。但是，仍有一大半失去本性——正常心理狀態——的孩子，雖然知道父親的醫術高明，藥物有效，卻怎麼也不想喝。原因是，他們的本性被傷害得太嚴重，昧於良藥功能，才遲遲不肯服用。這一來，父親心裡尋思：「這些孩子笨得可憐，心態被毒害得太深了。雖然看我回家歡喜，也知道我忙著治療，卻不肯服用我的藥方，看樣子我要用一種方便法，好讓他們趕緊喝藥才對。」

一想到此，他心思一計，便慢慢地告訴他們說：「孩子們，爸爸年老力衰了，死期快到，而今我把妙藥放在這兒，你們快喝下，只要服用它，自然能使病

情痊癒，脫離苦惱。」

父親留下遺言後，又匆匆出國去了。之後派人通知他們說：「你們的父親不幸在前幾天死了。」

迷失本性的孩子們聽說父親死了，悲痛萬分，心裡想：「如果父親活著，會滿懷慈愛，想盡方法替我們治病，認真照料和守護我們，而今不幸離開人間，死在他鄉了。母親去世得早，現在父親又去世，我們成了一群孤兒。如今唯一能替我們治病的東西，只有父親留下那些草藥了。」

他們在痛哭流涕之餘，終於清醒過來，也想起父親臨走前留下的草藥，色香味都是一級棒。他們紛紛服下後，中毒甚深的病也痊癒了。遠在國外的醫生父親，仰望藍天，十分思念兒女們，不久，聽到孩子們病癒的佳音，才立刻踏上歸途，回家後談起事情的經過，親子相抱，全家又恢復往常的歡樂了。

七十、服喪的禮儀　須符合潮流

【原典】

陳元方遭父喪，哭泣哀慟，軀體骨立。其母愍之，竊以錦被蒙上。郭林宗弔而見之，謂曰：「卿海內之俊才，四方是則。如何當喪錦被蒙上！孔子曰：『衣夫錦也，食夫稻也，於汝安乎？』吾不取也！」奮衣而去。自後賓客絕百所日。

【譯文】

陳元方遭到喪父之痛，哭泣又哀慟不能自己，致使身體瘦得只剩把骨頭了。他母親憐憫疼惜他，就私下拿條錦被蓋在他身上。郭林宗前去祭弔時看見了，就對他說：「你是海內俊拔的人才，天下人都以你為表帥，怎麼居父喪而蓋上錦被呢？孔子曾說：『穿華美的衣服，吃佳餚美食，你能安心嗎？』我不贊同你這樣做法。」說完話，拋衣而離去，從那以後約計一百天內沒有客人來弔喪。（規箴篇）

【佛法解說】

喪儀或守喪期間所穿著衣服，即是孝服。出家人的喪服，在《涅槃經》及諸律中均未見其制，但依《釋氏喪儀》載：「若受業和尚，同於父母，訓育恩深，例皆三年服；若依止師，資餐法訓，次於和尚，隨喪服。」可見弟子對受業的和尚，應服喪三年。又出家人之喪服與法服相同，但布質稍粗，且染成黃褐色。

又據《百丈清規》載：「住持遷化時，侍者、小師的孝服用麻布裰，兩序用

苧布裰，主喪者及法眷尊長用生絹裰，施主用生絹巾腰帛，方丈行者用麻布巾裰，一般行者用苧布巾，方丈之人僕，作頭用麻布巾衫，莊客與諸撲等用麻布巾。

以佛教儀制來說，喪禮應以簡單莊重為原則，家屬在服喪期間，依佛教儀式舉行入殮、火化，隨後奉安在寺院的納骨塔，在四十九天喪期中，每天念佛迴向是對亡者最大的利益功德。

往生佛事之一定要特別舉行，可在寺院參加隨堂超薦，亦可在自家誦經念佛，把省下喪葬費用，以亡者名義捐助文化、教育、慈善、公益福利事業，不但可令亡者福澤人間，亦可以此功德迴向亡者蓮品增上，自利利他……。

《地藏王菩薩本願經》說：「臨終之日，慎勿殺害，及造惡緣，拜祭鬼神，求諸魍魎，何以故？爾所殺害乃至拜祭，無纖毫之力利益亡人，但結罪緣轉增深重……。」意指一個人在世時或多或少造了些罪業，如果去世後，家人又為他（她）殺豬宰羊來祭拜，等於又為他造了殺生業，加重他的罪緣，因此家屬在服喪期間最好茹素。

天下父母心都一樣，生前無不盡心竭力對兒女們諄諄教化，耳提面命，一旦父母往生後，兒女們只要好好奉行父母生前的教誨，便是最好的孝行，如《阿含經》下則記載，值得參究咀嚼。

有一天，佛陀宣稱四個月後，他就要證入般涅槃。聽到這件消息後，很多尚未證果的比丘感到很傷心、很沮喪，茫茫然不知道該怎麼辦。他們就緊緊跟隨在佛陀的身旁。但提裟尊者決心要在佛陀入滅之前證得聖果，所以並沒有整日跟隨佛陀，反而到僻靜的地方去精進禪修。

其他比丘不瞭解提裟尊者，就向佛陀說：「世尊！提裟尊者似乎並不尊敬您，他只曉得做自己的事，而不知來世尊身邊聽法。」

提裟尊者說：「我只是加緊努力精進，以便在世尊般涅槃之前能證聖果而已，這也是我未到世尊身邊的唯一原因。」

聽完提裟尊者的解釋，佛陀說：「比丘們！所有敬愛和尊重我的比丘應該效法提裟尊者，比丘們！鮮花供養並不表示尊敬我，只有精進禪修才是。」

七十一、慚愧心起　有利無害

【原典】

桓玄欲以謝太傅宅為營。謝混①曰：「召伯②之仁，猶惠及甘棠。文靖③之

德，更不保五畝之宅？」玄慚而止。

註①　謝混：晉朝益壽人，字叔源，小字益壽，謝安之孫。

註②　召伯：本名叫姬奭，是周武王的同姓宗室，食邑於召，謂之召公。

註③　文靖：謚號，謝安謚曰文靖。

【譯文】

桓玄想用謝太傅的住宅，作為軍營。謝混說：「以前召伯的德行，連甘棠樹都受到恩惠，如今文靖的仁德，竟保不住五畝的住宅地區？」桓玄慚愧而停止了剛才的念頭。（規箴篇）

【佛法解說】

有人說「慚愧是新生的開始」。由於生起慚愧心，才會拋棄或改變原先的思維，而後採取新的行動，力爭上游，開闢輝煌的天地，如《大智度論》下則記載：

在釋尊的弟子裡，舍利弗被稱為智慧第一，他的舅舅是一個叫做「長爪」的婆羅門。一天，長爪跟姐姐舍利展開一場辯論；不料，很輕易被姐姐擊敗，他非常生氣。剛好此時，舍利弗還在舍利的胎腹裡，於是，長爪在暗忖：「姐姐有一點兒鋒芒畢露，也許是因為她肚裡的孩子在教她？將來可怕的是這個胎兒。但他還沒有誕生，就輕易把我這個舅舅打敗，偏若將來生下來，更是不得了。這是我該下決心的時候。現在，我得離開故鄉，開始去研究更深的法門。」

他一想到此，即刻離開家庭和故鄉，加入一群婆羅門的修行人行列，直往南印度，開始閱讀當時的十八種經書，網羅所有學術的總匯。有人看見長爪用功讀書的態度，覺得很奇怪，忍不住問他說：「你想研究什麼學問呢？」

他的態度高傲，不屑一顧的回答：「我打算熟讀十八種經典，至於要專攻那一門，那是區區志願，豈是為學之道？」

對方聽了目瞪口呆，以為他在胡扯一頓，不斷望著他。

「什麼？你想熟讀十八種經典，真能做得到嗎？我看你耗盡一輩子也休想熟讀十八種經，恐怕連一種也讀不通哩！若想徹底研究一切學問的奧秘，實在渺茫極了。像你這樣傲慢的態度，恐怕不宜研究學問。」

當初跟姐姐展開一場辯論，被姐姐輕易打敗，他才不好意思離開故鄉。固然，他也有反省的意思，離開家門時，也滿懷希望要成為印度第一的大辯論家，結果又遭旁人的嘲笑和指責，這樣更激起他報復的決心。

「當初被姐姐擊敗，現在又被路人羞辱，走著瞧吧！」第二次的屈辱，反而使他堅決發了一個誓言：「若不讀完十八種經書，誓不剪掉指甲。」

之後，他果然不剪指甲，努力苦讀經書。光陰迅速，指甲肆無忌憚的伸長了。大家看了都給他取名長爪梵志。他的讀書能力跟他的指甲與日增長，他的雄辯也更加進步了。他反對其他學者的觀點，縱使展開法非法，應不應，實不實，有與無之類的論戰，竟然誰也贏不了他。他的雄辯能力無異一隻力大無窮的巨象，到處狂奔，踏遍四處，也無人能夠制服牠。來勢兇兇，也像獅王一樣，所向無敵，讓所有論辯師折服。因此，他在國外周遊好幾年，後來，他才回到久別的故鄉——摩伽陀國的王舍城外，他向村人打聽：「我姐姐的兒子現在那裡呢？」

「你姐姐的兒子名叫舍利弗，天資聰明，年僅八歲就已經讀遍所有的經書，到了十六歲，他勝過所有辯論師，博得巨大的名望。當時，釋迦族一位名叫喬達摩的行者，收他做弟子帶走了。」

長爪聽見村民的回答，覺得很意外，昔日的傲慢心又出現，只聽他恨恨的說：「原來如此！我姐姐在懷孕時，我就看出她肚裡的孩子必然是世上罕見的人物。剛才聽你說，果然不出我所料，他成了偉大的學者。然後，那個喬達摩玩弄魔術，欺騙聰明的外甥。他居然剃頭做他的弟子，實在出乎我的意料，現在我馬上去駁倒喬達摩。對不起！我先走一步。」

長爪匆匆前往精舍去了。當時，舍利弗受戒只有半個月，他不知道自己的母舅來到門外，舍利弗正在釋尊身邊聽法。長爪的內心在暗忖：「一切論點都該駁倒，一切言語都該擊破，一切執著都該轉動，所謂諸法實相，所謂第一義、性、相。這些全都含有應該破壞的性質。照理說，舍利弗通曉這些道理，但不知喬達摩用什麼論點收伏舍利弗？」

長爪的思潮起伏，走到釋尊面前作禮。

「喬達摩啊！我是否定所有一切法，一切法我都不會去接受。」

「婆羅門！你如果否定一切法，一切法不接受，而你所說的一切法不接受也是一種法，那麼！此法你接不接受？」

他頓時語塞，一句話也答不出來。他對自己以往的行為深以為恥，慚愧的低下頭來，同時捨棄邪見做了釋尊的弟子。

他進了佛門，取名「摩訶俱絺羅」，成為釋尊十大弟子之一，頗有辯才，懂

得回答各種難題。

總之，慚愧心彷彿一把雙面刃，若因慚愧而老羞成怒，或嫉妒報復，那就很不幸，也不可取；反之，如因慚愧而生起迎頭趕上的決心與驅策力，那才是正面的，應該的，放眼古今多少仁人義士，賢明君子，初期生涯中何嘗沒有遇到挫折，心生慚愧而奮發圖強，被人刮目相看的呢？

最後，一同讚歎下則《星雲說偈》——「慚愧最美」。

世若有人，能知慚愧，

是易誘進，如策良馬。——《佛說孛經抄》

《佛說孛經抄》，可以說是佛陀的政治理想。在這部經裡，佛陀對從政者應該如何親民愛民、如何改善社會風氣，以及個人在進德修業、慈悲喜捨、服務奉獻等方面作了很好的指導。這四句偈，主要提示我們慚愧心的重要。

「世若有人，能知慚愧」，慚者，慚己；常自覺學問不夠、發心不夠、慈悲不夠；愧者，愧他，時時感到對不起他人，對不起父母、朋友，對不起國家社會。一個人有了慚愧心，會對自己不好的行為、心念產生羞恥，進而知道懺悔改正，奮發向上。

好比近代思想家梁啟超先生曾說：「今日之我，不惜向昨日之我挑戰。」西漢開國名將韓信，原本窮困潦倒，因立志上進而立下功業；北宋宰相寇準受母親的激勵，從此奮發進取，終能步上仕途。他們都是從慚愧懺悔中不斷自我更新，而能有所成就。

佛教常勸勉弟子要恥有所不知，恥有所不能，恥有所不會，恥有所不淨，恥有所不能擔當；《佛遺教經》也有謂「慚恥之服，無上莊嚴」，人有了慚恥心，就如身彼莊嚴華服，散發高貴氣質；又像一頂帽子、一朵花，配戴在身上益顯尊貴。所以知慚愧，是做人處世重要的人格修養。

「是易誘進，如策良馬」，人一旦有了慚愧心，就容易教育、如易誘導而能進步。等於揚鞭策馬，一匹好馬，主人只要將鞭子稍微一揚，馬兒就立刻向前奔行；如果是劣馬，被主人的馬鞭打到了，不但不跑，反而睡在地上，不肯再往前走去。

因此，慚愧心、羞恥心能幫助我們勇於面對缺失，激勵自己向上提升，是每個人心中無上的財富。今日社會，要想讓一個人有所成就，從幼童時期就應該培養他有慚愧心、結緣心、感恩心的良好品格。一個人如果能時時提起一念慚愧、

一念反省，清淨自性就能慢慢提升，人格道德自然會日趨圓滿。

七十二、江山易改　本性難移

【原典】

王平子年十四五，見王夷甫妻郭氏貪欲，欲令婢路上儋糞，平子諫之，並言不可。郭大怒，謂平子曰：「昔夫人臨終，以小郎囑新婦，不以新婦囑小郎。」急捉衣裙，將與杖。平子饒力，爭得脫，踰窗而走。

【譯文】

王平子十四、五歲時，看到王夷甫妻子郭氏貪得無厭，意欲叫婢女到路上擔糞，平子勸阻，且又告訴她不能這樣做。郭氏怒不可遏，對平子說：「當初夫人臨終的時候，託我要照顧你，不是託你來管教我。」接著，挽起衣襟，還想要責打。平子力氣很大，掙扎逃脫，翻越窗戶離去了。（規箴篇）

【佛法解說】

不明佛理的人，習慣執著自己的老思維、老規矩，而昧於因果自負的道理，其中不乏貪婪心和瞋恚心積重難返，期間縱使欣逢善知識對他苦口婆心好言相

勸，結果是忠言逆耳，被他嗤之以鼻。

例如吝嗇成性之徒，當理性勸說或開導對他無效時，可用禪道的教化方法，它既活潑又方便，收效往往出人意外，如下則禪門公案：

有位信徒向默仙禪師說道：「我的妻子慳貪吝嗇，對於好事，一財不捨，你能到我家去，向她開示，行些善事好嗎？」

默仙非常慈悲地答允。

當默仙到達信徒家時，信徒的妻子出家迎接，但一杯茶水都捨不得端出來供養，禪師就握著一個拳頭說道：「女施主，你看我的手，天天都是這樣，你覺得如何？」

女人說：「如果手天天這個樣子，這是有毛病，畸形呀！」

「這樣子是畸形！」接著默仙禪師把手伸張成一個手掌，問道：「假如天天這樣子呢？」

女人說：「這樣子也是畸形！」

默仙禪師立刻道：「女施主！不錯，這都是畸形，錢只知道貪取，不知道佈施，是畸形。錢只知道花用，不知道儲蓄，也是畸形。錢要流通，要能進能出，

要量入為出。」

這個女人聽後便了然於心了。

放眼周遭，有人的脾氣或個性頑固得不近情理，近乎無可救藥，大家都歸罪其先天遺傳與後天教養的因素。這種世間知識的解讀很膚淺，欠缺說服力，遠不如佛教出世間法的智慧，從三世因果的高度，清楚點出它是累世形成的習氣，即使證悟了阿羅漢果，仍然很難徹底除去。下則《阿含經》記載可以佐證：

有一次，佛陀在祇樹給孤獨國說法時，大眾中有五位在家信徒。其中一位坐著睡著了；第二位用手指頭刮地上；第三位，用手搖樹；第四位仰頭向天；只有第五位專心恭敬地聽佛說法。阿難尊者看見他們不同的行為舉止時，告訴佛陀：「世尊，你在說法時，這五人之中只有一位專心聽講。」阿難也向佛陀敘述其他四位的舉止，並且請教佛陀，為什麼他們有這種表現呢？

佛陀說，這是因為他們無法改變舊有的習氣。在過去世時，第一位信徒是一條蛇，因為蛇總是捲曲著身子睡覺，所以才會在聽聞佛法時睡覺；刮地的信徒在前世是地下生物；搖樹的是隻猴子；仰頭向天的是星象學家；專心聽法的人則是學識豐富的婆羅門。

佛陀接著說：「阿難！記住！人必須專心聽講才能瞭解『法』，而有許多人不瞭解法。」

「世尊！礙障人們證悟法的是什麼？」阿難進一步發問。

「阿難！貪、瞋、癡障礙眾生證悟法。眾火中，慾望之火最是厲害，貪慾永不止息地炙燒眾生。」

七十三、超越凡夫愛　須有大心量

【原典】

桓宣武①薨，桓南郡年五歲，服始除，桓車騎②與送故文武別，因指語南郡：「此皆汝家故吏佐。」去應聲慟哭，酸感傍人。車騎每自目己坐曰：「靈寶③成人，當以此座還之。」鞠愛過於所生。

註① 桓宣武：即桓溫，常稱桓公，大司馬。

註② 桓車騎：晉朝桓沖：字去叔，桓溫之弟。

註③ 靈寶：即桓玄，字靈寶。

【譯文】

桓宣武死的時候，桓南郡才五歲，守喪期剛過，桓車騎和前來送葬的文武官員告別，指著他們告訴南郡說：「這些人都是以前你家的吏佐。」南郡聽了即刻慟哭起來，使在場的人都因而鼻酸。桓車騎常看著自己的座位說：「靈寶長大成人時，應把位子還給他。」撫養愛護他超過自己的親生兒子。（夙惠篇）

【佛法解說】

真正的平等心，若無慈悲的胸懷，肯定做不到親疏無別，一視同仁，尤其關愛他人的子女，更甚於自己的親生骨肉，十分難能可貴。從三世因果的高度看，桓車騎與桓宣武父子倆在無始劫中也定有極密切的好因好緣，始得今生重逢續結如此深厚的善緣。

佛教徒熟知釋尊出家前的俗名叫悉達多，生母很早去世，幸蒙姨媽摩訶波闍波提把他視同己出，百般疼愛，但當悉達多證悟成道，父親淨飯王駕崩後，摩訶波闍波提竟率領五百名釋迦族婦女去向釋尊懇求出家修行，不料釋尊毫不考慮的拒絕了，告訴她們學佛追求生死解脫，不一定要出家才能如願，在家修行同樣可達目的，後來幸賴阿難從中協助，向佛陀苦苦哀求說：「現在要求出家的不是普通女人，而是您姨母率領的，特別是佛的姨母，不談她的賢慧淑德，單撫養您長

大成人的恩德就難以回報，現如拒絕她們出家，外人不知作何感想？豈不說佛是個忘恩負義者？對佛的說法教化會有負面影響，請佛重新再三考慮……。」

釋尊聽了又說出婉拒的理由，奈因阿難又百般哀求，最後總算蒙釋尊允諾了，但要她們遵守八敬法，於是她們也答應了。

依《中阿含經》說：「阿難！若女人不得於此正法律中至信捨家無家學道者，正法當住千年，今失五百歲，餘有五百年。」關係正法如此重大，佛陀才須特別小心謹慎。

期間，阿難是釋尊的堂弟，長期侍候佛陀幾十年；羅睺羅更是佛陀的親生骨肉，他們出家修行中也不曾得到佛陀特別關愛與照顧，佛也沒有私下教導過他們成佛有什麼特別秘訣，照樣跟其他佛弟子平等看待……。

最後，請一同玩味下則《星雲說偈》——「怨親平等」。

若逢知己宜依分，縱遇冤家也共和；
寬卻肚皮須忍辱，豁開心地任從他。——唐・布袋

這是唐代布袋和尚的詩偈，主要是勉勵我們，人我相處應有的修養與態度。在生活中，我們有時會遇到志同道合的好朋友，也難免要與怨恨計較的冤家

對頭，在這樣的情況下，要如何去看待它呢？

在茫茫人海裡，能夠擁有一個知心好友，實為人生一大慶事也。但是「若逢知己宜依分」，再好的朋友，也應該有個限度原則，如彼此的互相尊重、不共金錢來往等，才能友誼長久。朋友固然有通財之義，但一沾上利害得失，一有行差步錯，錢財往往成為反目成仇的導火線，多年的友情可能毀於旦夕。假如只因一時的逾越本分而造成終生的遺憾，那就太可惜了！

「縱遇冤家也共和」，若是遇到冤家怨恨，不必太過於計較，也不必強人同己，要有容納不同意見、觀念的雅量。

過去寒山大士曾問拾得禪師：「如有人辱我、罵我、欺我、謗我、笑我、輕我、賤我、騙我、惡我，我應如何？」拾得禪師回答他：「你忍他、由他、耐他、讓他、不理他，且過幾年，看他又如何？」

所以，我們與人相處，不必太過斤斤計較，也不要為了一時的利害得失而反目成仇，甚至連親人眷屬也因此形同陌路。

過去提婆達多屢次毀謗、加害於佛陀，但是佛陀一點也不以為意，反而還感謝他，多次跟眾弟子說：「提婆達多是我的逆增上緣，感謝他助我宣揚佛法。沒有黑暗，哪裡能顯現出光明？沒有罪惡，哪裡會有善美？因為有他，佛法更能讓人信受。」由此看來，冤家並不一定不好，冤家也是激勵我們奮發向上的逆增上緣。因此，一個真正有為的人，做事要做難做之事，處人要處難處之人，最好能有「寬卻肚皮須忍辱，豁開心地任從他」的修養。

有一句俗諺說得好：「忍一口氣，風平浪靜；退一步想，海闊天空。」要求得人間的太平無事，人與人之間，就必須有彼此退讓的胸襟氣度。如果人人都能懂得人我相處之道，這個社會必然會更加祥和美好。

七十四、領悟佛理　生活自在

【原典】

桓公讀《高士傳》①，至於陵②仲子便擲去，曰：「誰能作此溪刻自處。」

註①《高士傳》：皇甫謐所撰。

註②　於陵：在今山東長山縣西，即陳仲之夫婦隱居處。陳仲子，字子終，齊相齊戴之弟。

【譯文】

桓公閱讀《高士傳》，當他讀到關於陳仲子的傳記時，便把書擲棄到一邊，說「誰能像他這樣心胸苦悶又閉塞，行事苛刻不近人情？」（豪爽篇）

【佛法解說】

這種心量和行事作風完全違反佛道，因果業報絕對不樂觀，但可用佛法智慧來對治，令他脫胎換骨，改換思維，爾後心開意解，享受自在的逍遙生活。

佛陀說：「**心是所有法的先導，心是所有造作的主腦，一切都是心所造作的，人若造作身、口、意善業，一定有樂，如影不離形。**」（《法句經》二）

《阿含經》有下則記載為佐證。

瑪塔侃達理是個年輕的婆羅門，他的父親非常吝嗇，從來不布施。即使瑪塔侃達理是獨子，但身上所帶的首飾也是父親為了省錢，而親自打造的。所以當他患了黃疸病時，他父親也不請醫生來治病，終於使他病入膏肓。他父親知道他快要去世時，叫人把他抬到走廊去，以免來家裡的人看到他父親的財富。

當天早上，佛陀出禪定後，透過神通看見瑪塔侃達理躺在走廊上。所以當佛陀與弟子到舍衛城去化緣時，就走到瑪塔侃達理家門口，向瑪塔侃達理放光，吸引他注意。這時候的瑪塔侃達理非常脆弱，所以看見佛陀時，只能向佛陀表白信仰佛教的心意，但也因此獲得一些幸福感，而這就足夠了。當他內心充滿對佛的信心而逝世時，便往生至忉利天。

當他在忉利天看見父親在墓地為他哭泣時，化身恢復原來的形像，出現在墓地，向父親說他已往生忉利天，並勸請父親親近佛陀、布施並且聽佛說法。他的父親便遵照他的話去做。

佛陀說法後，有人就問，人可不可以只在心靈上信仰佛法，而沒有任何慈善行為，也不持戒，就可以往生忉利天嗎？佛陀就請瑪塔侃達理現身，瑪塔侃達理於是從忉利天下來，親自向他們說他已往生忉利天了。聽完他的話後，大家才確實相信瑪塔侃達理只因為內心皈依佛陀，就獲得往生忉利天的榮耀。

聽完佛陀說法，他父親從此明白佛法，並把大部分的財富布施出來。

有以下兩則《星雲說偈》——「廣修善行」和「及時行善」，亦可慢慢咀嚼，不難得到更大領悟和更多法喜。

（一）、廣修善行

若人少行惡，廣修無量善，
如以一把鹽，投之大恆水。——《勸發諸王要偈》

在《勸發諸王要偈》裡，有四句偈：「若人少行惡，廣修無量善，如以一把鹽，投之大恆水」，這要告訴我們什麼道理呢？

佛教認為，一個人不管犯了多深的罪業，多大的過錯，只要願意真心誠意懺悔改過，雖然還是要承受果報，不過重罪可以轉為輕受。

好比一把鹽放入一杯水中，會鹹得難以入口，如果把它放到河裡，放到大水缸裡，就不會感覺到它的鹹味。人的心念、言行舉止也是如此，當善行多過於罪惡，自然會化「鹹」為「淡」，將功折罪了。

對於斷惡生善，佛教提出四種方法：「已生惡，令斷除；未生惡，令不生；已生善，令增長；未生善，令生起」，除了消極的不作惡，更要積極的「廣修無量善」。生活中，助人一臂之力，給人一句善言愛語，甚至度化自心的貪瞋愚癡，去除無明煩惱，努力讓內心純淨善良的種子發芽、成長，是很重要的。

佛法裡經常勉勵大家，人生的際遇，命運的好壞，其實都掌握在自己手裡。你能少行惡事，廣修善法，生命裡就能創造許多的善因妙果；面對逆境，自能逢凶化吉；遇到挫折，也能生起奮起飛揚的力量；走到困頓處，會有貴人相助。

所謂「人非聖賢，孰能無過？知過能改，善莫大焉。」人格的提升，在於他有知過能改的勇敢與擔當。怕的是有過不知，知過不改，以為些微的惡念無關緊要，做些小惡無人知曉，這種僥倖的心態最為可怕。

所以要修無量的善事，滅除無量的惡行，日常生活中，善事不怕多，我們多一點觀照，約束身口意的惡業造作，必然能積善多福。

（二）、及時行善

生時不學，死當入淵；
有財不施，世世受貧。——《大愛道比丘尼經》

《大愛道比丘尼經》裡，有四句偈：「生時不學，死當入淵；有財不施，世世受貧」，主要是勸勉我們，人生際遇稍縱即逝，一眨眼就過去了，因此要及時把握。

比方，值得交往的朋友，要與他親近交往；應該合作的事業伙伴，要趕快向對方表示誠意；應該購買的房子、土地，要盡快把握時機，否則錯失良緣，懊悔莫及。甚至青年男女，男婚女嫁，也要把握機緣，錯過了，因緣就不屬於你了。又如讀書求學，年輕時不好好的努力讀書，老了以後，再想求學可能就很難了。

所謂「少壯不努力，老大徒悲傷」，人生在世，應及時把握光陰，該學習

時，就要把它學好；該做的事，就把它做好。「生時不學，死當入淵」，活著的時候不學經、不學義、不學禮、不學道，這樣的人生一無是處，大限一到，就算臨時抱佛腳也來不及。

當擁有錢財時，不去布施，等到沒有錢才想布施，那就很難了。多年前，一位信徒準備捐給我一筆錢，說要贊助我辦大學。因為當時還沒有開放民間私辦大學，所以我告訴他，我今天收了你的錢，可能你就會經常問我：「什麼時候辦大學？大學呢？」這樣我也受不了，不如等到可以辦大學時，你再來捐錢吧！後來那位信徒很認真的對我說，等到你需要錢的時候，未必那個時候我就有錢可以布施了。

這就對了，錢財不是恆常不變的，當有能力的時候，要能及時布施；沒有能力時，就算想布施也不可能了。因此能夠適時的幫助他人，行慈悲喜捨，就要及時行動，不要再猶豫了。

「有財不施，世世受貧」，不布施，等於沒有播種，田地裡面的五穀也不會有收成。所以，當我們還有種子的時候，就要趕快播種；春天播種，還怕秋天沒有收成嗎？

七十五、外表美醜不重要　明心見性最關鍵

【原典】

（一）潘安仁夏侯湛並有美容，喜同行，時人謂之「連璧」①。

（二）裴令公②有儁容儀，脫冠冕，麤③服亂頭皆好，時人以為「玉人」。見者曰：「見裴叔則如玉山上行，光映照人。」

註①　連璧：相連的璧玉。

註②　裴令公：即裴楷，字叔則，或稱令公。

註③　麤：音讀ㄘㄨ，超遠，遙遠。同「粗」，粗之異體。

【譯文】

（一）潘安仁和夏侯湛二人都有俊美的容貌，兩人經常在一起，當時的人稱他們倆有如兩塊相連的碧玉般潔白珍貴。（容止篇）

（二）裴令公有出眾的儀表，縱使脫下冠冕，穿上粗俗布衣，蓬頭亂髮也很好看。當時的人無不認定他是個「秀美豐姿的玉人」。凡是看到他的人都說：「看到裴叔就好像在玉山上行走，只覺得光亮在照耀人。」（容止篇）

【佛法解說】

以上都描述男人俊秀挺拔，風姿英發……，其實，女人也可用天姿國色、美若天仙……來形容。眾所周知，這是青壯年時期僅有的樣相，因為歲月無情，生物學上的人身是時時、日日、月月和年年都在有形無形往衰老與死亡之路前進。

依佛法說，人身是色受想行識的五蘊因緣和合的產物，而因緣變化無常，再俊秀、再漂亮的人身都是虛幻短暫的，故不能執愛它、迷戀它，否則徒生苦惱，如《阿含經》有以下記載：

（一）識磨既富有，又英俊瀟灑，很多女性因此深深迷戀他。這些女性無法抗拒他的魅力，而不自覺的愛上他。識磨也就和很多女性私通，絲毫沒有良心不安。國王的手下前後三次抓到他與人邪淫，並且把他押解到國王面前。但國王的手下告訴國王說，識磨是給孤獨長者的姪子，國王出於對長者的尊敬，每次都是加以譴責就放過他。給孤獨長者知道姪子的惡行後，就帶他一起去見佛陀，佛陀向識磨指出邪淫及其嚴重後果。從此以後，識磨就痛改前非，守五戒。

（二）差摩皇后是頻婆娑羅王的皇后，人長得非常美，也十分驕傲。國王希望她去精舍向佛陀頂禮問訊，但她聽聞佛陀經常說美貌不足取，所以儘量避著佛

陀。國王知道她的心念，也知道她對自己的美貌十分驕傲，就命令宮廷樂師唱歌讚誦竹林精舍的一切，包括它愉快祥和的氣氛等，聽完之後，她深感興趣，決定一探究竟。

她抵達精舍的聽眾廳時，正在講經說法的佛陀運用神通，變現一位極端美麗的年輕女子在身邊，為佛陀扇風。這女子天仙般的容顏讓皇后覺得自己實在無法相比。但是當她再度注視時，發現那女子的美貌漸漸衰老，最後，竟變成老太婆，然後去世，屍首長出蛆蟲來，剎那間，她明白了美貌的無常。

佛陀明白差摩的心態，就告誡她：「差摩！仔細觀察這會腐壞的肉身不過是架構在一堆骨頭上，它會生病、衰老。正念現前吧！愚癡的人過度高估肉體了。請觀察年輕貌美是沒有什麼價值的。」差摩精進奉行佛陀的教誨之後，就證得阿羅漢果。她也出家為尼，佛陀更稱讚她是第一比丘尼。

容貌俊美或儀表出眾，雖然可喜，好事一樁，但更重要的是，要能明心見性，找到自我，在善知識接引下信奉三寶，珍惜自己有成佛的潛力，領悟三世因果的智慧。所以外形、姿態的高矮美醜雖有不同，但彼此佛性毫無差異。

如《阿含經》以下一則記載：

痲瘋患者殊帕菩達專心聽聞佛陀說法後，很快就領悟佛法。當聽法的人群散去時，他隨佛陀回精舍。這時候，帝釋想測試他對三寶的信心，就出現在他面前，告訴他「你不過是個可憐人，人家給你什麼，你就吃什麼，沒有人可依靠。只要你否定三寶，並且說三寶對你沒有任何用處，我馬上就給你巨大的財富。」殊帕菩達回答道：「我絕對不是個沒人可依靠的可憐蟲，我具有聖人所有的七聖財：信、戒、慚、愧、聽聞、施和慧。」

兩人對話後，帝釋就到精舍，把他與殊帕菩達之間的對話告訴佛陀。佛陀向他解釋說，即使千百個帝釋也很難左右殊帕菩達對三寶的信心，使他遠離三寶。一會兒，殊帕菩達也來了，他也向佛陀訴說相同的事。但他卻在從祇樹給孤獨園回家的路上，意外死亡。這一意外是一惡靈主導的，該惡靈的某一前世是一位妓女，但被殊帕菩達所殺，妓女因此發誓報復。殊帕菩達的死訊傳到給孤獨園。比丘問佛陀，殊帕菩達往生何處？佛陀說，他已經往生忉利天了，並且他的某一前世曾毆打過一位聖者，所以今生是痲瘋患者，但因他今生已經領悟佛法，故已洗滌一切煩惱了。

痲瘋患者滿臉瘡疤，醜陋難看，但其佛性同樣莊嚴殊勝，不輸任何人；重病患者臥病在床，談不上挺拔俊秀，但已證悟聖果，所以能身苦心不苦，隨緣自在……。

七十六、追憶聖者要具體　單憑情傷無意義

【原典】

（一）王仲宣①好驢鳴，既葬，文帝臨其喪，顧語同遊曰：「王好驢鳴，可各作一聲以送之。」赴客皆一作驢鳴。

（二）衛洗馬②以永嘉六年喪，謝親哭之，感動路人。咸和中，丞相王公教曰：「衛洗馬當改葬。此君風流名士，海內所瞻。可修薄祭，以敦舊好。」

註① 王仲宣：魏朝王粲。字仲宣，山陽人。

註② 衛洗馬：本名叫衛玠，字叔寶，亦稱洗馬。

【譯文】

（一）王仲宣愛聽驢子的嘶鳴聲，他死了以後，文帝來參加他的喪禮，跟一同來參加的弔客們說：「王仲宣愛聽驢子叫聲，我們每個人可發出一聲驢叫送給他。」弔客們便紛紛發出驢叫聲了。（傷逝篇）

（二）衛洗馬在永嘉六年往生，謝鯤來哭祭他，令路人也深受感動。咸和年間，丞相王公諭告：「衛洗馬應該要改葬。他是位風流倜儻的名士，深受海內外人士的仰慕。應準備些祭品，來敦睦過去的好友。」（傷逝篇）

【佛法解說】

親朋好友往生後，時常見物思人或觸景生情，無疑人之常情，須知生命無常，人死不能復生，切勿情傷太重而害了自己，就成了愚蠢之舉。有人生前立下偉大功德和睿智言語，即所謂三不朽，而讓後世無數人追憶，感恩與懷念，於是忍不住畫像、雕刻和記錄其功德佳言來紀念，佛陀就是最典型的例證。

依經典記載，佛陀圓寂後，鄰近國家都派代表團來弔喪，各國代表團都獲贈一份佛骨舍利，讓他們返國建塔供養。摩揭陀人在王舍城建塔；離車人在毘舍離建塔；釋迦國在迦毗羅衛建塔；優梨人在阿拉伽波建塔；拘利耶人在摩羅村建塔；毗陀人在毗陀島建塔；末羅族人在拘尸那和波婆城兩地同時建塔供奉。

比丘們也紛紛返回自己本位去依教修持或弘法，大迦葉、阿那律和阿難三位尊者把佛的缽帶回竹林精舍。

一個多月後，大迦葉在王舍城舉行一次比丘大會，旨在具體感激和懷念釋尊的事業，想將他生前的經教和戒律結集起來，他以修行次第和在僧團的經驗為準，邀請五百位比丘出席，預定持續六個月之久……，阿闍世王是此次結集的贊助人。優婆離被請來大會誦戒，並說明每條戒律初訂的時空背景與因緣，阿難被請複誦佛一生的言教法理，及其開示的時空背景與因緣。當然，光靠他們兩人的記憶，不能萬無一失，因此由在場五百位比丘幫助互相印證。

大會中所有戒律集成「律藏」，法理成為「經藏」。這些經典又分為四大類，以內容主題和長短作別。他們記得佛陀曾經表示，不同意經典用古典吠陀文寫出來，而用原本的阿達磨嘎地語文寫成。大家同意日後應把經典譯為地方語言，方便不同地方人研讀流通；此外大家又決定增加負責背誦經文的比丘人數，以保障經教能世代流傳……。結集大會結束後，所有比丘都回到原居地修行弘法，這正是紀念、傳承和追憶佛陀最好的方式。

以上是南傳佛教大德一行禪師的解說。

北傳經典的記述大同小異，《大智度論》說：佛入滅時大地有六種震動，許多河水逆流而上，猝然吹起疾風……大迦葉心想怎樣將佛法長留人間，紀念佛陀一生的偉大事業，於是他想以經、律、論等方式結集起來，成為三個法藏。於是

他到須彌山上打銅板作偈說：「佛的諸位弟子呀！若你心中念到佛，就一定要報答佛恩，不能入滅。」

不久，證得神通的佛弟子紛紛來聚集於大迦葉身邊。大迦葉從中挑選一千人，因為阿闍世王只能供養千人，……一起到王舍城耆闍崛山中，同時進行三個月結夏安居，期間由阿難和優婆離誦出經藏和律藏……。最後他們說：「為了憐憫芸芸眾生，才結集三法藏。」佛有十力、一切智……。故能令後世無數眾生懷念、感恩和追憶。

最後，請一同恭讀印順導師下段法語，必能知曉舍利塔與佛像的意義。

釋尊涅槃以後，弟子們舉行了隆重的火葬典禮。從此，釋尊的身相音聲，再也不能見聞了！但是世人對於釋尊的崇敬，有加無已，所以火化剩餘的佛舍利（骨分），由八大國王，均分供養。到了阿育王時，又取出八王供養的佛舍利，分散而藏在塔的（塔的意思是高顯，與墳的意義相近），名為舍利塔。據說：阿育王造了八萬四千塔，分送到佛教世界的每一教區，讓佛弟子供養恭敬。我國寧波阿育王寺的舍利塔，就是八萬四千塔之一。

釋尊去忉利天宮，為母說法的時候，一住三個月，優填王憶念釋尊得很，特請精巧的技工，用牛頭栴檀木，雕了一尊釋迦佛的聖像。但佛涅槃不久，對於佛像的供養，並不興盛；大家都供養舍利塔，就是供養釋尊的遺體。等到信眾更多了，教區更廣了，雕塑的藝術也發達了，佛滅三世紀後，塑造佛像的風氣，才一天天盛起來，成為寺院的主要法物，受到信眾的瞻仰崇拜。

無論是舍利的崇敬，佛像的崇敬，而佛像又不論是雕的、塑的、鑄的、畫的、繡的，都是為了紀念佛的大悲大智，救人救世，為黑暗的人間開啟了光明。崇仰佛的功德，所以依舍利及佛像的形式，來表示我們對佛的敬慕。佛弟子們的舍利，也可以建塔供養。不過我國的習慣，特別尊重舍利中的堅固顆粒，名為舍利子。而菩薩、羅漢、祖師們的像，也一樣受到尊敬。

七十七、只願自得其樂　不如與眾人樂

【原典】

戴安道①既厲操東山，而其兄欲建「式遏」②之功。謝太傅曰：「卿兄弟志業，何其太殊？」戴曰：「下官『不堪其憂』，家弟『不改其樂』。」

註① 戴安道：即戴逵，字安道，或稱戴公。
註② 式遏：意謂阻絕不做害民之事。

【譯文】

戴安道隱居在東山，而他哥哥想建立「式遏」，遏止害民之事的事功。謝太常說：「你們兄弟兩人的志向事業未免太不相同了吧？」戴逯說：「下官是常在憂慮百姓疾苦，所以是『無法忍受在陋巷中的清苦生活』，家弟則是自己安享山林之樂，所以是『不改他胸中的樂趣』。」（棲逸篇）

【佛法解說】

兄弟倆的志業南轅北徹，大不相同。隱居山林，孤芳自賞，滿意自耕自足的田園生活，類似小乘教派的自了漢，即使他們也證得聖果，領悟三世因果的智慧，成就阿羅漢果位，可惜他們與世俗無緣，不願與人分享自己修得的果實法味，不想給人開示煩惱解脫的秘訣，終其一生自得其樂，眼睜睜看著世人在苦海沉淪，真是自掃門前雪，不顧他人瓦上霜。這樣的生活態度終究不是究竟、不夠圓滿；自利之外，還要利他才對。

套句佛教的話說，除了修解脫道外，還要修菩薩道，實踐六度萬行，才是正信佛教徒的使命和悲願。

佛教徒耳熟能詳「梵天勸請」的故事，佛陀成就正覺後不久，坐在尼連禪河畔，心想：「我領悟的道理如此深奧微妙，恐怕不易被世人所了解，即使我說了此教法，眾人也無法領悟，徒增自己的疲勞而已……。」梵天洞悉佛陀這個念頭後，便現身勸請佛陀說：「佛若不肯出來為大眾說法，佛法會永遠消失，眾生也永遠沉淪苦海……，請您轉動法輪吧！世上也有人不被灰塵蒙蔽雙眼，他們若能聽到妙法或許能夠領悟的……。」

經典裡，各類眾生平常用池中蓮花來形容；池塘中有青蓮、紅蓮、白蓮競相爭艷。有些早在泥土中即已開出花朵，有些待浮出水面後就開花，更有些遠離水面，伸出花莖才開花，亦即生於汙泥而不為泥土所染污者。

佛陀觀照世人種種學習能力後，便公開決定開甘露之門，願有緣人聆聽後有所受用，出離煩惱。

戴逵吐露「不堪其憂」，是跟「不改其樂」相反的志業，值得擊掌讚歎。

解脫道即小乘派，菩薩道是大乘派，佛陀的本懷正是大乘的教化天下眾生，何其慈悲！何其莊嚴又偉大！近代高僧印順導師一語道出兩者的高低差別。說

道：我們學佛的，也是這樣呢！我們在生死大海中，如只顧自己離苦得樂，雖然他精進修行，解脫生死，但不過是小乘罷了。小乘聖者的功德，當然是很好的，但不能說是圓滿。因為眾生都在生死苦海裡，怎麼可以專顧自己，不同情眾生的苦惱呢？所以如想救自己，又想救眾生，而且想先救眾生，這才是大乘，菩薩心腸。發大心而修菩薩行的，等到功德圓滿，就成為佛。地藏菩薩說：地獄未空，誓不成佛。《楞嚴經》說：有一眾生未成佛，此取涅槃。菩薩先救眾生的精神，才是最圓滿的，所以大家要學菩薩！

今請慢慢玩味《雜譬喻經》下則故事，大意是：

一位小沙彌，代師父提著衣包，跟在師父後面一起趕路。沙彌一面走，一面想：「大乘法普度眾生，像佛那樣的功德圓滿，真是再好也沒有了！我應該發大心，修菩薩行，求成佛道才是。」他的師父是一位得道的小乘聖人，知道了他的心念，就說：「把衣包給我，你在我前面走！」沙彌就把衣包交給師父，在師父的前面走了！沙彌忽然想：「成佛真是不容易的事，要修難行苦行，要修很久很久才成佛呢！我看，還是修小乘法，早些了生死吧！」師父知道了他的心念，就說：「把衣包拿著，跟在我後面走！」沙彌又照話做了。

沙彌想：「師父要我在前面走，一下又要我在後面走；自己要拿衣包，一下又要我拿，真是老糊塗呢！」師父知道了他的心念，就說：「你想發大心，修大行，那你就是菩薩了；菩薩當然應該在我前面走。你一下又退了大心，又不想成佛，那你就是小乘的凡夫，這當然要跟在後面拿衣包了！我沒糊塗，你這樣朝三暮四，才真是糊塗呢！」沙彌聽了，慚愧得很，向師父懺悔。從此，一定要立志修菩薩行，決不退悔；寧可為大眾忍苦耐勞，不敢專顧自己了！

最後，請恭讀印順導師開示菩薩道的修行法。

修習大乘法，主要是修習六度。

一、布施度：拿財物來供養三寶，救濟貧窮，出錢出力，為了利益別人，甚至不惜身命。如見了他人有了憂苦恐怖，要安慰他、勸導他，使他心地平安。還有，辦教育文化，發揚佛法，啟發人的正確知識，使他能向上進修，完成人格，成賢成聖。

二、持戒度：立身行事，處處要守法，不犯殺、盜、邪淫等罪惡。同時，一切善事，凡利益眾生的事業，都應該去做。總之，不應該做的不去做，應該做的不可不做。

三、忍辱度：忍耐，是堅定意志，不因環境的刺激而改變。如忍受寒熱饑渴等苦；忍受怨敵的譏諷、侮辱、欺騙，或者打罵傷害。堅定自己的意志，才能完成學佛的大事業。

四、精進度：為了離惡行善，身心所有的努力。

五、禪定度：精神集中，養成身心的高度能力。

六、智慧度：佛法的真理，先從聽聞中去求了解，再經過審慎的思考，還要從篤行中去求實證，成就清淨的大智慧。

布施能夠度慳吝，持戒能夠度毀犯；忍辱能夠度瞋恚；精進可以度懈怠；禪定可度散亂；智慧可度愚癡。修習這六大法門，才能度一切苦厄，到達成佛的地步，所以叫六度。

七十八、萬般皆是命　豈非大謬哉

【原典】

漢成帝幸趙飛燕①，飛燕譖班婕妤②祝詛。於是考問。辭曰：「妾聞『死生有命，富貴在天』。修善尚不蒙福，為邪欲以何望？若鬼神有知，不受邪佞之訴；若是無知，訴之何益？故不為也。」

註① 趙飛燕：漢成帝的宮人，初學歌舞，因體態輕盈才叫飛燕，後來被立為皇后。

註② 班婕妤：雁門人，被選入宮後，立為捷妤，之後供養太后於長信宮。

【譯文】

漢成帝寵愛趙飛燕，飛燕誣告班婕妤，說她祈求鬼神降禍成帝。成帝就調查考問她。她說：「我聽說『人的生死都是命中注定，富貴也是天意安排的。』我做好事尚且不能蒙受福報，我做壞事又想求得什麼呢？如果鬼神有所知覺，就不會接受邪佞不正者的告訴；如果沒有知覺，告訴祂們又有什麼用呢？所以我不做詛祝人的事。」（賢媛篇）

【佛法解說】

班婕妤被人誣告和讒言，竟然不生氣、不報復，反能以平常心冷靜面對，不失為睿智正確的風度。任何人遇此逆境，切勿令瞋恚心上揚，採取以牙還牙、以暴制暴的愚蠢之舉。

依佛法說，仇恨永遠不能制止仇恨，只會冤冤相報，沒完沒了，最後可能兩

敗俱傷，以悲劇收場，下則《星雲說偈》－「不生氣」可為佐證：

不起瞋恚心，修習忍智慧，

精進持淨戒，能辦一切事。——《華嚴經》

我們平時的心念及行為，有好與不好，但最糟糕的是瞋恨。所謂「一念瞋心起，百萬障門開」，只要瞋恚的恨心一生起來，往往沒有道理人情可言，什麼都不顧了。有的人怒火中燒時，也許看到一盆花，就生氣的把花給摜了，可是花並沒有得罪他；或是看到桌子就將它推倒，可是桌子也沒有得罪他，可見瞋恨、暴怒是很糟糕的事，會讓人失去理智。

要一個人忍受苦難、忍受饑餓、忍受寒冷等，都還算容易，但是忍一口氣，這就很難了。

例如有的人上法院打官司，為的就是爭一口氣，不惜花大錢請律師訴訟。瞋恨心很惡、很毒，可以毒害一個人的心靈，許多無邊的罪惡，都是源自於一念的瞋恨。像戰爭時的殺敵，是為了保國衛土，不得已而殺，如果帶著瞋恨的心，一心想殺死、打死對方，這樣就不應該了。

「不起瞋恚心，修習忍智慧」，瞋恨心重的人，必須修習「忍」的智慧，忍耐正是用來對治瞋恨的。有道是「忍一口氣，風平浪靜」，不論什麼事，可以今天不計較，就忍一下，或許明天就沒有事了。

所以，我常勸想發脾氣的人，先不忙著發作，發脾氣前先轉個念，例如五分鐘後才找對方吵架或理論，等忍過了這五分鐘，也許就不吵架、不理論了。忍是一種力量，有力量就能將瞋恨心制住，將瞋恨心消除，將瞋恨心化解，這就是忍的智慧，沒有智慧是不能忍的。

「精進持淨戒，能辨一切事」，做事能持淨戒，就不會做犯戒犯法的事，並以忍耐的力量去除瞋恨心，此外，還要有精進的力量，才能將事情完成。持戒就是守法，做事能奉公守法，精進奮發，何愁不能辦成一切事。

佛陀曾說：「**不探查他人過錯，不管他人已作、未作，只應察覺自己做了什麼事，什麼事尚未做。**」（《法句經》五十）

世人常歎：「生死有命，富貴在天。」這話可圈可點，不算全對。從三世因果的高度看，各人的生死富貴跟其宿世的因果業報有極密切的關係，但絕不會完全受制於宿世的業果報應，靠今生努力精進等因緣，亦能稀釋前生的惡果報應，如《了凡四訓》即是最好的詮釋。書中大意是：

一個平常人，不能說沒有胡思亂想的那顆意識心；既有這顆片刻不停的妄心在，那就要被陰陽束縛了；既被陰陽氣數束縛，怎可說沒有數呢？雖說數一定有，但只有平常人，才會被數所束縛。

若是一個極善的人，數就拘他不住。因為極善的人，儘管本來數裡注定吃苦，但他做了極大的善事，這大善事的力量，就可使苦變成樂，貧賤短命變成富貴長壽。

極惡的人，數也拘他不住，因為這種人儘管數中注定要享福；但他若做了極大的惡事，這股大惡事的力量，就可使福變成禍，富貴長壽變成貧賤短命。

你二十年來，都被孔先生算定了，不曾把數轉動一分一毫，反被數把你拘住了，一個人會被數拘住，就是凡夫……，命由自己造，福由自己求……，佛經說：「一個人要求富貴就得富貴，要求兒女就得兒女，要求長壽就得長壽。」只要做善事，宿命就拘他不住……。

大凡吉利凶險的預兆，都在心裡發出根苗反應出來。雖然根苗由心裡發出，但會表現到全身四肢上。譬如一個人厚道，那麼全身四肢都顯得穩重；一個人刻薄，那麼全身四肢都顯得輕佻。一個人凡是偏向厚道的，一定常得福；偏向刻薄

的，一定常近禍。俗人沒見識，眼光像被翳遮住了，什麼都看不到；就說禍福沒一定，且無預測。

一個人能極誠實，毫無虛假，這個人的心就可與天心相合了。因此能用誠心處人處事，福自降臨。所以觀察一個人，只要看他行為都是善的，就可預知他的福就會來了……，沒講到做善事前，先要把自己的過失改掉……。

七十九、前生有緣今生見　千年修得共枕眠

【原典】

漢元帝宮人既多，乃令畫工圖之，欲有呼者，輒披圖召之。其中常者，皆行貨賂。王明君①姿容甚麗，志不苟求，工遂毀為其狀。後匈奴來和，求美女於漢帝，帝以明君充行。既召，見而惜之；但名字已去，不欲中改，於是遂行。

註① 王明君：即王嬙，字昭君，晉朝時避司馬文王諱，才稱為明君。

【譯文】

由於漢元帝的宮女很多，他就命令畫工將她們畫在圖上，當他想叫宮女陪睡時，就會打開圖畫挑選，方便將中意的宮女叫來。那些姿色平庸的宮女都會拿財

貨去賄賂畫工，希望畫工將自己畫得美麗一些。

王昭君的姿色容貌非常美觀，但她卻不用這種不正當的方法，因而畫工就把她的容貌畫得難看了。後來匈奴單于來求和，向元帝要求一名美女，元帝就將昭君派去嫁給匈奴單于，等到召見她時，目睹她的姿色美貌，不禁非常憐愛婉惜。但是昭君的名字已經送給匈奴單于了，不想中途變更，終於把昭君送去了。（賢媛篇）

【佛法解說】

乍讀下，好像陰錯陽差，錯失連連，才令王昭君嫁給匈奴單于，令人不勝扼腕，不勝唏噓。若從三世因果的高度看，佛家說：「修得百年同船渡，修得千年共枕眠。」在單于和王昭君累世劫的生命輪迴中，肯定有過牽扯多次的因因緣緣，致使今生能再度續緣而結成夫婦……。

請讀《佛本行集經》下則記載，不難得到寶貴的啟發和佐證。大意是：

有個漢子的造針技術非常卓越，在國內首屈一指，膝下有個美若天仙的獨生女，別說國內的青年爭相追求，連國外的年輕人也在暗戀她。在同一城市有一位大富豪的獨生子，極為英俊瀟灑……。

某日，這個年輕俊秀的男人無意中看到一位漂亮少女的倩影，心想必定是那位本城的大美人無疑，不禁立刻愛上了她……，於是回家向父母吐露心事；不料，父母吃驚的表示，工匠女兒身分卑賤，不配娶進來當媳婦，所以父母堅決反對。

然而，兒子非她不娶，內心真愛上她了，若娶不到她，就要自殺……，父母愛子心切，便請製針匠夫婦上門來談論婚事。不料，女孩的父母親一口拒絕大富豪兒子的求婚，大富豪只好將這事告訴兒子，並勸兒子死心吧！

無奈兒子聽了不死心，反而暗思突破之計……，不久，他決心暗中研究製針技術，幾個月後，果然打造了非常不錯的針，接著，他親自到女孩家門前去推銷，女孩見了笑他不自量力，敢在專家面前耍寶，誰知女孩的父親見了他的針造得太棒啦，讚不絕口，只好答應把女兒下嫁給這位年輕人，這個年輕人也吐露自己求婚的苦心，不在乎女方的家世，職業與身分地位，當然女方父母和女兒也感動極了，終於選定黃道吉日替年輕男女舉行隆重的婚禮。

富翁的兒子是現今的佛世尊，那位美女是現今的耶輸陀羅（**釋尊出家前的元配妻子**）。

第四章　起心動念勿低估

八十、專才誠可貴　通才更難得

【原典】

明帝問周伯仁：「卿自謂何如庾元規？」對曰：「蕭條方外①，亮不如臣，從容廊廟②，臣不如亮。」

註① 蕭條方外：隱居之意。

註② 從容廊廟：悠遊於朝廷之中。

【譯文】

明帝問周伯仁說：「你自以為比起庾元規來怎麼樣呢？」周伯仁答說：「靜處山林，元規不如我，從容周旋於朝廷，我不如元規（庾亮）。」（品藻篇）

【佛法解說】

上文強調人各有所長，學有專精。依世間法說，其原因來自遺傳稟賦，自己

努力和環境條件等；若缺少其中任何一項，就成平庸之輩，默默無聞。放眼人間，僅有難能可貴的極少數人，堪稱十項全能，樣樣精通……。

依佛法說，八萬四千法門接引千差萬別的芸芸眾生，只要有宿世善根、福報和今生的殊勝因緣，欣逢善知識，修行佛道，自己又肯精進自愛，持之以恆，不難成就某方面的翹楚。

如佛陀一生說法四十餘年，教化成千上萬的徒眾，其中最有成就的十大弟子，各有專長，令人恭敬讚歎。因為他們都隨自己的意願方便，各執一個法門，具備德行各有偏愛，故稱為第一，他們是：

（一）舍利弗：智慧猛利，能解決諸項疑難，號稱「智慧第一」，他遍習世間技藝，通曉四吠陀論，又能廣解諸論，年僅十六歲，便已能摧伏其他議論。乍聽佛弟子說佛所說的因緣法，即能領悟諸法無我之理。

（二）目犍連：神足輕舉，能飛越十方，故稱「神通第一」。他自幼與舍利弗結交，同時出家，跟隨外道刪闍耶修學。後來偕同舍利弗皈依佛陀，他的修行特色為得天眼、天耳、知他心及能知過去、未來等神通。

（三）大迦葉：行十二頭陀，能堪苦行，故稱「頭陀第一」。他本有妻室，

但不好五欲，不久夫妻一同出家，被佛教化後，穿佛所授的糞掃衣。靈山會上拈花微笑的故事，更為禪家膾炙人口的公案，佛將無上正法付囑於他，故為佛滅後諸比丘的大依止。

（四）須菩提：喜好空定，能通達空義，故稱「解空第一」。佛經記載，佛由忉利天下降回來，眾人皆去禮佛，當時他正在縫衣，本想去迎接，忽然心想，乃觀諸法皆空，不造不作之理，藉此報答佛恩，故仍坐著縫衣。

（五）富樓那：能廣說法義，分別義理，故稱「說法第一」。他說法時，先以辯才使聽者歡喜，再用苦楚之言責切其心，再用明慧教誨空無，令聽者解脫、證果，以至入涅槃，度化九萬九千人。

（六）大迦旃延：能分別深義，敷演道教，故稱「論義第一」。他善演佛略說的法義，有助弟子對佛法的了解，又很熱心布教，教化無數人群。

（七）阿那律：得天眼，能見十方世界，故稱「天眼第一」。他曾在聽法時酣睡，被佛呵責，他才發誓不睡，因此失明，肉眼雖然敗壞，仍精進修行，終得天眼。

（八）優波離：奉持戒律非常嚴謹，故稱「持律第一」。他本是宮中理髮師，與諸多王子一同出家，第一次經典結集時，阿難誦出經，他誦出律，成為律藏傳承之祖。

（九）羅睺羅：不壞禁戒，能誦讀不懈，故稱「密行第一」。他是釋尊的兒子，十五歲出家，因未受具足戒，不可與比丘同宿，只好宿於房外。曾與舍利弗行乞，途中受迫害，但能以慈心容忍，又能嚴守制戒，修道精進，依數息觀而證得聖果。

（十）阿難：能知時明物，所至無障礙，多聞憶持不忘，伺候佛陀多年，故稱「多聞第一」。他本是佛陀的堂弟，出家後常隨侍佛陀，釋尊的姨媽及釋迦族五百名婦女得以出家，得力於阿難竭力向佛陀懇求之功。

八十一、心好相好靠修行　今生精進最重要

【原典】

嵇康身長七尺八寸，風姿特秀。見者歎曰：「蕭蕭肅肅，爽朗清舉。」或云：「蕭蕭如松下風，高而徐引。」山公曰：「嵇叔夜之為人也，巖巖若孤松之獨立，其醉也，傀俄若玉山之將崩。」

【譯文】

嵇康身高七尺八寸，風度姿勢俊秀出眾。凡是看到他的人都讚歎說：「恭謹端莊，爽朗清秀又特立。」或有人說：「就彷彿勁風中的松樹一樣，高大而緩緩引動。」山公說：「嵇康這個人，長得高峻像孤松般獨自屹立，當他喝醉酒時，高大魁梧的身體像座玉山要倒下一般。」（容止篇）

【佛法解說】

上文點出人的長相形貌很出眾，很俊秀，令人稱羨不已。這當然可喜可賀，福報不錯；但若虛有其表，德行平庸，頭腦空空，就無異糟蹋自己，典型的凡夫俗子，何其可歎可悲！

古德說：「相由心生」，即使身材普通，只要心地慈祥，情緒寧靜，思想正直，舉止言行都很正派優雅，也一樣會讓人生起歡喜心和讚歎心，而極樂於親近，想交個好朋友。

佛教徒熟知佛陀有三十二相好，或稱三十二相八十種好，意指佛身所具的三十二相及八十種隨形好，乍見時令人生起無量的歡喜心、恭敬心和讚歎心，雖然轉輪聖王也有三十二相，但八十種好只限於佛菩薩始得。因為佛曾在過去世百

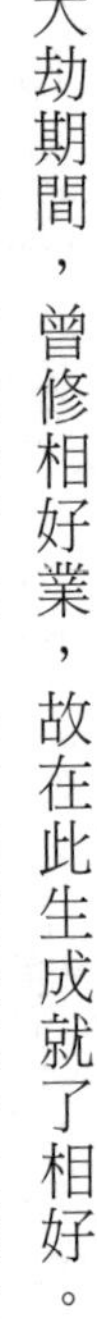

大劫期間，曾修相好業，故在此生成就了相好。

《瑜伽師地論》說：「當知如是三十二種大丈夫相，八十隨好，菩薩若在種性地中，唯有種子依身而住；菩薩若在勝解行地，始能修彼得方便；菩薩若在諸餘上地，如是相好轉勝清淨；若在如來到究竟地，當知相好善淨無上。」這樣便可得相好的次第。《楞嚴經》有段記載令人頗為動容。大意是：

有一次佛問阿難，當初你看見些什麼？竟肯毅然捨棄了父母、妻兒的恩愛，而願意跟隨我出家呢？阿難答說：「佛啊！我看見您的三十二種相貌，與世上的凡夫不同；您的身體內外透明，猶如青色寶石，我也曾這樣地想，佛的相貌絕對不是從愛欲而生。因為從愛欲而生，總是粗濁、腥臭、膿血、骯髒，絕對不會產生這樣清淨、透明、殊勝、微妙、猶如紫金光，聚集在一起的相貌。我是喜愛您的相好，所以才跟您出家。」

八十二、體形高矮不重要　證得聖果最上道

【原典】

魏武將見匈奴使，自以形陋，不足雄遠國，使崔季珪代，帝自捉刀立床頭。

既畢，令間諜問曰：「魏王何如？」匈奴使答曰：「魏王雅望非常。然床頭捉刀人，此乃英雄也。」魏武聞之，追殺此使。

【譯文】

魏武帝要接見匈奴使者，自己深覺身形矮小醜陋，不能使匈奴雄服，便命崔季珪代替他接見使者，而武帝自己提刀站在坐椅旁邊。接見完畢後，武帝派間諜問使者說：「你覺得魏王怎麼樣？」匈奴使者答道：「魏王聲望非常清高，但站在他身旁提刀的人才是個英雄呀！」魏武帝聽了，便派人追殺使者。（容止篇）

【佛法解說】

人不可以貌相，海水不可斗量，先看人的外表，而昧於其德性、知識等內涵，可謂知人不明，愚昧透頂。

從佛教觀點說，不論一個人的出身、種族、貧富、性別、年齡、智愚、信仰、體形等等都不重要，只看能否開悟，知不知空性智慧才是最關鍵。有人虛有其表、西裝筆挺，奈何談吐粗俗、德行惡劣、不信因果是真正凡夫俗子，可憐復可悲。反之，有人雖然十分貧困、知識淺薄，但卻通情達理，明白因緣果報，且樂於助人……，甚至學佛修行，成就非凡，如《阿含經》下則記載：

跋提是祇樹給孤獨園的一位比丘，由於身體矮小，大家就以「矮個兒跋提」稱呼他，甚至有些年輕比丘經常拉他的鼻子、耳朵或拍他的頭嘲笑他：「大叔，你好嗎？快樂嗎？比丘的生活你煩不煩啊！」但跋提心地非常善良，從不生氣，也不回嘴。事實上，他的內心和神情都十分寧靜安詳。

佛陀知道跋提的耐心時，就說道：「阿羅漢永不發脾氣，不苛責別人，也不瞋恨他人。阿羅漢就像一座山，山不為風所動，阿羅漢也不為毀辱所動！」

這時候，其他比丘始知跋提已證得阿羅漢果。

由此引申，魏武帝應該參究《法句經》下首詩偈：「**如同堅固的石頭不為風所動，智者也不會毀譽所動。**」（八十一）

否則，身形缺陷引發的自卑情結，如果大權在握，不但自覺困擾，難得心緒寧靜，恐怕也容易疑心暗鬼，造成別人的不寧。

八十三、技藝高謀生易　調伏心可解脫

【原典】

凌雲臺①樓觀精巧，先稱平眾木輕重，然後造構，乃無錙銖相負揭。臺雖高

峻，常隨風搖動，而終無傾倒之理。魏明帝登臺，懼其勢危，別以大材扶持之。樓即穨壞。論者謂輕重力偏故也。

註①　凌雲臺：三國魏文帝在黃初二年所建，在洛陽，現已不存。

【譯文】

魏文帝所建凌雲臺的樓觀十分精巧，建築前，先把木材稱過輕重之後再來建築，所以沒有絲毫缺失，這座樓臺雖然高峻，且會隨風搖動，但卻不會有傾倒的憂慮。後來魏明帝登上高臺後，擔心它搖搖欲墜的情狀，就另外命人用巨大木材支撐著。不料經過這樣的改變，樓臺馬上就蹋下來壞掉了，談論的人都說是輕重偏頗，而不平衡之故。（巧藝篇）

【佛法解說】

從前建構凌雲臺的建築師或工匠們，真是聰明絕頂，且有相當淵博的建築知識，始能建築這樣不會令人憂慮與罣礙的凌雲臺。這群這築師與工匠們，即使有非凡的世間技藝，卻未必有調伏自己心念的出世間智慧。他們只能憑自己高明的技藝謀取生活資糧，但始終無法解脫生老病死的人生苦難，如下則《法句譬喻經》的記載值得參究。

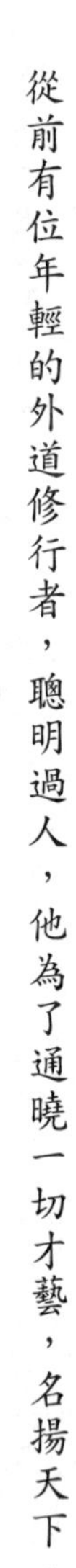

從前有位年輕的外道修行者，聰明過人，他為了通曉一切才藝，名揚天下，於是四處遊學，而來到某國城市參學。

他看見一個工匠正在作弓，此人剖筋切角，手法敏捷，買主爭先恐後，於是他拜工匠為師。

不久之後，他便學會作弓，技藝還勝過他的師傅。他志得意滿後，贈送些財物答謝師父，就拜別離去。他又遊歷到另一國家，在渡江時看見一位船伕，操舟如飛、速度輕快，於是又拜船伕為師。不久之後，他又學會了駕舟秘訣，技術很快超越船師。他志得意滿之餘，又以些財物供養船師後，告辭離開了。

接著他又來到某國家，看到國王的宮殿美侖美奐，天下無雙；因而拜殿匠為師，學習雕刻與建築技巧。不久後，他已成為一位宮殿建築專家，於是供養殿匠若干錢後，又辭別而去。

他這樣遊遍十六大國，學盡一切技藝，內心高傲的暗忖：「天地間有誰能勝過我的才藝呢？」

佛陀在定中遙見此人，洞悉他應可教化，便以神足化身為一個沙門，拄杖持蛛迎著他而來。外道修行人從未見過沙門，便問他是何許人？

沙門答說是個調身人，沙門以詩偈答說：「弓匠調角，水人調船，巧匠調木，智者調身；譬如厚石，風不能移，智者意重，毀譽不傾；譬如深淵，澄靜清明，慧人聞道，心淨歡然。」

沙門說完，就身昇虛空，還現佛身，三十二相，八十種好，光明照耀天地，然後冉冉下降，對年輕修行人說：「這就是我的道行變化，調身之力。」

外道修行人聽了，五體投地問道：「應如何調身呢？」

佛陀告說：「五戒十善和六度等，皆是調身方法，弓船殿匠等等，皆是綺飾、虛華之事，而且是消耗生命、放縱心神的生死苦海之路。」

外道修行人聽後，隨即出家，不久證得阿羅漢果。

八十四、三生有幸　續結善緣

【原典】

王珣、郗超並有奇才，為大司馬所眷拔。珣為主薄，超為記室參軍。超為人多鬚，珣狀短小。於時荊州為之語曰：「髯參軍，短主薄。能令公喜，能令公怒。」

【譯文】

王珣、郗超都有奇才，被大司馬賞識提拔。王均做主薄，郗超當記室參軍。郗超長很多鬍鬚，王珣的身材矮小。當時荊州的人民就歌誦說：「多頰鬚的參軍，矮小的主薄。能令公歡喜，也能使公憤怒。」（寵禮篇）

【佛法解說】

從三世因果的高度看，王珣、郗超和大司馬三人都有宿世良緣，今生始得再度重逢，且續結善緣，真是好事一樁。文章說，王珣、郗超都很有本事，自然成為大司馬的左右手，共同締造今生的官場作業。

佛陀的教團中，舍利弗和目犍連都各有能耐，前者被稱智慧第一，後者稱為神通第一，因而成為佛陀門下兩位得意弟子，對僧團的擴展與茁壯功不可沒。依《四分律》載：

某年，提婆達多竭盡口舌之能事，慫恿五百名新入教團的僧眾去伽耶山，另組新的僧團，企圖跟佛陀同起同坐，自行稱佛。這樣當然分裂了教團……。於是，舍利弗與目犍連一同前往伽耶山，各顯本事。只見目犍連大顯神通躍上虛空，偶爾現身說法；偶爾隱身說法，或者現出半身說法，或者放出煙火；有時從

身體上端噴火、有時從身體下端放水；反之，有時從身體上端放水，從身體下端噴火；甚至全身上下燃燒著火，毛孔噴水出來。

目犍連神通一結束，接著有舍利弗為僧眾講解四聖諦法，僧眾聆聽法要後，當場斷除了煩惱，而睜開法眼。這時，舍利弗與目犍連才同時起立告訴大眾說：「如果是世尊的弟子，就隨我來吧！」

眼見五百名新進僧眾紛紛起立，跟著兩人後面離去；他們離開不久，有人告訴提婆達多說：「提婆達多啊！快醒來，舍利弗和目犍連帶走五百名僧眾啦！」

提婆達多驚跳起來，氣憤之餘昏厥在地上。

到了晚年，舍利弗與目犍連都比釋尊先入涅槃。某日，釋尊從王舍城來到那羅陀村，在露天舖設座位，安坐之後，環視弟子們說道：「在我的門徒裡，沒有人比得上舍利弗與目犍連；他們曾經為擴張教團、教化社會而奉獻了畢生的努力。現在失去了他們，等於喪失我的好幫手，這樣使我真難過，你們不妨搜集各類香華來供養他們的舍利。」

由此可見，釋尊對兩位高徒的敬愛，以及對他們的圓寂是多麼哀痛。

再依世間法說，身為主管或領導者，除得有自知之明，曉得自己有何特長，

有何缺失，還要有識人之才，容人的肚量，觀察那些部屬是人才、庸才或通才，繼而知人善用，用人不疑，待人厚道，便能形成有效率、有衝勁的團隊，創造偉大的事業或成就，如大司馬之輩是也。

八十五、堅守崗位　盡忠職守

【原典】

王子猷作桓車騎騎兵參軍。桓問曰：「卿何署？」答曰：「不知何署，時見牽馬來，似是馬曹。」桓又問：「官有幾馬？」答曰：「不問馬，何由知其數？」又問：「馬比死多少？」答曰：「未知生，焉知死？」

【譯文】

王子猷做桓車騎兵參軍。桓車騎問他說：「你擔任什麼官職？」他答道：「不知道，經常看到牽馬來，好像是在管馬。」桓車騎又問他：「那官署中有多少匹馬呢？」他答道：「我從來不過問馬，怎會知道馬的數目呢？」桓車騎又問他說：「馬近來死了多少呢？」答道：「活的馬有多少我都不知道，怎麼知道死的馬呢？」（簡傲篇）

【佛法解說】

真正一問三不知，糊塗透頂。這種處事態度不但完全違反佛道修行的章法，連世俗的處事方面也不應如此隨便。古德說：「不在其位，不謀其政。」而今親身擔任此項職務，竟連份內最起碼的事務都一無所知，無疑是世間教育的最壞示範，嗚呼，可悲復可歎！

日本曹洞祖道元禪師說：「佛道遍佈在整個大宇宙，而不是特別藏匿在何處。只要有心辦道，不論何時何地都可以做到。我們的舉手投足，一言一行，都是辦道修行的開始，只要誠心誠意，全力以赴，貫徹在應該完成的作業上，自然就與佛道打成一片。不管作業是大是小，是粗是細，是文是武，是貴是賤，都一樣偉大、一樣珍貴。當典座也好，當園頭或搬柴挑水，都是難得的辦道修行。反之，如果心不在焉，馬馬虎虎，即使打坐、看經、念佛也不算辦道或修行。」

哇！一針見血，真正點破佛道修持的要訣與規則。

臺灣法光寺開山祖如學禪師平時不斷向徒眾耳提面命，再三教示：「時、所、位」的道風。這話跟古德說「照顧腳下」的寓意相通，亦是禪道修行的座右銘。如學禪師有一位俗家侄子讀大學時，曾經瘋狂的投入佛學社活動，即參與五個研討小組——《楞嚴經》、《華嚴義海》、《成佛之道》、《百法明門》和一組非佛教的哲學討論，並兼辦學術社務，真是忙累不堪而幾乎荒廢了學業，但他覺得為了佛法，一切都值得。

一天，他很高興去見如學禪師，坦述自己的活動，以為會得到嘉獎，誰知禪師反而嚴肅的警告他說：

「你已經偏離了學生本分，也不照顧自己的生活，你這樣學習佛法，對你實在沒有幫助。也許等那天你悟了本性，那時，那些道理會對人更有幫助，因為你可解釋得更清楚……。譬如學生可以當學生佛，媽媽可以當媽媽佛，任何人只要腳踏實地以『佛心做事』，就是在行佛道了。」

這段開示有夠清晰明白，人不論在什麼時候，扮演什麼角色，都要認真做好分內的事。所謂「你做什麼，就要像什麼。」或者「不做便罷，一做就要做得最好。」這就是「時、所、位」的真諦，千萬不要做一行，怨一行，或隨便應付就夠啦。

某年有一則國外報載，日本鮮花振興協會在母親節前夕，發表一項調查報告指出，日本國民對母親的形象，以「賢妻良母」高居首位，依次為「天真浪

漫」、「認真家務」、「終身無休」、「無怨無悔」、「付出最多」……。可見那些形象即是「媽媽佛」，「媽媽菩薩」的指標。「媽媽佛」沒有國界，天下父母心都一樣，女人一旦結婚生了兒女，角色與工作性質會不一樣，各與婚前的小姐時代大異其趣；有了這個領悟，再從「時、所、位」來觀照修持，必能成為「媽媽佛」、「媽媽菩薩」。

《雜譬喻經》下則故事耐人尋味。大意是：

釋尊在王舍城靈鷲山說法時期。從前有某國的王子年僅七歲，就到山裡修行仙道。後來，國王死了，沒有適當的人繼承王位，群臣商議結果，決定要把成仙的王子迎接回來。理由是，他本是王子，又在山中修道多年，若返國繼任王位，各方面都很適合……。因此群臣把他請回來了。之後他和群臣之間也未必意見融洽，但他深知對這個職務責無旁貸，應該盡忠職守，把國家治好。

在王宮中，廚師施展手藝，調製百般色香味美的佳餚伺候，極適合國王口味。不料，國王把飲食外的一切大小事都委任廚師去處理。群臣不禁嘲笑，並稟告國王：「百官職責各有不同，廚師只負責調製飲食，衣官業管衣服，其他兵役、倉庫等各有專職，他們盡忠職守，各司其職就好了。」

八十六、君子能和睦相處　小人會結黨營私

【原典】

鍾毓為黃門郎，有機警，在景王坐燕飲。時陳群子玄伯、武周子元夏，同在坐，共嘲毓。景王曰：「皋繇何如人？」對曰：「古之懿士。」顧謂玄伯、元夏曰：「君子周而不比，群而不黨。」

【譯文】

鍾毓在朝做黃門郎，生性頗為機警，在景王座上宴飲。當時陳群的兒子玄伯，武周的兒子元夏陪同在座，一起嘲笑鍾毓。景王問說：「皋繇到底是怎樣一個人？」鍾毓答說：「古代有德行的人。」回顧玄伯、元夏說：「做為一個君子是誠信忠厚而不會偏顧私黨，與大眾和睦相處而不會結黨搞派系。」（排調篇）

【佛法解說】

民主社會有形形色色的社團，團員們追求共同目標無可厚非，若社團中有些人彼此特別投緣，理念特別相近，來往比較頻繁，只要不破壞或分裂全團的大發展、大利益是被允許的；反之，只搞小派系，僅圖自己或少數人利益是不可原諒

的，結黨營私故也。

佛教徒熟知佛陀時代有僧團不和的事件，那是惡名昭彰的佛弟子提婆達多在僧團搞結黨營私的例證，《阿含經》記載於下：

有一天，提婆達多打斷佛陀在竹林精舍說法，並且建議，由於佛陀日漸衰老，所以僧團領導的責任應該移交給他。佛陀拒絕他的建議，讓他感到非常羞辱。從此以後，他內心異常痛苦，也企圖殺害佛陀，但都失敗了。後來，他改採其他手段：建議所有的比丘，在一生之中都要遵守以下五條戒律：

（一）比丘必須住在森林裡。

（二）比丘只能依供養為生。

（三）比丘只能穿利用垃圾堆中找到的破布所做成的袈裟。

（四）比丘只能在樹下休憩。

（五）比丘不可吃肉或魚。

佛陀並不反對這些戒律，也不限制比丘遵守這些戒律，但出於其他的考慮，佛陀並不願意制定為僧團戒律。提婆達多聲稱這五條戒律比既有的戒律好太多了，有些新出家的比丘也附和他的說法。有一天，在佛陀的詢問之下，提婆達多承認他所以提議增設五條戒律是要分裂僧團。佛陀於是忠告他，這是非常嚴重的惡行，但提婆達多不聽佛陀的勸告。後來，提婆達多告知阿難，從此以後，他要從事與佛陀領導的僧團全無關連的宗教活動。

阿難把這消息向佛陀報告，佛陀說：「提婆達多如此分裂僧團，是非常嚴重的惡行，他將來會為這邪惡的企圖受苦難。」佛陀更進一步的說：「有德行的人很容易行善，卻難於造作惡行。邪惡的人，卻容易造作惡行，而難於行善。事實上，毫無益處的事容易做；善行、有益的事卻很難發心去做。」

提婆達多終於率領一群比丘到象頂上。後來，舍利弗尊者和大目犍連尊者前去勸誡跟隨他前去的比丘，其中很多比丘也知過悔改，回來依止佛陀。

若結黨營私而與大眾格格不入，會喪失和睦相處的樂趣，尤其如佛道行者孤芳自賞，或性格怪僻不與人交往，那就無法分享同修們共修時交換心得的利益，單靠自己暗中摸索，就不能從別人的體驗中得到寶貴的啟發與助緣，這何嘗不是一件大損失。下則《星雲說偈》——「與眾相處」，值得恭讀咀嚼。

菩薩於眾生，能為饒益事，
以清淨四攝，普遍諸有中。——《大寶積經》

菩薩如何對待一切眾生？如何與大眾相處和諧，獲得眾人的愛戴？首先，菩薩既然稱為菩薩，菩薩都是饒益眾生，做對眾生有益的事。比方說，給人得度的因緣，或者是為人加持，消除他們的業障，給予眾生幫助。菩薩只有愛護眾生、幫助眾生，這才能稱為是菩薩。

菩薩以「四攝法」來普濟群生，令眾生受益，四攝第一是「喜捨」；第二是「利行」；第三是「同事」；第四是「愛語」。

譬如菩薩以愛語來對待我們，以愛語來讚歎我們，讚美我們很發心，成就許多的好人好事、殊勝因緣，非常的難能可貴等等，大家得到菩薩的讚美後，就更加精進努力。

又如「同事攝」，如果你是軍人，就對你講述如何做一個軍人；如果你是一個教書的老師，就告訴你如何做一個教育家。所謂的「同事」，就是依你的習慣、你的喜好，來和你來往，獲得你的認同。

此外「利行攝」，就是以幫助對方來獲得認同。當你力量薄弱，就增加你的力量；當你遇事困難，就幫你解決困難；當你想做好事，就幫助你去做好事，這就是所謂的利行。

至於「喜捨攝」，則是給的布施。菩薩以歡喜的布施，或語言的布施，還有道理的布施，以及精神力量的布施等來給人，當然，金錢物質更要布施。因此，菩薩饒益有情眾生，有喜捨、利行、同事、愛語等種種方便，令眾生，都能歡喜皈依在諸佛菩薩的座下。

「普遍諸有中」，菩薩饒益眾生普遍運用在諸有情中，是人人一視同仁的，讓所有的有情眾生，都能分享到諸佛菩薩的功德利益。所以，若能成就四攝法，就能給予眾生無盡的利益。

菩薩為了度化眾生，必須善解種種的方便，就如以四攝法來攝受度生。「四攝法」不僅適用於度化眾生，即使現今的人際往來或是職場工作，若懂得善用「四攝法」，必然也能在大眾相處上和諧順利。

八十七、恪守飲食規矩　培養健康條件

【原典】

陸太尉①詣王丞相，王公食以酪，陸還遂病。明日與王牋云：「昨食酪小過，通夜委頓。民雖吳人，幾為傖②鬼。」

註① 陸太尉：即陸玩，字士瑤，或稱太尉。

註② 傖：吳人稱中州人為傖。

【譯文】

陸太尉去見王導丞相，王丞相拿酪給他吃，陸太尉回到家後生病了。第二天寫信給王丞相：「昨天吃酪稍多一些，整夜精神萎頽衰落。我雖然是吳人，卻差點做了中州的鬼。」（排調篇）

【佛法解說】

古人說「病從口入」，不是無的放矢。現代醫學建議適時適量，或多餐少量，而反對不按時飲食與暴飲暴食，這與早年的佛教醫學觀不謀而合，今舉下則佛經記載為證。

憍薩羅國波斯匿王有一天吃完早餐後，前往祇樹給孤獨園。他當天吃太多的咖哩肉飯，所以在聽聞佛陀說法時，精神不振，不斷打瞌睡。

佛陀就勸誡他：「國王！進食應適量，身體才會舒適。」國王接受佛陀建議，從此以後奉行適量的飲食，身子因此比往昔輕盈，情緒愉快，也比較健康。

佛陀在國王向他訴說改善情形時，告訴國王：「國王，健康是最高的福報。」

下則《修行道地經》故事也值得玩味：

且說釋尊在舍衛國的衹園精舍弘法時期。某國的王宮有一個專門負責狩獵的單位。經常捕捉鳥類，剪下羽毛，關進籠子裡，然後選出較肥者，殺來供給每天的膳食。結果，鳥兒一天天減少了。

有一天，被捕來的一隻鳥，心裡暗自尋思：「肥胖的先被殺死，一旦我長肥了，也勢必被殺無疑。如果絕食不吃，也照樣會餓死，以後不如節制飲食，不胖不瘦，保持中庸，起居容易，出入也方便。這樣一來，就不怕被殺去煮了。以後，被剪下的羽毛也會生長，自然也就能逃出網洞，飛往自由的天地了。」

於是，牠實踐這個構想，幾個月後，果然成了自由身。

修行佛道也是這樣，如能節制飲食，身體會減輕。如不貪睡，則起居動作，或誦經課業，都能平靜穩當，大小便減少；淫、癡、怒等欲情也會降低，這樣就容易成就道行，節食的確有這些好處。

《九横經》記載更詳細的飲食規矩，若犯規便會夭壽：

（一）把非食物當做食物吃下肚。

（二）不計食量，即飲食過量。

（三）不按照習慣飲食，如出國旅行，若不懂當地的飲食習慣，吃下去也不易消化，飲食也要看季節變化。

（四）食物不消化。有人遇到嚴重不消化也照樣猛吃不停。

（五）大小便不定時。

（六）違反五戒。

（七）親近惡知識。

（八）行為乖僻。

（九）不閃避車輛、暴象、酒醉行為。

其中的前五項是有關食物的注意事項，只要避免它，就能延年益壽。至於非食物內容，今天特別嚴重。如有毒的甜食物，或色彩美觀及防腐劑的食品公害，市場上到了氾濫成災的地步，幾乎找不到什麼絕對安全食物了。

有些食物適應地方與氣候，那是人類的天然食物，為了適應風土氣候，不妨常吃那個地區成長的食物。細嚼食物對按食（時）飲食，無異健康是的兩大基礎。為了健康，排泄也要正常。

依佛教營養學的教訓，須把食物當做藥品吃，充分發揮與覺知食物之德才好。

八十八、不結交壞朋友　免得誤入歧途

【原典】

孫長樂兄弟①就謝公宿，言至款雜。劉夫人在壁後聽之，具聞其語。謝公明日還問：「昨客何似？」劉對曰：「亡兄門未有如此賓客。」謝深有愧色。

註① 孫長樂兄弟：即孫綽和其兄孫統。

【譯文】

孫長樂兄弟到謝安的家裡過夜。所談論的內容雜亂又無序。劉夫人隔著牆壁在後面偷聽，他們所說的內容她都聽到了。謝安第二天回去，問劉夫人說：「昨天來的訪客怎樣？」她答說：「我死去哥哥劉惔的家中從沒有像這樣的賓客。」謝公聽了覺得十分慚愧。（輕詆篇）

【佛法解說】

有道是「近朱者赤，近墨者黑」，證明選擇教育環境，與結交朋友的重要性。學佛修行尤其不能等閒，不能低估這句話。《法句經》有下句偈語亦可佐證：「**如果沒有行為端莊、智慧具足、適合共住的益友，就應該像國王放棄王**

國，或獨自生活在森林的象，獨自居處。」（三二九）。

又《僧伽吒經》下則故事更為清楚，大意是：

某年，釋尊在王舍城的靈鷲山對群眾說法。

釋尊說結交生性不良的朋友，或向滿懷惡智慧與邪見的長輩請教，都是非常危險的事。因為跟他們深交或請教，會使自己墮入深谷底下。有一次，釋尊舉出下面一段寓言，向藥上菩薩講解——親近這些惡知識多麼危險。

且說有一個家庭有親子三人，生活不太富裕。父母不信佛教，只深信外道的邪教。有一次，他們的獨生子突然患病，痛苦萬分。

當時，父母對患病的兒子提到死亡的恐懼：「疾病是人類難以避免的痛苦。疾病一定會伴隨著死的苦痛。死——眼睛看不到東西，耳朵失去聽音的作用，手腳冷凍，不能活動，身體像木頭一樣，沒有感覺。不久，你也會被這種死苦所逼，苦惱的不得了。」

以往，兒子根本不曾想到死亡的狀態，現在聽父母一說，嚇得全身冒出冷汗，同時請教父母，怎樣才能逃避死亡的痛苦？

「你們不能講這些話來恐嚇我。我的身體既沒有發燒，也沒有地方痛苦。但一想到那個恐怖的死魔，不久會來襲擊或折磨我時，我忍不住害怕起來。我若想免於這種死亡的痛苦，不知要向誰求救才好呢？或者有誰能夠拯救我的死呢？諸天有能力救護我嗎？」

「那就只有祭拜天神了，他們一定能救你。」

「我們趕緊來祭天，早日得到安樂。」

接著，兒子依照父母的指點，即刻走到村子的神廟，向神廟的漢子打聽祭祠方法與儀式。一會兒，父母也隨後趕到。父母親一面焚香，一面按守廟者的指引去求神。這時候，神官的態度嚴肅，語氣慎重的教導他們：「天神正在激怒，如要解消他的怒氣，只有殺人宰羊，呈獻犧牲來祭祠。否則，沒有別的辦法。只要這樣祭祠，你孩子的身體才能平安。」

這個神官的話含有惡智慧，反而很讓父母親著迷，他們不加思索的盲信對方的話。他們雖然有意殺羊呈獻，可惜，既找不到羊，也無錢去買羊。如果不去祭祠，說不定愛子會一命嗚呼。在這種情況下，他們十分痛心，只要讓天神心喜，才能拯救愛子的性命。

一想到此，他們匆匆回家去，變賣為數很有限的家財道具，結果才好不容易

買一頭羊回來。同時，他們又向附近村民求救：「請你們借點兒錢給我，十天內一定奉還，如果日期一到，不能償還時，我會替你們幫傭，以工資償還貸款。現在急用這筆錢，請你們幫幫忙吧。」

費時頗久，才籌了一筆款，父母親到市區去買人。不消說，買這個人是準備殺來祭神用的。然而，這個人做夢也想不到他們的殘忍行為。

他們如願得到羊與人，聽從神官的吩咐，不回家去，反而直接前往神廟。「神官，我們依照你的吩咐帶人帶羊來了。請你為我們祭祀天神好嗎？」一說完話，他就動手殺人宰羊，焚火祭祀天神。此時天神下降，對這對老夫婦說：「你們不必耽憂，我會救你們的兒子，好讓他早日安樂。」

老夫婦聽見神的宣告，知曉愛子很快會病癒，就能看見他平安的樣子，不禁喜不自勝：「天神賜予我們大恩大德！會醫好兒子的病。」

他們先向天神千恩萬謝，之後，才要匆匆回家，看看臥病在床的兒子，告知此事，好讓他安心休息。不料，當他們到病房一看，兒子早已氣絕死了。父母親悲痛之餘，也自殺隨兒子的後塵而去。

聽從神官的邪見，不惜殺害尊貴的人命和生靈，企圖醫好孩子的病患，結果

不僅成了泡影，而且大家同歸於盡，實在可悲極了。

死後的母親，墮入大叫喚地獄，父親墮入眾合地獄，兒子墮入火燒地獄，神官地墮入阿鼻地獄了。慘遭殺害的人，反而能夠出生到天界。由此可見，接近惡知識，顯然得不到涅槃。

八十九、獲得錢財靠福報　活用錢財要智慧

【原典】

郗公①大聚斂，有錢數千萬。嘉賓意甚不同。常朝旦問訊，郗家法，子弟不坐，因倚語移時，遂及財貨事。郗公曰：「汝正當欲得吾錢耳。」迺開庫一日，令任意用。郗公正謂損數百萬許。嘉賓遂一日乞與親友，周旋略盡。郗公聞之，驚怪不能已已。

註① 郗公：字道徽，或稱太尉，太傅，郗公。

【譯文】

郗愔收斂大量錢財，多達數千萬，嘉賓很不贊成父親的做法。因而常常藉機詢問錢財之事。按郗家的規矩，子弟是不能與長輩同坐的，所以嘉賓只好靠在父

親身旁和他說話，最後話題才轉向錢財方面。郗公說：「你只想得到我的錢財罷了。」就把錢庫開放一天，任由嘉賓大方使用。郗公預計大約損失數百萬錢。嘉賓就在一天之間拿錢給親朋好友，交際應酬都把錢花光了。郗公乍聽此事，相當的驚訝，好久不能平靜。（儉嗇篇）

【佛法解說】

俗話說「君子愛財，取之有道」，倘若有了大量錢財而不懂得活用，就成了守財奴。有生之年，若對錢財仍舊貪戀不捨，不但今生無法受用「知足常樂」的日子，死後的果報更出乎意外的悲慘與恐怖。

如《賢愚經》下則記載令人驚異，令人唏噓。

波羅奈國有一位黃金崇拜者，一輩子努力不懈，也無非為了賺錢，而人生的最終目的也是為了賺錢，這是他獨特的信仰與人生哲學觀。雖然，他平時衣裳襤褸、粗茶淡飯，且又非常吝嗇，若為了賺錢，他會不眠不休，拼命工作，結果，總算有了相當財富，可是，為了保存這筆巨款，免於盜竊也傷透了腦筋。

顯然，他因為滿足金錢慾望，才攬上一身苦惱。後來，他煞費苦心，才買了一個瓶子來裝錢，之後將錢罐子埋在家屋地下的深處。

總之，他每天努力賺錢，再將它慢慢儲存來。一天，他終於儲滿七罐錢財了，當他看見七個錢罐都埋在地下，覺得人生無上快樂，無如，他只知拼命賺錢，再壯的身體也會拖垮，終於一病不起，辛苦半輩子的錢財，沒有花到就一命嗚呼了。

因為他的愛財心太強，雖然人已經亡故，但死得不安心，致使內心由貪而瞋，終於變成一條毒蛇，再投生到人間，返回原來房子，嚴加看守地下的藏金，這棟失去主人的房屋，年久失修，受盡風吹雨打，以至逐漸凋落荒廢，再也不能供人居住了。那條投胎轉世的毒蛇，壽期盡時也一命歸陰。不料，牠對錢罐子的執著，卻愈來愈強烈，結果又顯現毒蛇的形狀，日夜在看守牠心愛的錢罐子。

為了一股執迷念頭，害他數度變成毒蛇的恐怖外形，也一直出生世間看守七個錢罐子，這樣前後經歷好幾百年。最後一次投胎轉世時，這條毒蛇竟也恨起自己的蛇身，開始厭憎自己以往的心態了，牠不時尋思：「自己反覆呈現如此醜惡的蛇身，由蛇身再輾轉為蛇身，其所以如此，無非執迷那些錢罐子，怕它落到別人手上。只因熱愛幾個錢罐子，便忍受毒蛇醜惡外形，未免太卑賤了，果真不捨這份執迷，自然一直拋不掉醜惡的蛇身。現在，不如將這筆錢布施給人，藉此功

德，才得有未來永恆的幸福。」

這條執迷錢財的毒蛇，乍然從愚癡的迷夢中覺醒，進而得到布施的淨業，牠能以堅強的勇猛心破解貪著的妄念，總算是幸福的第一步……。

有人想把錢財留給子孫，可別忘了「富不過三代」的古訓，如近代高僧虛雲老和尚有下段話應可參究：

就以財為主，廣慧和尚勸人疏於財利……，五欲第一個字就是財。人有了錢財，才有衣食住，才想女色娶妻妾……。世人總以為有財為樂，無財為苦，無財想有財，少財想多財，有了白銀，又想黃金，不會知足；既為自己打算，又為子孫打算，一生辛苦都為錢忙，不知有錢難買子孫賢，無常一到分文帶不去，極少能看穿錢財的……。從前是錢，現在是紙，更累死了……。

那麼，擁有大量錢財又該怎樣活用呢？一同恭讀下則《星雲說偈》——「應時修福」，不難得到寶貴的啟發……。

時雨數數墮，五穀數數成，

數數修福業，數數受果報。——《大智度論》

這首偈語告訴我們，世間萬物自有其生長的法則，這個法則就是「因果」。

比方，花的種子擺在桌上，沒有泥土的滋潤，怎能期待它生根發芽、開花結果？建造房子不按部就班，任意偷工減料，房子怎能堅固？所以從因到果中間的緣很重要的，緣不具就無法成事。

常看到有些人，不在因的上面講究，卻在果的上面計較。所謂「由果溯因」、「有因有果」，你平時不注重健康保健，卻希求佛菩薩保佑身體健康；不開源節流，卻要佛菩薩保佑你賺錢發財，這是不對的。

另外，佛教講「菩薩畏因，眾生畏果」，菩薩在果報還沒發生前，就會謹慎注意，可是凡夫不同，做壞事的因他不怕，到了受果報時才惶恐害怕。

「時雨數數墮，五穀數數成」，五穀禾苗有雨水的滋潤，就會不斷成長，但下雨的時機和雨量很重要的，這就是中間的緣。好比狂風暴雨也是雨，但它會損傷穀物；毛毛細雨一樣是雨，卻緩不濟急，無法滋潤所有的土地，唯有應時應量的雨，普遍均等分配，五穀禾苗才能順利成長、豐收。

沒有雨也不好，雨太多也不好，等於我們的生活，太過享樂會不知苦難，沒有憂患意識的人生是很危險的；相反的，以苦難為生活，完全不講求休閒育樂，久了也會感到人生像槁木死灰，毫無趣味可言；能做到「中道」，才是最好。

「數數修福業，數數受果報」，修集福業要懂得細水長流，應時隨分。好比有的人很慷慨，一下子布施很多，到最後懊悔煩惱，那就划不來了。因此，不論做什麼善事，必定要自己不苦惱、不懊悔，好的因緣果報自然會源源不斷而來。

九十、破解吝嗇秘訣　放在慈悲樂施

【原典】

衛江州①在尋陽，有知舊人投之，都不料理，唯餉王不留行②一斤。此人得餉，即命駕。李弘範聞之曰：「家舅刻薄，乃復驅使草木。」

註① 衛江州：晉朝安邑人，本名叫衛展，字道舒，曾任江州刺史。

註② 王不留行：草藥名，莖高三尺許，葉如箭鏃形。子如豆，熟則黑，可治金瘡等病。

【譯文】

衛江州（衛展）在尋陽作官時期，若有老朋友來投靠他，他都不會照料理睬對方，只有贈送給對方一斤「王不留行」的藥草。這人得到饋贈後，衛江州就叫

對方趕快駕車離開。李弘範聽到後說：「我舅舅待人這樣苛薄，不留人也就罷了，怎麼又驅使草木來逐客？」（儉嗇篇）

【佛法解說】

浪費奢侈固然不對，吝嗇刻薄也不好。佛教可用慈悲來對治吝嗇。那麼，怎樣實踐慈悲行呢？答案是樂施好善，如下則《星雲說偈》—「樂施的益處」。

終不遠離一切聖人，一切眾生樂見樂聞；
入大眾時不生怖畏，得好名稱莊嚴菩提。——《優婆塞戒經》

這段話出自《優婆塞戒經》，說明樂施的人能得到的幾種利益，對我們實踐佛法，處世應對也有很大的啟示。

「終不遠離一切聖人」，交朋友必須有所選擇，所謂「近朱者赤，近墨者黑」，與聖賢相交，可以從中得到許多的利益；佛教也常要我們要親近善知識，甚至孔子提出益友有三種：友直、友諒、友多聞，必須親近有道德、有慈悲、有智慧的人。因此我們不能遠離聖賢之人、道德之人、慈悲及智慧之人。

「一切眾生樂見樂聞」，見到好人好事，不但心生歡喜，還要隨喜讚歎；見到善美的語言，要很歡喜的聽；聽聞好的知識，願意虛心學習並謹記在心；此

外，還要樂於和社會大眾相處，樂於聽大家的善言，樂於聽聞各種好的資訊及報導。

「入大眾時不生怖畏」，人在世間無法一個人單獨存活，從出生以後，要仰賴父母養育；讀書了，要有老師教導，平時要有同學、朋友給予提攜幫助。總之，人是群居的動物，要投身到這個社會中與大眾相處，最重要的是能不畏懼。一個人如果看到人就畏懼，與人談話也畏懼，經常的畏懼，他會感覺到這個世界不可愛，世界就不會是他的了。所以凡事不要害怕，這個世界是屬於勇敢的人的。

「得好名稱莊嚴菩提」，在生命的過程中，個人在各方面有了成就，不應獨享，要能與大家共同享有。甚至自己的所有都能夠樂善好施，所謂「獨樂樂不如眾樂樂」，有這種供養心的人，必定能自利利他，不但受眾人肯定，也能莊嚴自己的菩提道果。

世人常說，錢財是身外物，生不帶來，死不帶走；有生之年，應該思考世間除了錢財以外，是否還有其他東西也極重要，甚至比錢財有過之無不及，答案當然有，就是自己的生命。例如下則報導，值得反覆玩味、一看再看。

賈伯斯在病床上對人生的感悟：我曾經叱吒商界，無往不勝，在別人眼裡，我的人生當然是成功的典範。但是除了工作，我的樂趣並不多，到後來，財富於我已經變成一種習慣的事實。此刻，在病床上，我頻繁的回憶起我自己的一生，發現曾經讓我感到得意的所有社會名譽和財富，在即將到來的死亡面前已全部變得暗淡無光，毫無意義了。黑暗中，我看著那些金屬檢測儀器發出幽綠的光和吱吱的聲響，似乎死神溫熱的呼吸正向我靠攏。

現在我明白了，人的一生只要有夠用的財富，就該去追求其它與財富無關的，應該是更重要的東西，也許是感情，也許是藝術也許只是一個兒時的夢想。

無休止的追求財富，只會讓人變成一個變態的怪物，正如我一生的寫照。

上帝造人時，給我們以豐富的感官，是為了讓我們去感受他預設在所有人心底的愛，而不是財富帶來的虛幻。

我生前贏得的所有財富我無法帶走，能帶走的只有記憶中沉澱下來的純真的感動，以及和物質無關的愛和情感，它們無法否認也不會自己消失，它們才是你人生真正的財富。會一直隨著你、陪著你，給你力量和光明。

愛行千里，命無邊際，你想去哪裡就去哪裡，想登多高就登多高，一切都在你的心裡，在你的手裡。

「世界上什麼床最貴」？「病床」！

可以有人替你開車，替你賺錢，但沒人能替你生病，東西丟了都可以找回來，但是有一件東西丟了，就永遠找不回來，那就是生命。

一個人走進手術室時，才發現還有一本書沒讀完，那叫「健康人生」。

以上是賈伯斯對人生的感悟。無論我們現在正處於人生的任何階段，隨著歲月的流逝，終究要面對落幕的一天，該好好珍惜親情、愛情與友情。「善待自己」「珍惜別人」！

最後，請恭讀下則《阿含經》記載：

阿難達是舍衛城中非常富有的人，但卻吝於布施。他常常對兒子牧拉斯里說：「不要自以為有錢，我們不應該花錢，反而要更努力累積財富，否則，財產會日漸減少。」他甚至在屋裡埋藏了五甕的金幣，但直到他去世的時候，也沒有告訴兒子埋藏的地點。

富人死後，往生到離舍衛城不遠的乞丐村。從他投胎的母親開始懷孕起，所

有乞丐的收入就減少，他們認為其中一定有個不祥的人，就逐步過濾，最後判斷這懷孕的婦女就是禍首，她於是被驅逐離開村子。後來這婦女生下一個醜陋、人見人厭的兒子。每次她單獨外出乞討，就能得到與從前一樣多的施捨，但若帶著兒子一起乞討時，就什麼也得不到。所以等兒子長大後，她就要兒子單獨外出乞討。當他走到他前世的房子時，他前世的孫子們看見他醜陋的外表時，心生恐懼，就叫僕人把他趕走。

這時候，也在城裡化緣的佛陀看見這件事情，就叫阿難前去請牧拉斯里（**乞丐前世的兒子**）前來一談。佛陀告訴牧拉斯里，這年輕的乞丐實際上是他前世的父親，但牧拉斯里不相信，佛陀就叫乞丐去挖出那五甕金幣，牧拉斯里這才相信。此後，他就成為佛陀虔誠的信徒。

九十一、心術不正　行跡敗露

【原典】

王君夫①有牛名八百里駮②，常瑩其蹄角。王武子語君夫：「我射不如卿，今指賭卿牛，以千萬對之。」君夫既恃手快，且謂駿物無有殺理，便相然可，令

武子先射。武子一起便破的；卻據胡床，叱左右「速探牛心來。」須臾炙至，一臠[3]便去。

註①　王君夫：即王愷，字君夫，東海人。曾為後軍將軍。死後謚曰醜。

註②　駮：一種猛獸之名，能食虎豹。

註③　一臠：一塊切肉。

【譯文】

王君夫有一條取名為八百里駮的牛，他常替牠修整蹄和角。王武子告訴君夫說：「我的射擊技術不如你，現在目標是你的牛，我用一千萬來作賭注。」王君夫仗恃自己射箭快，而且認定這麼好的畜生，武子沒有殺牠的道理，便允諾了，叫武子先射。武子一箭就射中了牛；之後退坐於胡床上，呵叱左右說：「快去把牛心給我挖出來。」頃刻間就烤好拿來，他只吃一塊肉就離去了。（汰侈篇）

【佛法解說】

上文有兩項要旨：一是明顯的漠視畜生性命，昧於佛教眾生平等的智慧，犯了殺生重罪，依現代話說，他完全不懂生命的尊嚴，心性殘酷；二是弦外之音，技不如人，憤恨在心，乾脆趁機殺死對方心愛之牛來洩恨，即嫉妒心作祟。

《法句經》說：「嫉先創己，然後創人；擊人得擊，是不得除。」

星雲大師說：「人為什麼要嫉妒別人呢？究其原因，往往是因為自信心不足，才會產生嫉妒的心理。其實，嫉妒他人，會失去自我成長的機會；懂得尊重，欣賞比自己能力好的人，反而受益更多。」說穿了，如能見賢思齊，把對方的優點當做自己的奮鬥與學習目標，不斷鞭策自己才是上策。

佛道行者戒殺是第一要務，不管天上飛的，地面走的，地下鑽的，水中游的，草叢裡住的……，一切生命尊嚴都平等無二，牠們照樣有業識，會輪迴，受報結束後也有機會得解脫。如果惡意殺死牠，說不定以後在那一道相遇，無異仇人相見會分外眼紅，這來，冤冤相報永無了結。

請讀《阿含經》以下記載：

有一位比丘善於投擲石頭，即使是快速移動的目標，他也能準確投中。有一天，他和另一位比丘到河中沐浴，完畢後，他們坐著休息。這時候，他看見兩隻大雁鳥在天上飛，他告訴同伴，他能用石頭擲中其中一隻的眼睛。

說完話後，他就拾起一塊鵝卵石，瞄準其中一隻大雁鳥投了出去，結果如他所說的直接命中。大雁鳥一聲哀號後，墜落在這年輕比丘的腳下一命嗚呼。

同伴目睹這件慘事後，向佛陀報告。佛陀告誡他。

「比丘！你為什麼要殺大雁鳥呢？尤其身為比丘，更應訓練自己，對眾生要有慈悲心，並且精進求解脫。比丘一定要調伏身、口、意。」

請讀讀印光法師下段法語：諸惡業中，唯殺最重……，須知水陸飛潛諸物，同吾靈明覺知之心。但以宿業深重，致使形體殊異，口不能言。觀其求食避死情狀，自可悟其與人無異矣。吾人承宿福力，幸生人道，心有智慮……。以我之強，凌彼之弱。食彼之肉，充我之腹。必至一旦宿福已盡，殺業現前，欲不改頭換面，受彼展轉殺食，其可得乎，況肉食有毒，以殺時恨心所結故……。須知刀兵大劫，皆宿世之殺業所感……又況瘟疫水火諸災橫事，戒殺放生者絕少遭遇。

許多人真可悲，凡事總愛計長較短，如比高矮，比學歷、比美醜、比智愚、比收入、比兒女等，因而陷入「人比人氣死人」的泥淖，時而怨天尤人，長吁短歎，何苦來哉呢？他們應該恭讀下則《星雲說偈》—「去勝負心」。

勝則生怨，負則自鄙；

去勝負心，無諍自安。——《法句經》

這四句偈教導我們，做人處事要用平常心、平等心，去除人我的勝負心，就能自在安樂。比方說，有些人喜歡打牌，如果贏了牌局，對方不歡喜；輸了牌，自己又不開心，所以只要還有輸贏、勝負，結局都會不歡喜、不圓滿，那麼又何必去打牌呢？

又如選舉，每逢選舉過後，總是幾家歡樂幾家愁。你高票當選了，對手不一定服氣，沒有投票給你的人也不歡喜，最後平白無故遭受了好多的怨恨。如果落選了，當初投注選舉的錢落空了，旁邊的人態度也跟著轉變，受了多少的閒氣，心裡也感到自卑，甚至覺得人生沒有意義。這樣的勝負之爭，讓我們互生怨隙，又有什麼意義呢？

現今的世界，國家和國家爭，民族和民族爭，種族和種族爭，地區和地區爭，甚至每個兒女都想在父母面前爭取表現，希望勝過其他的兄弟姐妹。像這樣，經常懷有超越別人的競爭心態，內心必定要承受不少的壓力。

事實上，一個人的功名成就不是靠爭取而來，因為爭取來的名利很快就會過去。所謂「實至名歸」，只要一個人有道德、有學問，待人慈悲、人格崇高，能夠讓人尊重、景仰，就算是他不想出頭，大家也會主動擁護他、推舉他。

所以奉勸世間的人，凡是有勝負的地方，不要有一較長短的心態，也不要輕

易去介入。愈是計較勝負，慾望煩惱也愈多，終日難得平靜。俗話說：「打死會拳的，淹死會水的。」意思是：自以為懂得拳術，武功高的人，往往會被人打死，因為強中自有強中手；會游泳，自以為泳技高超的人，也常因一時疏忽慘遭滅頂，類似這樣的例子，實在不少。

人生的勝負，就如「兵家常事」，只有用平常心去看待，不要太過於比較、計較，不要太爭強好勝，也不要太在意自己的感受，凡事懂得尊重對方，站在對方的立場想，然沒有紛爭，這才是真正的勝利。

最後，請恭誦《法句經》下首偈語：

「勝利造成憎怨，落敗的人生活在痛苦中；內心祥和的人捨棄勝利與失敗，和樂安住。」（二〇一）

九十二、惡口業報　不可忽視

【原典】

王緒數讒殷荊州於王國寶①。殷甚患之，求術於王東亭②。曰：「卿但數詣王緒，往輒屏人，因論它事。如此，則二王之好離矣。」殷從之。國寶見王緒，

問曰：「比與仲堪屏人何所道？」緒云：「故是常往來，無它所論。」國寶謂緒於己有隱，果情好日疏，讒言以息。

註① 王國寶：太原晉陽人。中書令王坦之第三子。

註② 王東亭：即王珣，常稱東亭。

【譯文】

王緒好幾次在王國寶面前說殷荊州的壞話。殷荊州很憂愁，就去請王東亭想辦法。王東亭說：「你常去拜訪王緒吧！雙方見面時，記得斥退左右，再談些世俗事就行了。這一來，他們兩人之間的友好關係就要疏離了。」

殷荊州就照他所說的去做，王國寶看到王緒就問：「你最近和仲堪見面談話摒退左右，到底談論些什麼呢？」王緒說：「只是尋常談話，沒有說什麼特別的事。」王國寶認為王緒對自己有所隱瞞，果然兩人的友情越來越疏遠，讒言從此停息了。（讒險篇）

【佛法解說】

王緒平日愛講人壞話，習以為常，難免養成疑心暗鬼的心態。只要耳聞或目睹別人暗地私語，便以為他們在講自己的壞話，以小人之心度君子之腹，應可作

如是觀。

講人壞話即是惡口業，包括離間話與兩舌話，說得更白些，便是挑撥離間，誹謗別人，當然造下惡口業，故屬於十種惡業之一，因為會破壞人與人之間的親和關係，而造成雙方的苦惱。佛家說，兩舌或離間之罪，會令眾生墮入三惡道；若出生人間，也會得弊惡眷屬與不和眷屬的果報，故不能等閒視之。

《法句經》云：「**人若不能奉行自己所說的善語，無法得到善果，就像美麗但毫無香氣的花朵。**」（五一）

又《阿含經》有以下兩則記載可以佐證：

（一）瞿迦利迦比丘辱罵佛陀的兩大弟子——舍利佛尊者和大目犍連尊者。由於造作這種惡業，他會受惡報。比丘們就說瞿迦利迦會受大苦，是因為無法控制惡口業。佛陀告誡他們：「比丘必須善護口業，行為舉止必須善良，內心必須祥和、平靜，不可胡思亂想。」

（二）大目犍連尊者有一次和勒叉那比丘下山時，看見一隻豬面人身，悲慘的餓鬼。這時，大目犍連尊者只是微笑，回到精舍時，勒叉那比丘問尊者，因何微笑？尊者回答說，因為他看見那個滿嘴蛆蟲的豬面人身餓鬼。佛陀這時也說，在他證得究竟智慧，成為佛陀時，也曾親眼目睹該餓鬼，佛陀因此宣說該餓鬼的前世因緣。

早在過去佛時，這餓鬼是一位經常為人講經說法的比丘。有一次，他到有兩位比丘居住的精舍去。停留期間，他發現當地人民很喜歡聽他說法，他因此想到，如果能使這兩位比丘遠離該精舍，而為自己獨有，那就再好不過了。於是他開始分化離間這二位比丘，使他們爭執不休，終於都離開了精舍。因為這項惡業，他在死後，長期遭受苦報。今生，他也生為豬面人身，繼續受苦。

佛陀因此說：「身為比丘，應內心祥和，不可造身、口、意的惡業。」

最後，一同恭讀下則《星雲說偈》—「惡口如毒箭」

惡口如毒箭，著物則破傷；
若與身無益，慎口也何妨。——《法苑珠林》

這首偈語主要告誡我們，慎防惡口傷人，要美化自己說話的語言。

在家中，我們會掛一幅畫來美化客廳；外出時，我們會打扮時髦來美化外表，但這都是外在的美化，最重要的還是美化內在，美化我們的說話，美化我們的語言，以語言淨化我們的身與心。

如果能夠美化語言，則說出來的話，如同花一般芳香怡人；如同一幅畫，使人心情愉悅；如同一杯蜜，使人如飲甘露，那麼世間就會減少許多紛爭了。可惜有的人，喜歡逞口舌之能，讓言語成為傷人的刀箭，以話來諷刺、算計、恥笑、謾罵人，可說是「惡口如毒箭」。

「著物則破傷」，這種惡毒的言語，就像是鋒利的毒箭，必然造成創傷。以言語中傷他人，雖然逞一時之快意，卻造成雙方的仇視、對立，這並不是真正的勝利。更何況惡口謾罵之後，難道對方不會還以顏色嗎？傷害了別人，難道就不必承擔果報了嗎？如果希望別人怎麼待我，自己就要怎麼待人。

惡口待人，他人自然也惡口相待，這都有相互的因果關係。所以，想得到別人的喜歡、讚美，自己就要先善待他人，對人說好話，不惡口。

「若與身無益，慎口也何妨」，假如一句話說出去，對自己和別人沒有利益、沒有好處，就應當慎言。尤其是不能說的、不該說的、負氣的話，絕對不輕易說出口，這樣才不會傷人又害己。

生氣時，切忌惡口，與人談天時，不說無益語，不聊是非，這都是我們應該注意的慎言之道。

九十三、懂得慚愧　始能得救

【原典】

元皇初見賀司空，言及吳時事，問：「孫皓燒鋸，截一賀頭是誰？」司空未得言，元皇自憶曰：「是賀邵。」司空流涕曰：「臣父遭遇無道，創巨痛深，無以仰答明詔。」元皇慚愧，三日不出。

【譯文】

元帝初次見到賀司空，跟他談起當年吳國的事情，問他說：「孫皓曾燒熟鋸子鋸斷一個姓賀的人頭，他是誰呀？」司空不知怎麼回答，元帝自己回憶起來說：「是賀邵。」司空流淚說：「微臣的父親（賀郡）遭遇沒人性的君主，創痛巨大又深刻，故使我無法作答。」元帝深感慚愧，而三天不出宮門。（紕漏篇）

【佛法解說】

慚愧心對佛道行者非常重要，「慚」，即自己不造罪，「愧」，是不教他人造罪；「慚」為在自己心中感覺羞恥，「愧」為自己之罪向他人披露而感覺羞恥；「慚」是對人的羞恥心，「愧」是對天的羞和心。

佛家說，僧侶依其品位可分為有羞僧、無羞僧、啞羊僧和實僧四種，有羞僧即是慚愧僧，指持戒不破，身口清淨，能別好醜之有羞恥心，慚愧心的僧人，如近代高僧印光大師自稱常慚愧僧。

有人或因一時懵懂，對自己所學略有所知、便以為天下無敵；有人天資不錯，自以為俊傑；不久因緣際會遇到了強棒，交手吃了虧後、始知天外有天，強中更有強中手；於是心生慚愧，繼而發憤向上，甚至對對方心服口服，如《阿含經》下則記載：

從前在舍衛城中有一位富翁，名字叫做巴富斑迪卡。他的太太去世後，他決定出家。但出家前，他先建立一座具有廚房和儲藏室的精舍，然後，才攜帶家具、廚具和大量的米、油、奶油和其他的必需品出家到精舍去。每當他想要吃什麼東西的時候、就要僕人幫他煮，所以他雖然出家，但仍然養尊處優。

有一天，其他比丘向佛陀報告他仍然過著富翁般的生活，佛陀就告誡他：「我一直告誡你，要過清淨簡單的日子，你為什麼還帶這麼多家當出家呢？」聽到佛陀這麼說他卻發起脾氣，大聲嚷嚷地說：「好吧！佛陀，現在我就照你的話做！」說完話後，他就把袈裟脫掉，然後問佛陀：「這就是你建議我過日子的方法嗎？」

佛陀看見他如此反應，又告誡他：「比丘！過去世時，你雖然是一個邪神，但你仍然有害怕作壞事的慚與愧。現在你身為比丘，怎麼反而失去慚與愧，大剌剌地暴露上身呢？」

聽完佛陀的告誡，他明白自己犯錯了，他的慚與愧全恢復過來，他承認自己的錯誤，並且懇請佛陀原諒他。佛陀接著告誡他：「赤裸上半身是不對的。不穿衣服無法使你成為持戒嚴謹的比丘，身為比丘必需棄絕無明。」

聽完佛陀對巴富斑迪卡的告誡後，其他比丘信受奉行佛陀的說法，因此證入初果。

「慚」與「愧」對佛道行者的重要性可見一斑，可嘆古印度社會有一群梵行者，竟有裸體、塵土薰身等修行陋習，連最起碼的體面都不顧，一丁點的羞恥心都沒有，完全與世俗生活脫結，佛陀有鑒於此，曾對信眾耳提面命，這樣開示：

人若不能斷除疑惑的話，即使赤身露體、結髮、塗泥、絕食、睡地上、不淋浴、塵土汙身，右膝著地作苦行，也不能獲得清淨。（《法句經》一四一）

最後，一同分享下則《星雲說偈》——「慚恥為上」

恥有所不知，恥有所不能；
恥有所不淨，回入於大乘。——民國．印順《成佛之道》

一般人發心學道，有時候一開始學的是聲聞小乘佛法，不容易與大乘佛法相應；若想發大乘心修學菩薩道，進趣佛果，這段偈頌對我們就很有幫助。

第一、恥有所不知

要時時感到慚愧：自己的能力不夠，還有好多的事情都不知道、不了解。比方佛的世界，我們不知道；佛的功德，我們不了解。佛的威德、神通，我們都不明白，能經常發起這樣的慚恥心，自然懂得要努力深入經藏，充實自己，提升自己。

第二、恥有所不能

想到自己至今仍然不能廣學多聞，不能斷除煩惱，不能度化眾生，有這麼多的「不能」，要覺得慚愧羞恥。能這麼一想，就知道要行六度萬行，發心廣度眾生。

第三、恥有所不淨

要慚愧自己還有很多的不清淨、不圓滿。比方：持戒，持守得不清淨；發

心，發得不純正。

做功德，功德也做得不圓滿，有了這樣的慚恥心，自然會提醒自己要去除雜染妄想，讓自心趨向清淨。

人的習性，經常是自大傲慢，不知慚愧、不知感恩，所以進步有限；一個人有了慚愧心、羞恥心，便可以看到自己有所不知，有所不能，有所不淨，必然會奮發圖強努力向上，知道要回小向大、回迷向悟、回邪向正，學習菩薩道，進入大乘門。人有了慚恥心，才會懂得時時自我反省，處處為人著想，他的人格、道德也必然會日益健全圓滿。

九十四、悔過有功德　日後必光明

【原典】

孫秀降晉，晉武帝厚存寵之，妻以姨妹蒯氏，室家甚篤。妻嘗妒，乃罵秀為貉子。秀大不平，遂不復入。蒯氏不自悔責，請救於帝。時大赦，群臣咸見。既出，帝獨留秀，從容謂曰：「天下曠蕩，蒯夫人可得從其例不？」秀免冠而謝，遂為夫婦如初。

【譯文】

孫秀投降了晉朝，晉武帝留住他性命，且很寵信他，又將姨妹蒯氏嫁給他為妻，夫婦感情很好。某日妻子曾因嫉妒，就罵孫秀是貉子，孫秀氣憤不平，乾脆不再進房了。蒯氏十分後悔自責，便向晉武帝求救。當時正好逢到大赦，群臣都來朝見，等到群臣離去時，晉武帝單獨留下孫秀，不慌不忙告訴他說：「天下而今實行寬大政策，除去污穢氣氛，蒯夫人可依大赦例子得到寬恕嗎？」孫秀脫下帽子謝罪，夫婦從此和好如初。（惑溺篇）

【佛法解說】

難得孫秀夫婦都能悔過向善，幸有晉武帝扮演善知識的角色，四兩撥千斤，不直接以皇帝威權命令恐嚇，反而以柔性言語，從旁點到為止，堪稱仁厚聰明的君主。

「悔」，即懺悔自己所造的錯誤。依佛法說，悔過是為了減輕或消除罪業，而在佛、僧之前，自述所犯身、口、意等三業的懺悔儀式。書寫儀式之秩序者，謂懺儀，或作懺文。《舍利弗悔過經》記載悔過有功德，如果犯了重罪，虔誠懺悔也有將功抵罪的若干功能，而減輕罪業的果報。

下則《阿含經》記載，令人擊掌讚歎。大意是：

佛陀出家前的俗名叫悉達多，他出家修行時有位侍者叫車匿，悉達多證悟成佛後，車匿也出家為比丘，儘管他身為比丘，卻因他自認與佛的關係密切，而表現非常頑強、傲慢。他常說：「佛陀出離王宮、出家修行時，只有我一人隨侍在旁。但現在的舍利弗、目犍連卻說他們是佛陀的大弟子，且有權指導我們！」

當佛陀糾正他的言行時，他就保持緘默，但事後仍照常譭謗、揶揄舍利弗和目犍連兩人。佛陀因此幾次勸誡他說：「車匿！舍利弗和目犍連都是卓越的比丘，而且善待你，你應親近他們，並要友善對待他們！」

雖然佛陀多次勸誡，但車匿仍然我行我素，繼續批評、譭謗舍利弗和目犍連，佛陀說車匿無法立即改過，但等到佛陀圓寂後，他就會知所進退。

佛陀圓寂的前一夜，喚阿難到床邊來，告訴他在佛入滅後，默擯車匿，也就是要所有比丘都不必理睬車匿，也不要邀請他參與任何事。

佛陀圓寂後，車匿嘗到其他所有比丘同修對他的態度後，才深切懊悔自己過去錯誤的言行舉止；因此便向僧團認錯和致歉。從此以後，他努力改變言行，並在禪修時遵照他們的指導，不久就證得阿羅漢果。

所謂知錯能改，懊悔自責，善莫大焉，當如是也。

寬恕別人是一種美德，這事說時容易做時難，除非像佛道行者的修持功力高人一等，始得如此雅量，即使他無端遭人誤解侮辱，甚至被呵罵、毆打，照樣能等閒視之，不動怒、不報復，如《阿含經》下則記載，大意是：

有位比丘帶著禪修的業處到森林中禪修。證得阿羅漢果後，他打算回精舍向佛陀表達深摯的感恩之意。半路上，經過某處村落時，一位婦人剛好和丈夫吵嘴，而跑出家門，就緊隨在比丘的身後。這時，追趕她的丈夫發現妻子緊跟在比丘身後，誤會這位比丘要帶著她走，忍不住大聲喝嚷，並威脅要毆打他。婦人懇求丈夫不可毆打比丘。這一來，反而使她丈夫更怒不可遏，不禁立即出手毆打比丘。打完後，便帶走婦人。事後，這比丘繼續走向精舍。

抵達祇樹給孤獨園時，其他比丘同修看見他全身都是瘀青紅腫，就幫他治療，並且問他，對打他的人是否懷有恨意或怒氣？他說沒有。這些比丘去問佛陀說：「世尊！這位比丘說他不再有恨意和憤怒，此話當真嗎？」

佛陀回答說：「比丘們！阿羅漢唾棄暴力，他們即使被毆打也不會生氣。」

佛陀嚴肅確定該比丘確實是位阿羅漢。

九十五、兩種罪業　果報堪憂

【原典】

賈公閭後妻郭氏酷妒。有男兒名黎民，生載周，充自外還，乳母抱兒在中庭，兒見充喜踴，充就乳母手中嗚①之。郭遙望見，謂充愛乳母，即殺之。兒悲思啼泣，不飲它乳，郭後終無子。

註①：嗚：大人對嬰孩表示親暱。

【譯文】

賈充的後妻郭氏生性非常會嫉妒，生了一個男孩取名叫黎民，有兩歲大了，賈公閭從外面回來，乳母抱著兒子在庭院裡，兒子目睹賈公閭高興得手舞足蹈，賈公閭就在乳母手中哄弄兒子。郭氏遠遠看到，以為賈公閭愛上乳母，就把乳母殺死。兒子想念乳母，悲傷哭泣，就不喝別人的奶，最後死掉了，郭氏後來一直沒有兒子。（惑溺篇）

【佛法解說】

《三國演義》裡，「瑜亮情節」是典型的嫉妒故事，尤其是周瑜善嫉，終究

害死自己。古往今來，嫉妒的例證不勝枚舉，但見現代人比較狡猾，明明心生嫉妒，卻會偽裝或掩飾，懂得陰謀陽謀，酸話挖苦，百般算計等。說穿了，就是見不得別人好，不肯隨喜、讚歎……。

依佛法說，嫉妒是能引起某種特定的染污心，對於他人的善行、美貌、成就生起不悅的心理反應，如《阿含經》以下一則故事。

且說有位嫉妒心重的婦人和丈夫住在舍衛城。她發現丈夫和家中女僕私通，而不禁怒不可遏。有一天，她將該女僕綑綁起來，割掉她的耳朵和鼻子，並將她關進房間裡。然後，她陪同丈夫到祇樹給孤獨園。

他們出發後不久，這個女僕的親戚來訪他們的家，發現女僕被女主人關在房間裡，就將她鬆綁，並帶她去給孤獨園，這女僕向佛陀詳述女主人對她的一切作為，她同時站在大庭廣眾中間，讓大家親眼目睹她那女主人的殘酷手段。

佛陀因此說道：「不要犯惡行，以為不會被人知曉。私下秘密犯下的惡行，一旦為人發掘，會招致更大的痛苦與哀傷。但善行可以悄悄的做，善行只會帶來幸福，而不是哀傷。

這個善嫉的女主人承認自己的惡行，並努力去除嫉妒心。後來，她進一步領悟佛法了。

佛教徒很有福報，即便偶然難免心生嫉妒，幸好知曉它會害人害己，故應常恭誦《藥師經》下段經文：「若有眾生慳貪不捨，瞋恨嫉妒，自讚毀他，將來當墮於三惡道中，經過久遠的受盡無量痛苦，受完苦報之後，從惡道命終，來生人間，由報感而生作牛、馬、駝、驢，常被人鞭打，忍受饑渴等逼害，且要常常為人揹負重擔，隨路而行。即使出生為人，也是很卑賤的作人奴婢，受人驅役支配，恆不能自由自在。」這樣，能自我警惕和改正。

下則《星雲說偈》——「不嫉他人」，應可恭讀、玩味。

嫉先創己，然後創人；

擊人得擊，是不得除。——《法句經》

人，有很多的毛病，例如貪欲、瞋恨、愚癡、懷疑、嫉妒等等，尤其嫉妒發自內心，表現在言行舉止上，往往會形成人際間的摩擦與矛盾。

各位不妨反觀自照，自己有沒有嫉妒過別人？比方，我的同事、朋友才華洋溢，我嫉妒他；能力勝過我，我嫉妒他，甚至對方很賢慧，我也嫉妒他；對於比我有學問、有人緣的，我都心生嫉妒。為什麼要嫉妒別人呢？究其原因，往往是

因為自信心不足，才會產生嫉妒的心理。其實，嫉妒他人，會失去自我成長的機會；懂得尊重、欣賞比自己能力好的人，反而受益更多。

好比朋友富貴發財，我卻經濟困頓，朋友多少會幫我一點忙；有錢的企業主建大樓，我可以在走廊上遮陽躲雨，也是蒙受其益；鄰居買了新電視，播放的時候，我可以一起欣賞；我的同事、朋友高昇了，事業有成就，我也可以沾光，與有榮焉。所以見到別人比我們好，不必心生嫉妒。

「嫉先創己，然後創人」，人性中有些不好的習性，比方見人遭殃，幸災樂禍；或者嫉妒心作祟，要去傷害他人，這都是很要不得的心理。嫉妒心重的人，其實是愧對自己的良知，是內心貧乏所引起的；一念嫉妒心起，往往最先受創的是自己，不是別人。

「擊人得擊，是不得除」，因為嫉妒他人的成就，於是想方設法打擊對方、破壞對方，甚至陷人入罪等等。但是卻沒有想到今日你罵人，他日別人也會罵你；現在你打他一掌，假以時日，他也會回打你一拳。因此，喜歡打擊別人的人，別人也會予以反擊，最後受傷害的還是自己。

《法句經》的這四句偈頌，提示我們要能修正不耐他榮、見不得人好，乃至喜好打擊他人的不良習性。如果能放大心量，做個「能耐他榮」的人，這樣的人生不是很美好嗎？

又郭氏另一惡行是殺死乳母，人命關天，殺人罪重，極可能被判「殺人償命」，難逃現世報之外，死後也會墮下畜生、餓鬼、地獄三惡道，依《舊華嚴經》說，即使能再度出生人間，也有兩種果報如影隨形，不會放過他（她）；一是多病，二是短命。

九十六、愚癡透頂　何其可悲

【原典】

郗愔信道甚精勤，常患腹內惡，諸醫不可療。聞于法開有名，往迎之。既來，便脈云：「君侯所患，正是精進太過所致耳。」合一劑湯與之，一服，即大下，去數段許紙如拳大，剖看，乃先所服符也。

【譯文】

郗愔深信道術，很專心又勤於修道，腹腔經常生病，許多醫生都醫不好，他聽說于法開醫術高明，就把他邀請上門了。醫生來到便把脈，說道：「你所以常

生病，就因你修道太專心勤快了。」便開了一劑湯藥給他，他一服下藥就排泄出許多東西來，其中有如拳頭般大小的紙張，剖開看時，原來是先前他吃下的符咒。（術解篇）

【佛法解說】

不論他修道的動機是為神通，或長生不老，都屬於邪知邪見，有違佛道行者的目標與作法，他的修道方法更是愚癡行為，完全違反生活常識常規，荒謬透頂。如《法句經》說：「**對不該羞恥的事感到羞恥，該羞恥的事卻不知羞恥，懷有這種邪見的人，墮落地獄。**」（三一六）

《阿含經》亦有下則例證，令人不勝唏噓。

有一天，幾位裸形外道外出乞食時用布遮蓋自己的缽。一群比丘看見了，就評論道：「用布遮住前面身子的外道，比只用布遮蓋缽，全身卻一無遮掩的外道更受人敬重。」

這群裸形外道乍聽比丘們的評論時，反唇相譏道：「是啊！我們是用布遮掩缽，但我們這麼做可以防止灰塵跑進食物裡面，灰塵中也會有眾生啊！」

比丘們回到精舍後，向佛陀報告裸行外道的話，佛陀說：「比丘們，那些外道對該羞恥的行為不知羞恥，不需羞恥的行為，卻大感羞恥，由於這種錯誤的知見，使他們無法得到真正法喜。」

再讀《百喻經》以下故事，便知世人的愚癡何其多！何其悲哀！

某地有個婦人已經生有一子，但她覺得日子寂寞，期盼再生孩子，她到處打聽有沒有人能使自己再生孩子。忽見一個老太婆，她向老太婆請益怎樣能再生個孩子？老太婆指點她說：「只有祭天。」

「要用什麼東西祭天呢？」

「你先把孩子殺死，用他的鮮血祭天，必能生下許多孩子。」

婦人相信不疑，即刻把膝下的獨生子殺死了。

至於以後能否如老太婆所說，果能生下群孩子呢？大家想想便知分曉。

最後，請一同恭讀兩則《星雲說偈》——「制愚」和「修道的功夫」。

(一)、制愚

若不制愚癡，愚癡則傷人，
猶如凶惡牛，捨走遂觸人。——《雜阿含經》

這首偈語主要提醒我們，要制伏心裡的愚癡，不要讓愚癡這頭狂牛去觸傷別

人。

在佛教的叢林寺院有句話說：「寧可和聰明的人打架，也不要和愚癡的人講道理。」因為愚癡的人不明事理，你向愚癡的人說東，愚癡的人理解成西，他的認知顛倒，所以言行舉止也是反覆無常。

《百喻經》裡有好幾則譬喻故事，講的都是人的愚癡心態。

有一個貧窮的癡人，由於無力養育全部的子女，所以就把營養不良的小兒子餓死。他又把全家大小帶出門去，讓出空房子給死去的小兒子。鄰居見了就說：「人死要入土為安，你應該趕快把孩子埋葬才是啊！」

癡人想想也有道理，趕緊跑回家，跟後一想，要怎樣埋葬小兒呢？對了！就拿我平時挑糞的擔子來挑吧！可是，擔子只有一頭，挑起來不能平衡，於是他又再殺死另一個孩子，雙肩各挑著一個孩子，這不就可以順利的將孩子挑出去埋葬了嗎？你看！癡人可不可怕！

某個村里的居民，每天要走五里路到河邊取水，他們感覺這五里路很遙遠，很辛苦，於是就派代表向國王請願。國王想了一下，說：「好吧！以後這五里路，就改名為三里路。」村人們無不歡天喜地，爭相走告說，以後我們要挑水，

只要走三里路就可以到了！

什麼是愚癡？不信因果是愚癡；不奉行慈悲是愚癡；不知戒律的利益是愚癡；毀謗好人、善事是愚癡；不奉行道德是愚癡；也有些人自以為聰明，思想介於正邪之間，似是而非的人是愚癡；甚至常常講話傷害人而自得其樂，這樣的人也是愚癡。

所以，我們應當開發自心的慈悲智慧，培養正知正見，端正道德人格，切勿放任愚癡的狂牛去踐踏我們心地的良田。

（二）、修道的功夫

蜻蜓點碎波中月，盪散清光上下圓；
吞吐魚龍全性命，隨其風雲浪滔天。——粟菴鼎

這一首是粟簽鼎禪師的偈語，整首詩句非常優美，並且富有意境。

「蜻蜓點碎波中月」，他說蜻蜓點水，把水波裡的月亮都點碎了。「盪散清光上下圓」，月亮倒映在水面上的清光，隨著水波盪漾開來，波面上的水紋一圈一圈的很圓，而映在水面下的影子一圈圈的也同樣很圓。

「吞吐魚龍全性命」，棲息在水裡面的魚龍，牠們有時候在圈子裡，有時候

在圈子外，但是不管在圈內或者圈外，性命都不會被傷害。

這就是說修道者縱有所為，也不傷害世間，自然的生態不可以輕易破壞，美的形象要大家共同來保護。

我想，每一個人從童年到青年、壯年而至老年，生命裡一定有很多美的形象、美的記憶，最要緊的就是不要把美的形象破壞了。如同《佛遺教經》所云：「如蜂採華，但取其味，不損色香。」蜜蜂雖然在花間四處採花蜜，但是花的顏色、花的香味並沒有被損壞。

「隨其風雲浪滔天」，就是指過隨緣不變的生活。修道者儘管面臨風雲波浪，但是他能夠以不變應萬變，讓人見得出修道的功夫。我們身處在這個變幻莫測的世間，只要內心有定力，就能處變不驚，在困境中找到應變的方法。

九十七、懸壺濟世　功德很大

【原典】

殷中軍①妙解經脈，中年都廢。有常所給使，忽叩頭流血。浩問其故？云：「有死事，終不可說。」詰問良久，乃云：「小人母年垂百歲，抱疾來久，若蒙

官一脈，便有活理。訖就屠戮無恨。」浩感其至性，遂令舁③來，為診脈處方。始服一劑湯便癒。於是悉焚經方。

註①　殷中軍：即殷浩，字淵源，或稱揚州、中軍、源阿，殷侯。

註②　死事：意謂犯上該當死罪也。

註③　舁：抬也。

【譯文】

殷中軍對經脈頗有研究，但他到了中年便將它廢棄了。有個平時使喚的僕人，忽然叩頭流血，殷中軍問他什麼原因，他說：「有死罪。」始終不肯明說。盤問了頗久，他才說：「小人的母親快要上百歲了，生病很久，如蒙您能替她把脈，就有可能活命，待事情結束後，我寧願以死來答謝我的失敬之罪。」殷中軍被他的孝心感動了，便叫他把母親送來，為她把脈開藥方，才吃一帖湯藥便好了，於是他把經方的書籍都燒了。（術解篇）

【佛法解說】

古往今來，「懸壺濟世」始終是一種非常高尚神聖的行業，佛家強調：「救人一命，勝造七級浮屠。」有人醫術高明，心地慈祥，對所有病患一視同仁，其

功德之大不在話下，如《阿含經》下則記載可為佐證：

提婆達多曾經多次企圖謀害佛陀。其中一次是，他從靈鷲山上推下大石，準備砸死佛陀，但見巨石墮落下來時，撞到山崖。破裂的碎片剛巧擊中佛腳的大拇趾流血。因而佛陀馬上被人護送到耆域在芒果園內的住處。名醫耆域迅速替佛陀敷藥，且又包紮傷口。之後，耆域才進城去治療其他病人，但他答應在傍晚前趕回來，將包紮拆掉。

當天晚上，耆域要回家時，發現城門已經提早關了，因而無法回來照顧佛陀。這令他很懊惱，因為包紮若不及時拿掉，將會使病情惡化。

當天晚上，佛陀判斷耆域無法趕回來，就要阿難協助他把包紮拿掉，卻發現傷口已經痊癒了。次日清晨，當耆域趕回來時，問佛陀昨晚是否曾感覺巨痛和不舒服呢？佛陀答說：「耆域，我證悟成佛以後，我就具足隨時可以止息苦痛和憂鬱的能力。」

佛陀接著解說解脫者的心性。

殷中軍雖然精通經脈之學和治病的能耐，奈何缺乏慈悲心與同理心，不願出來服務病人，不僅昧於為人看病的功德，並且失去種福田、造善因的機緣，這樣對他個人與社會都是很大的遺憾與損失，下則《星雲說偈》——「看病為最」可為佐證。

諸苦之中，病苦為深，
作福之中，看病為最。——《緇門警訓》

這四句偈從字面上很容易理解。

在人生眾多的苦當中，什麼最苦？佛教講「八苦」，第一個就是生苦。你看，嬰兒來到世間，第一件事就是哇哇大哭。哭什麼？「苦啊！苦啊！」他本來皮肉很嫩，驟然接觸到世間的空氣，猶如刀割一般疼痛。

母親生孩子也是苦，老了苦，死了也苦；愛別離是苦，和自己所愛的人分離是苦；怨憎會也苦，和自己不喜歡的人見面了是苦；還有「五陰熾盛苦」，五陰，指的是我們的身心，在色、受、想、行、識，種種的分別、計較當中，會產生無量無邊的苦。

在這麼多的苦當中，我們比較容易體會的就是病苦。所謂「有病方知身是苦，英雄只怕病來磨」，人在健康的時候不知道生病的痛苦，等到身體有了缺陷、毛病，哪裡感受到不舒服，造成生活種種的不便，身心都會感到萬般痛苦。

因此，「諸苦之中，病苦為深」，病可以給人很深的體會。

自己有病，自己痛苦還不打緊，連帶很多的親人也跟著我們辛苦。所以，愛惜自己的身體健康，就是人生幸福快樂的基礎，你有了健康，身邊的親友才不會受苦遭殃。

「作福之中，看病為最」，你要修福嗎？世間有很多的福田，如印經、裝佛像、修橋、鋪路及各種救濟，在所有的福田當中，瞻視病人、給予醫療救護是第一福田。

《緇門警訓》的這四句偈，讓我們了解人生之苦莫過於病苦，對病者能生起慈悲心，予醫療慰問，就是為自己種下最大的福田。

佛家說出生人道難，彷佛盲龜鑽入一塊浮木的小孔，機緣非常難能可貴，既已來到世間，便有機會學佛修行，追求生死解脫，縱使今生無法如願，至少也能在有生之年修持菩薩道、種更多福田、造更多善業，日積月累在漫長的輪迴期間，必有水到渠成、善緣成熟的一天……。

最後，請一同恭讀下則《星雲說偈》──「多修福報」。

罪福響應，如影隨形，

未有善惡，不受報者。——《栴陀越國王經》

世間上，有兩樣東西隨時隨地緊跟著我們，一刻也不離開。是哪兩樣呢？

第一，是罪業。業，就像念珠的線，把所有珠子串連在一起，不會散失；它貫穿三世，從過去到現在，現在到未來，世世生生不曾間斷。

第二，是福報。當我們做一分善事、好事，福報就會增長一分，它在功德的存款裡一點一點的累積，存的愈多，福報就愈厚實。

因此，我們應當時時檢視自己擁有的，是罪業比較多，還是福報比較多；是罪業多過福報，還是福報多過罪業。日常生活中，小至心念的貪瞋愚癡，大至動身語意的惡口傷人、動手打人，都會讓罪業覆蓋過自己的功德福報。反之，多行善事，給人一句愛語、問候，給人一個微笑、關懷的眼神，甚至看到他人有難，助他一臂之力，都是在累積我們的福報資糧。當我們的福報愈高、愈大，自然能將罪業慢慢消融。

所以「罪福響應」，我們的罪業、福報如響斯應，就像一個人對著山谷大喊「你好——」，山谷也會回應「你好——」，道理是一樣的。

「如影隨形」，不管走在太陽或月光之下，影子都會跟隨在我的身邊，罪業

與福報也是如此，它深藏在我的心裡，不會爛壞。我吃飯時它在，我工作時它在，我睡覺時它也在，甚至我一生的所做所為，好好壞壞，都是受著罪業、福報的影響。

「未有善惡，不受報者」，有時候，做錯一件事，可以對人說沒有做；話一出口，後悔了，可以辯稱自己沒有說過；一切的言行，你可以妄言說謊，但是在因果的帳薄裡，所有的善事、惡事都記得清清楚楚，一樣也少不了。

善與惡如同種子，遇到了泥土，有了種種的因緣，就會生長、開花結果，所以必須善加留意自己的行為，一刻也不得輕忽。能夠少造罪業，多修福報，生命的田地自然會有豐碩的收成。

九十八、懂得謹言慎行　必能平安吉祥

【原典】

元帝正會，引王丞相登御床。王公固辭，中宗①引之彌苦。王公曰：「使太陽與萬物同輝，臣下何以瞻仰？」

註① 中宗：即晉元帝廟號。

【譯文】

晉元帝中宗在正月初一朝會時，引導王丞相登坐於皇帝的御座旁。王丞相再三推辭，元帝反而牽引得更加殷勤。王丞相說：「如果太陽和萬物是同樣光輝，那臣子們又怎麼仰望呢？」（寵禮篇）

【佛法解說】

古人說：「伴君如伴虎」，在古代的封建社會，皇帝地位好像藍天那麼高，權力威勢有如太陽那樣輝煌燦爛，王丞相的福報能力俱佳，始得位居一人之下，萬人之上；他雖然享有如此崇高地位，讓皇帝刮目相看，但見他表現得中規中矩，毫無傲慢自大，不可一世的態度，可見他修行到家，自制功夫「一級棒」，如下則《星雲說偈》——「克己」所說，頗能調伏自己的心緒……。

能克制自己，過於勝他人；

若有克己者，常行自節制。——《法句經》

我們常常想勝過別人，其實勝了別人，不見得就是真正的勝利者。真正的勝利是什麼呢？是自己可以掌握自己、控制自己，才是真正的勝利。

「能克制自己」，究竟要克制自己什麼？比方說，要克制逞強好勝的性格，

不要隨意侵犯他人；要克制內心的貪慾、瞋恨，不過分貪求，過分瞋恨；要克制自己的嫉妒心，看到別人比我們好，要有君子的風度，讚歎別人，助成他人。我們能夠愛護他人、關懷他人、待人好、樂於為善、樂於見善隨喜，就能夠克制自己的自私自利。

世間上什麼都不可怕，最可怕的就是自己。當人不能駕御自己，不能控制自己，老是讓心隨著外境的好壞飄忽不定，這是很可怕的。尤其，在誘惑與罪惡之前，更要能掌握自己，克制自己，節制慾望，那麼就可以「過於勝他人」。這樣的勝利才是最難得的，從克己中去勝過別人。

「若有克己者，常行自節制」，日用生活中，懂得自我反省、自我要求、自我克制，就有自我節制的能力。比方說，在社會上工作，一個月賺多少錢，不必去跟人家比較，只要夠用、夠生活就好。倘若賺的錢不多，節制一點，少用一些，日子一樣可以過得安然自在。有時候，住的房屋太小，總想著要擴大一些，可是又沒有錢，就不要貪圖，那會讓身心不得安寧。

只要你的心能大能廣，天地都是我們的；如果心很小很窄，就算把天地統統給你，把地球也給你，可能還是無法滿足。

所以，在人情上克制一點，在物慾上克制一點，在許多的事情，譬如思想、理念，甚至不如意的時候，都能夠克制自己一點。一個可以自我克制、自我節制的人，就像大將軍率領百萬雄師一樣，有能力駕馭心中的煩惱魔軍，這才是有能力的人，才是人生真正的利者。

古時，在皇帝面前要特別謹言慎行，有道是「禍從口出」，若一句話不對勁而惹起君上龍顏大怒，就可能遭到殺身之禍，甚至禍及全家；反之，若懂得說話秘訣，善於揣摩上意，談吐合乎情理法，而打動皇帝的心坎，讓他龍心大悅時，那麼，好處也必然少不了。乍聽王丞相的恭敬吐露，證明他的口才敏捷，懂得觀言察色，必使皇帝更加喜形於色。結果不但能培植君臣間的善緣，和順暢的雙向溝通，而且能遠離災、禍，吉祥平安。

下則《星雲說偈》——「常習吉祥行」可為佐證。

智者居世間，常習吉祥行；
自致成慧見，是為最吉祥。——《法句經》

我們生活的這個世間，是一半一半的世間。善人一半，惡人一半；智人一半，愚人一半；男人一半，女人一半；白天一半，夜晚一半，連佛和魔都各擁有

一半的世界。在這「一半一半」的世間裡，想求得百分之百的圓滿，是不可能的事，但是我們能努力以好的一半來影響壞的一半。

「智者居世間」，有智慧的善人，他居住在世間，經常帶給人幸福、安樂、吉祥，讓社會更溫暖、更美好。相反的，愚癡的惡人，卻經常製造暴力、衝突、紛亂，把整個社會搞得烏煙瘴氣、黑暗恐怖。

每一個人都應當學習做智者、做善人，要「常習吉祥行」，常行好事。做什麼樣的好事呢？比方說，處世有道德，待人有慈悲，出言善美寬厚，歡喜廣結善緣，時時給人方便，給人入道因緣，助人奉獻。凡有利於他人的好事，都樂意為之。

「自致成慧見」，做好事，不需要人家鼓勵，也不用別人帶動，更不必希冀對方回報，自動自發的去做好事，把做好事當成是自我的見解，內化到心裡。在服務奉獻中，自我成長、自我覺悟、自我成就，則自他都能受益。

「是為最吉祥」，社會的每一個人，通通都做好人、做好事，那麼人人是智者，則社會風氣必能改善。社會的良善與否，都在於人心。一念善，社會風氣淨化提升；一念惡，社會風氣敗壞沈淪。所以，大家一起努力，做好事、說好話、存好心，發願做個好人，那麼社會必能祥和無諍，這就是最吉祥的事了！

九十九、憤世嫉俗心混亂　離群索居非隱世

【原典】

阮光祿[①]在東山，蕭然無事，常內足於懷。有人以問王右軍。右軍曰：「此君近不驚寵辱，雖古之沈冥[②]，何以過此？」

註① 阮光祿：即阮裕，字思曠，或稱光祿。

註② 沈冥：通玄人士。

【譯文】

阮光祿在東山隱居時期，寂靜瀟灑，寧靜無事，心滿意足。有人拿這種生活來問王右軍（王羲之），右軍說：「他不會被得失榮辱所動搖，即使是古時通達玄奧之士也不過如此罷了。」（棲逸篇）

【佛法解說】

有人性格孤僻古怪，不近人情，故才離群索居，然而他卻愛胡思亂想，憤世嫉俗滿肚子牢騷，暗中仍很在意世俗的名聞利養，有極矛盾的人格特質，這種人

不能稱為世外高人或隱士之流，如《阿含經》下段記載：

舍衛城中有位婆羅門隱士。有一天，他突然想起，既然佛陀稱呼弟子「沙門比丘」，那麼他是一位隱士，佛陀就應該稱呼他為「沙門比丘」。於是他去請教佛陀。

佛陀答說：「我不是因為一個人是隱士，就叫他為『沙門比丘』，沙門比丘是他徹底去除內心煩惱和不淨的人。」

誠然，人生在世一輩子，誰也不可能不受外境的影響，亦稱心被境轉，但對世間名聞利養的誘惑須有相當程度的自主性，佛家說：「身體及手足，寂然安不動，八風吹不動。」雖然不能完全修持到如此功力，至少不能欠缺穩定睿智的價值觀或人世觀。

八風，又稱作八法，即八種世俗風氣，那是世人所熱愛或所憎恨，能夠煽動人心的東西，故用風做譬喻⋯⋯。其實，只要自己心有主見，安住於正法，不為世間愛憎所惑亂，也算是「八風吹不動」了。那麼，八風是什麼呢？答案是：

（一）是利，利乃利益，凡有利於我，皆稱為利。

（二）是衰，衰即衰滅，凡有減損於我，皆稱為衰。

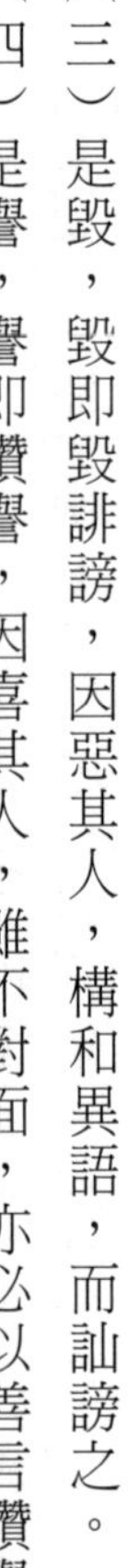

（三）是毀，毀即毀誹謗，因惡其人，構和異語，而訕謗之。

（四）是譽，譽即讚譽，因喜其人，雖不對面，亦必以善言讚譽。

（五）是稱，稱即稱道，因推動其人，凡於大庭廣眾中必稱道其善。

（六）是譏，譏即譏誹，因惡其人，本無其事，妄為實有，對眾人明說。

（七）是苦，苦即逼迫之意，或遇惡緣惡境，身心受其逼迫。

（八）是樂，樂即歡悅之意，或遇好緣好境，身心皆得到歡悅。

請一同咀嚼下則《星雲說偈》——「毀譽不動」。

譬如厚石，風不能移；

智者意重，毀譽不傾。——《法苑珠林》

這四句偈頌，是說明一個有智慧的人，他的信心和忍耐的力量，是不會被世間的榮辱毀譽所動搖。就如一顆厚重的石頭，再大的風也撼動不了它。

然而世間有不少人，很容易就被外在的境界所轉，比方一句話他不習慣聽，就難過幾天；一件事他不喜歡看，他也難過好久。所以有的時候，一個人修養不夠，你有錢財，錢財能買動他；你有情愛，情愛能誘惑他，凡此種種，沒有力量的人，一下子就被金錢、愛情的力量給打敗了。

做人最重要的，是要培養自己內在的力量，不要輕易的因為人家說了幾句好話、幾句壞話，情緒就跟著起伏不定。

過去蘇東坡與佛印禪師相交，佛印禪師譏評蘇東坡是「八風吹不動，一屁打過江」。所謂「八風」，就是利、衰、毀、譽、稱、譏、苦、樂八種境界，我們經常被別人的利誘、稱譽、譏諷，或者苦、樂等種種外境給動搖，所以「不動心」，很大的修養。當一個人有了這樣的定力，任憑外境再怎麼大的打擊，他的心都能夠穩如泰山，堅如磐石。

好比佛陀雖貴為一國的太子，但他甘於捨棄王位，決心出家修道。在求道的過程中，不管是親情、愛情、權位、利誘，乃至魔王的威嚇等，都不能改變他追尋真理的決心，最後終能成就佛道。

因此，佛教裡的信仰，不是只叫大家信佛，而是要讓我們從佛法裡認識本心，肯定自我。一個有智慧的人能夠認識自己，進而覺照世間一切，那麼他就不會被外境的榮辱毀譽所傾動了。

可嘆許多人常把隱居跟厭世混淆了，其實兩者南轅北轍，內涵不同。隱居又稱遁世、或隱遁，在古印度社會，有人摒除世事，隱居山野，專心修習佛道，亦即出家之意。反之，厭世是指厭惡世上的一切，以為人生並無真正的幸福可言，故被稱為厭世主義、悲觀哲學，他們認為宇宙人生有苦無樂、有惡無善，或者樂與善均不足以匹敵苦與惡，在如此充滿不幸福與不合理的世間，不論怎樣打拚改善都不可能如願……顯然，這是違反佛道的旨趣。

因為佛家主張人生無常，娑婆世間有苦有樂，若能徹底體悟佛法空性的智慧，便能由迷轉悟，離苦得樂了，短促人生不但能存活於人間淨土，亦能解脫輪迴之苦，故佛家說：「諸佛皆出自人間，終不在天上成佛。」因此永久離群索居的隱居生活是不可能的，不應該的。反而翻滾紅塵，熱愛生活才是正道和王道。

一〇〇、醉後失言　茲事體大

【原典】

王爽與司馬太傅飲酒，太傅醉，呼王為「小子」。王曰：「亡祖長史，與簡文皇帝為布衣之交；亡姑亡姐伉儷二宮。何小子之有？」

【譯文】

王爽與司馬太傅喝酒，太傅喝醉了，叫王爽為「小子」（輕慢的稱呼），王

爽說：「先祖父長史與簡文皇帝在貧困的時候，就很有交情；過世的姑姑、姐姐，是哀帝、孝武兩朝的皇后，我怎能算是小子呢？」（方正篇）

【佛法解說】

古人說：「一言既出，駟馬難追」，「一言興邦，一言喪邦」……，都強調說話遣詞的重要性，說對說錯，即使話語簡短，也不能等閒或低估其意義與後果。正常情況下，思慮周全與否，說話速度如何，都可以完全控制，倘若心神不定，情緒激昂，甚至酒醉失去理性的時候，就難免會說錯話而引起極嚴重的後果；有時不小心出口傷人，就會造成彼此失和；有時隨便承諾，就會造成傷害或失信於人……。總之，有說不盡負面結果，這是人人都有的體驗。誠如本文說，太傅喝醉時出口叫人「小子」，茲事體大，後果堪憂……。

禁酒戒是佛道行者必須遵守的德目，尤其在家人若非平時養成滴酒不沾的習慣，常會俗事應酬時半推半就三杯下肚，這樣必然醜態百出，尤其開車上路更危險。例如佛弟子有位修持極有成就的海聖者，就犯下這個錯誤。

如《鼻奈耶》第九記載：大意是，海聖者本來修得了不起的神通，可以收伏非常兇猛的惡龍，不料，海聖者喝醉後倒地不起，情狀非常狼狽，釋導便藉此教訓徒眾喝醉酒的後果絕對妨礙修行佛道。

最後，一同恭讀下則《星雲說偈》——「飲酒之害」。

飲酒多放逸，現世常愚癡，
忘失一切事，常被智者呵。——《大薩遮尼乾子經》

這四句偈很明白的說明飲酒的害處。常有人說，喝一點小酒又不要緊，但是在佛教認為，喝酒的後果往往會很嚴重。再者，從歷史上來看，因喝酒而亡國誤事，喪身失命者，可說不乏其例。尤其現在的社會，許多人由於酒駕而肇事闖禍，不但自己喪命，也連累別人無辜枉死，這種悲劇可說不勝枚舉。

佛教裡有個故事，就是因為喝酒而把佛教的五戒：殺、盜、淫、妄、酒等戒律都違犯了。怎麼說呢？以前有個人想喝酒，喝酒要有下酒菜，剛好隔壁鄰居養了一隻雞，他就將雞偷宰了，煮來配酒吃。

正喝得醉醺醺的時候，隔壁女主人回家，發現雞失蹤了，就四處詢問，正好問到這位醉酒的人。他見女主人美貌，在酒後亂性之下，竟然非禮了對方。就這樣，殺、盜、淫、妄、酒等五戒統統都犯了。

由此可知，飲酒看起來雖然是小事，實際上卻不能等閒視之，喝酒有可能成

為一切罪惡的根源。

今日的社會對於不飲酒，大家也逐漸有了一些共識。例如交通規則明令「喝酒不開車」，甚至請客時主張不敬酒、不勸酒，常講以茶代酒，以汽水代酒。不飲酒，還是先由自己做起，一個國家民族如果都不喝酒的話，每個人都常保清醒，不是很好嗎？

有些人覺得喝了酒，就能放下一切，忘卻一切事，可以什麼都不管了，但是這樣會「常被智者呵」，也就是常被智者所喝斥。故而，千萬不要因喝酒而使得自己的一生，都處在愚癡混沌之中。我們每一個人，何不都做個聰明人，絕不成為因酒誤己也誤人的愚癡人。

一〇一、拋棄放逸生活　符合佛道修行

【原典】

（一）阮籍遭母喪，在晉文王坐，進酒肉。司隸何曾①亦在坐，曰：「明公方以孝治天下，而阮籍以重喪顯於公坐飲酒食肉。宜流之海外，以正風教。」文王曰：「嗣宗毀頓如此，君不能共憂之，何謂？且有疾②而飲酒食肉，固喪禮

也。」籍飲噉不輟，神色自若。

（二）劉伶病酒渴甚，從婦求酒。婦捐酒毀器，涕泣諫曰：「君飲太過，非攝生之道，必宜斷之。」伶曰：「甚善。我不能自禁，唯當祝鬼神，自誓斷之耳。便可具酒肉。」婦曰：「敬聞命。」供酒肉於神前，請伶祝誓。伶跪而祝曰：「天生劉伶，以酒為名。一飲一斛，五斗解酲。婦人之言，愼不可聽。」便飲酒進肉，隗然已醉矣。

註①　何曾：三國魏人，字穎考，陽夏人，晉朝任太宰。

註②　有疾：有不得飲酒食肉的隱疾。

【譯文】

（一）阮籍的母親逝世，他在晉文王宴會上喝酒吃肉。司隸何曾也在坐，說：「聖明的主公您正要用孝道來治理天下，但阮籍是在重喪中，卻明顯的在您的宴會上飲酒吃肉。應該把他流放海外，以端正風俗教化。」文王說：「他哀毀委頓到這地步，你不能和他分憂也就罷了，怎麼可以再這麼說？而且他有吃玉石散的習慣，可以照常飲酒吃肉，本來就合乎喪時的禮節。」阮籍吃喝不停，神情自然。（任誕篇）

（二）劉伶酒癮發作想要喝酒，便向妻子要酒喝，妻子倒掉酒，毀壞裝酒的器具，哭泣勸說：「你的酒喝太多，這不是養生之道，一定要戒酒！」劉伶說：「很好，我自己沒法戒掉，只有當著鬼神面前發誓戒掉，現在你可去準備酒肉拜神。」妻子說：「我誠懇地照你的吩咐去做。」果然供酒肉在神前，就請劉伶來拜祭發誓。劉伶跪下祭拜說：「我原本以好喝酒出名，一口一斗，喝五斗就能解酒癮。女人說話千萬不要聽。」就馬上端起酒肉大吃，醉倒在地上。（任誕篇）

【佛法解說】

以上諸人的生活態度是，今朝有酒今朝醉，放浪形骸，堪稱醉生夢死，浪費時光；看在佛教徒眼裡，這樣放浪不羈的生活完全違反佛道行者的認知，因為喪失了證果解脫的機緣，未免太可惜、太可悲。

《法句經》說：「**年輕時不修梵行，不儲存生活資糧的人，就像池塘邊捕不到魚的老鷺，憔悴終老。**」（一五五）

又《阿含經》也有下則記載可以佐證：

摩訶達拿是有錢人家的孩子，年輕時，不知長進，成年後，與另一位有錢人的女兒結婚，老婆也和他一樣，沒受過教育。兩人的父母都過世後，他們變得非常有錢。但他們都很無明，不知妥善理財，只知花錢，所以漸漸地的散盡家財，最後，一貧如洗，又不知道如何營生只好乞討為生。

一天，佛陀看見摩訶達拿時，告訴阿難：「看那有錢人的兒子！毫無人生目標，只會花錢。如果會管理財富，他會是非常有錢的人。如果他能放棄世間生活，夫妻兩人都會證得聖果。但他一無是處，所以散盡世間財富，更糟蹋證果的機會。」

放逸，即是縱情肆欲，不修善法，天天喝醉，不務正業，無疑跟解脫生死的目標背道而馳。因此，不放逸才是行者實踐的生活方式。

下則《星雲說偈》——「不放逸」可當座右銘。

智者無放逸，能攝持二利，

謂現法當來，俱令至圓滿。——《本事經》

「智者無放逸」，一個有智慧的人，會懂得精進不放逸，把時間用在增長知識，自利利他的各項事業。他在一切時、一切處，都會提醒自己與精進相應，不隨放逸懈怠而轉，在二六時中都可以做得了自己的主人。

放逸是什麼呢？就是放縱身心的習氣，任意胡來。比方，不該看的亂看，不該吃的亂吃，不該做的娛樂活動熱衷參與。相對的，要追求真、善、美的生活卻不容易，如同逆水行舟，要逆流而上很困難；而隨性放逸的生活就像水往下流，是輕而易舉的事情。

「能攝持二利」，二利，即自利與利他。修行，有「自受用」與「他受用」；一個有威儀的修道人，行時如風，坐時如鐘，臥時如弓，站時如松，不但內心充滿法喜禪悅，他的行儀也會讓人心生歡喜尊敬。又好比讀經研究佛法，是自受用；進而將對佛法的體悟宣揚四方，讓別人也能得到利益，是他受用。

凡是有智慧的人，不自私、不本位主義，而是像慈航法師說的：「只要一人未度，切莫自己逃了。」不光是自利，還要讓別人得到利益，這就是自利利他、自覺覺他、自度度人、自他兩利。在舉心動念之間，心中有大眾，以這樣的心態來修行，才是真正行佛陀之法，具菩薩萬行。

「謂現法當來，俱令至圓滿」，有智慧的人有高瞻遠矚的眼光，不會只顧及眼前的利益安樂，會為將來經營打算；有智慧的人，不會做遙不可及的夢想，而是腳踏實地、按部就班的循序漸進。

不放逸的人，活在當下的每一刻，他明白唯有把握當下，步步踏實，才能累積未來的福慧資糧，這樣的人生必能趨向圓滿。

一〇二、休息站後終點站　幻化城外福樂城

【原典】

魏武[1]行役，失汲道，軍皆渴，乃令曰：「前有大梅林，饒子，甘酸，可以解渴。」士卒聞之，口皆出水，乘此得及前源。

註① 魏武：即曹操，字孟德，或稱曹公、魏武、魏王。

【譯文】

魏武帝曾經於行軍時誤走了沒水的道路，軍士都口渴難忍，於是武帝就下令說：「前邊有座大梅林，梅子滿樹都是，味道又酸又甜，可以解渴無疑。」士兵們乍聽下都流口水，就靠這句話的鼓舞才能走到前面水源之處。（假譎篇）

【佛法解說】

眾生的根性和福報都千差萬別，如有人因緣殊勝乍聽妙法，就當下明白，證得果位；有人則需稍加說明，始得若干契悟；有人則需舉例開講，才會恍然了解；有人需要聽了譬喻，博引旁徵，才能領會相信……。除了這些，有人就

得靠善知識創造善巧，運用方便，繞一個大彎，始得令對方心悅誠服、徹底明白……。難怪當初佛陀證悟後不久，尚在猶豫自己是否應該出來向天下眾生宣說離苦得樂、解脫輪迴的方法呢？因為天下蒼生太愚癡、太貪婪，而涅槃的福樂距離他們太遙遠、太陌生了；即使向他們誠懇開示，眾生也聽不進去，甚至聽不懂……。通盤考慮和分析之後，想到芸芸眾生中亦有些人的根性福報都「一級棒」，只需稍加說明便能契悟，而大部分人需要靠善巧，活用方便的說明方式。

例如下則《法華經》的記載：

某地方有一座大寶城，全由七種非常稀奇的寶物所造成。雖然那是個好地方，非常令人嚮往，無奈，去那裡要費時五百由旬，且要經過十分難險的道路。一路上不但遠離人跡，且無水可喝，也看不到一根草，除了成群的兇猛野獸，什麼也沒有，這對於旅客來說，真是可怕極了。有一次，一群人計劃突破這條險路，擬往那座寶城。幸好其中一位嚮導聰明機智，見多識廣，也很熟悉險途地理。然而，一群人行行復行行，一路上飽受折磨，便忍不住問他：「我們都疲憊了，再也走不動，前途還很遠，不如打道回府。」

果然，他們說得出做得到，再也不肯走了。嚮導暗忖：

「好不容易走到這兒，若中途回去，未免有點可惜。」

他一想到此，忽然想出一種方便法，只見他大顯神通，越過三百由旬的險道，迅速在路邊搭建一座大城，之後回來對那群疲憊的人們說：

「大家不要喪氣，你們不是看見對面的城市了嗎？何不先進去休息一下，待體力恢復之後，才去藏寶的地方，之後再回家鄉不更好嗎？」

他們被嚮導一陣鼓舞，馬上精神煥發，睜大眼睛瞭望對面的虛幻城，然後興奮地說：

「我們果然望見那個休憩地點啦！可讓我們充分休息，恢復疲勞了。」

大家一面發出歡喜的叫聲，一面慢慢走進城裡，進去一看，裡面有各種建築物，四周圍繞花草樹木、河流、池塘和水溝，高殿內尚有一群年輕男女在玩耍。不料，他們正在歡欣之際，便懶得走了只想坐下來。

嚮導目睹他們的疲勞消失、精力恢復，便立刻剷除掉這座虛幻城了。

「諸位趕快走吧！這裡只是暫時休息的虛幻城市，也是我臨時搭造的方便城，藏寶地點快到啦！提起精神走吧！」

大家幸好恢復了體力，便勇敢越過險道，馬不停蹄前往目的地了。

一〇三、有容乃大　修得不易

【原典】

謝無奕性麤彊①，以事不相得，自往數王藍田，肆言極罵。王正色面壁不敢動，半日。謝去良久，轉頭向左右小吏曰：「去未？」答云：「已去。」然後復坐。時人歎其性心而能有所容。

註① 麤彊：粗暴強硬。

【譯文】

謝無奕性情粗暴強硬，因為有件事情不如意，所以親自跑去呵責王藍田（王述），破口大罵。王藍田滿臉凝重，面對牆壁不敢動彈，有大半天時間之久。謝無奕離去很久後，王藍田才回頭問左右小吏說：「他走了沒？」左右答說：「已經走了。」然後他才又坐下來，當時的人都稱讚他個性雖急躁，卻也能這樣容忍別人。（忿狷篇）

【佛法解說】

心理學家說，人格特質的形成，最主要由於生長環境的影響，其次是父母親

的遺傳因素，依佛法說，這樣解說仍不周延、不徹底，應該還有各人無始劫的因素在內……。有人既使今生修行到家，甚至證得聖果，但其上輩子遺留的習氣依然存在，除非證得佛果，始得究竟圓滿的人格風範。例如《阿含經》下則記載：

比利陀婆遮尊者的說話口氣往往十分激動，他有時對人說：「過來，你這個可憐蟲！」或者說：「走開，你這個可憐蟲！」等等。

其他比丘向佛陀報怨他的態度。佛陀把他請來，勸誡他。同時，佛陀也透過神通得知，過去很多世時，比利陀婆遮尊者都出生在深信婆羅門至上的婆羅門家中。

佛陀說：「比丘們！不要因為他的言語而感覺受到冒犯。他說：『可憐蟲』時，只是累世以來身為婆羅門所養成的習氣而已，並沒有惡意，他沒有傷害他人的意思，阿羅漢是不會傷害別人的。」

謝無奕的個性粗暴僵硬，和王藍田的個性急躁等，亦可以三世因果的高度審視，而不完全形成於今生的成長環境。

持平來說，若無故遭人誤解而被人訶責時，難免會忍不住反唇相譏，竭力頂回去。這一來，場面會越發不可收拾，甚至演成全武打了。

但一種米養成百種人，有人此時會保持緘默態度，仔細傾聽後，採取反擊而絕不相讓，即使據理力爭，百般解釋，也未必有好的收場；有人比較理性，乍聽對方無理謾罵，心知對方無明無知，而懶得理他，只好不當一回事，頂多藉機反諷，借力使力讓他知趣一點，或知難而退。

例如《阿含經》下則記載：

從前，舍衛城裡一位婆羅門的妻子已經證得初果。只要她打噴嚏，或者有任何東西或人意外碰到她時，她都會脫口說出一些偈語。有一天，這婆羅門和幾位朋友正在家中進餐時，她又順口說：「皈依佛」，這句讚歎佛陀的話卻激怒她的丈夫，使他立刻跑出去找佛陀，並詰問佛陀。

他的第一個問題是：「如果想要生活平靜，應該殺死什麼？」第二個問題是：「如果想要生活幸福，應該殺死什麼？」佛陀回答道：「婆羅門！想要平靜、幸福生活，就要去除憤怒。諸佛和阿羅漢歡喜，並且讚歎人能止息憤怒。」佛陀的回答觸動這婆羅門的心靈深處，就出家為比丘，後來並證得阿羅漢果。

這婆羅門的弟弟聽見兄長出家的消息後，非常憤怒，他也直接去精舍辱罵佛陀，但佛陀反問他：「婆羅門！假設你邀請親朋到家中用餐，但他們卻滴口未沾

就回去了，既然這些親朋都不接受你的食物，請問，這些食物最後歸屬誰啊？」他說歸屬他。佛陀接著說：「同理，既然我不接受你的辱罵，你所說的話豈不是在辱罵你自己嗎？」他一聽之下，立刻誠服佛陀的睿智，而對佛陀生起極大的敬意，也因此出家為比丘，後來，也證得阿羅漢果。

後來，這婆羅門的另兩位弟弟也抱著同樣的心態前來辱罵佛陀，但也受到佛陀的感化而出家為比丘，也都在機緣成熟的時候，證得阿羅漢果。

一天夜晚，眾生比丘說：「佛陀的德行多麼高妙深奧！這四位婆羅門兄弟前來辱罵佛陀，但佛陀卻運用無比的智慧，協助他們領悟佛法，並且作為他們的依止。」佛陀說：「比丘們！我不傷害那些傷害我的人，加上我的耐心和自制，很多人才會皈依我。」

一〇四、好話百聽不厭倦　壞話半句嫌嘮叨

【原典】

王安豐婦常卿安豐。安豐曰：「婦人卿婿，於禮為不敬，後勿復爾。」婦曰：「親卿愛卿，是以卿卿。我不卿卿，誰當卿卿？」

【譯文】

王安豐（王戎）的妻子常叫安豐為「卿」。安豐說：「妻子叫丈夫『卿』，在禮節上說是不恭敬，以後不要這樣稱呼。」妻子說：「親你愛你，所以才叫你『卿』。我不叫你『卿』，誰才應叫你『卿』呢？」安豐終於一直聽她的話。

（惑溺篇）

【佛法解說】

古人云：「聽君一夕話，勝讀十年書。」那夕話不必然要長篇大論，滔滔不絕發表大道理，大事情，這樣反而顯得太囉嗦、太繁瑣，收效不會大；反之，即使三言兩語，只要言辭誠懇，出自肺腑，使對方感受你真情實意，內容又合情合理，可能更易打動對方的心坎；這一來，自己說話的目的便能如願以償。

譬如人在哭泣時，給一句適當的幽默或笑話，也許就令他破涕為笑，以喜劇收場了；但逢人在憤怒之際，倘若說話不得體，無異會使他火上加油，後果不可收拾。所以，說話得當與否，除上述諸般考慮外，同時不能忽視聽話對象是誰？單數或多數？地點在那兒？人群中或單獨面對面？談論狀況為何事？大事或小事、急事或閒談……，都不能大意。

再就說話性質而言，不妨分為好話或壞話，依佛教徒看，好話最有用，實話最被人重視……。關於說話要領，一言難盡，在此恕不贅述，但可慢慢咀嚼下則《星雲說偈》——「多說好話」。

諸世善語，皆出佛法；
善說無失，無過佛語。——《大智度論》

這個世間上，做人有做人的藝術，做事有做事的藝術，說話也有說話的藝術。什麼是說話的藝術呢？本來一件難以周全的事情，經過語言藝術的美化，就能化解衝突或危機；看到他人灰心喪志，適時的一句話，也可以讓他歡喜振奮。所以好的語言，也會產生「開心果」的作用。

說話，要能多說一點讚美人的話，多說一些恭維人的話。今天的社會，實在需要推行一個「說好話」的運動，鼓勵大家都來說好話。甚至為自己做個記錄，這一天我講了多少話，當中有多少好話，有多少壞話？明白說，做好事要出錢、出力，然而口中說幾句好話，既不費力氣，也沒有什麼太大的犧牲，為什麼我們不肯多說好話呢？

心好，口中說的自然是好話，心不好，說的話也好不到哪裡去。等於我們用

「牛糞心」看人、看世間，看到的世間都是牛糞；假如我們用佛心看待世間，世間就充滿了佛、菩薩。口中有德，可以救自己的心，社會大眾都傳播好人好事，國家社會必定清淨美好。因此人人說好話，絕對可以增益世間的善美。

諸佛菩薩要成就佛道，第一個要修的就是「說好話」。例如過去釋迦牟尼佛和彌勒菩薩曾在一起修行，然而釋迦牟尼佛多了一個讚歎法門，他真心讚歎弗沙佛：「天上天下無如佛，十方世界亦無比；世間所有我盡見，一切無有如佛者。」因此他早先成就佛道。

在《金剛經》裡提到，「如來是真語者、實語者、如語者、不誑語者、不異語者」，聖賢所說的話，都是真實的話，都是好話。說好話，隨時隨地都可以說，比方遇到人說：今天天氣很好、你精神很好、你態度很好、你風儀很好等等。

所以「諸世善語，皆出佛法」，如：你很慈悲、你很會布施、你很有禪定，這些好話都是出於佛法。「善說無失，無過佛語」，如果能學習聖賢的語言，會得說話，就不容易招致過失了。

國家圖書館出版品預行編目資料

《世說新語》與佛道／劉欣如 著
——初版——臺北市，大展，2018［民107.04］
面；21公分——（心靈雅集；82）
ISBN 978-986-346-205-7（平裝）
1.世說新語 2.研究考訂
857.1351 107002079

《世說新語》與佛道

編　　著／劉　欣　如
責任編輯／孟　　　甫
發 行 人／蔡　森　明
出 版 者／大展出版社有限公司
社　　址／台北市北投區（石牌）致遠一路2段12巷1號
電　　話／(02) 28236031・28236033・28233123
傳　　真／(02) 28272069
郵政劃撥／01669551
網　　址／www.dah-jaan.com.tw
E-mail ／service@dah-jaan.com.tw
登 記 證／局版臺業字第2171號
承 印 者／傳興印刷有限公司
裝　　訂／眾友企業公司
排 版 者／千兵企業有限公司
初版1刷／2018年（民107）4月

定　價／300元

大展好書　好書大展

品嘗好書　冠群可期